古典文獻研究輯刊

五 編

潘美月・杜潔祥 主編

第 **8** 冊

《說文繫傳》板本源流考辨

張 翠 雲 著

國家圖書館出版品預行編目資料

《說文繫傳》板本源流考辨／張翠雲著 — 初版 — 台北縣永和市：
花木蘭文化出版社，2007〔民 96〕
序 2+ 目 2+208 面；19×26 公分
（古典文獻研究輯刊　五編；第 8 冊）

ISBN：978-986-6831-45-4（全套精裝）
ISBN：978-986-6831-53-9（精裝）
1. 字書　2. 版本學　3. 研究考訂
802.212　　　　　　　　　　　　　　　　　96017421

ISBN - 978-986-6831-53-9

古典文獻研究輯刊
五　編　第　八　冊　　　　　ISBN：978-986-6831-53-9

《說文繫傳》板本源流考辨

作　　　者　張翠雲
主　　　編　潘美月　杜潔祥
企劃出版　北京大學文化資源研究中心
出　　　版　花木蘭文化出版社
發 行 所　花木蘭文化出版社
發 行 人　高小娟
聯絡地址　台北縣永和市中正路五九五號七樓之三
　　　　　　電話：02-2923-1455 ／傳真：02-2923-1452
電子信箱　sut81518@ms59.hinet.net
初　　　版　2007 年 9 月
定　　　價　五編 30 冊（精裝）新台幣 46,500 元

《說文繫傳》板本源流考辨

張翠雲　著

作者簡介

張翠雲，臺灣花蓮人，現居臺北。國立臺灣師範大學國文研究所碩士。曾任私立中原大學通識中心國文科兼任講師，現為國立臺灣師範大學附屬高級中學國文科教師、國立空中大學人文學系兼任講師。

提　　要

　　許慎《說文》，為中國文字之學分源奠基，後世治小學者群宗之。然因傳世既久，其說有不可得而詳者，復有以師心之見，自為臆說者，致使六書之學混淆難明。幸有二徐，致力字學，宗許氏之說，羽翼《說文》。雖然宋代《崇文總目》、《直齋書錄解題》等書目著錄對於《繫傳》無不推崇，清人辨訂小徐本說文者亦甚夥，獨闕《繫傳》板本之探究。

　　清章學誠言：「考鏡源流，辨章學術」，筆者鑒於《繫傳》板本之未正，有失徐鍇著述原義，故著寫此論文，考辨徐鍇《說文繫傳》所流傳諸板本間之關係，藉以瞭解《繫傳》板本傳衍源流，以發其隱微。舉凡歷代書目，及現存國立故宮博物院、國家圖書館（舊名中央圖書館）、中央研究院傅斯年圖書館等地之《繫傳》板本，無不一一詳察參照。藉由現存徐鍇《說文繫傳》存本及歷代各家書目之載錄，以析其異同，審其源流。此書中，於歷代書目考徵部分採年代順序敘寫，始自宋代，至于民國。於現存《繫傳》板本部分，則就：善本、普通舊本、普通本三者摘錄之。凡在台可見之本，無不擷拾。

　　本論文內容共有六章，並於書末附有附錄及書影，各章摘要如下：

　　第一章「緒言」，概述徐鍇著作《繫傳》之源起，暨以《繫傳》板本為研究方向之動機、目的。

　　第二章「徐鍇生平述略」，就《南唐書・徐鍇傳》、李昉〈徐公墓誌銘〉諸書以見徐鍇其人其事，及其著述之富。

　　第三章「繫傳、通釋辨名」，就徐鍇《繫傳・系述篇》、宋人及歷代書目稱引著錄，對徐鍇此四十卷書《繫傳》、《通釋》之名，究以何名為是，加以辨析。

　　第四章「說文繫傳板本考」，考辨《說文繫傳》板本。第一節為「歷代書目著錄考徵」，分別著錄宋、元、明、清、民國、外國等書目所收藏《說文繫傳》板本，以明歷代庋藏之異同。第二節「現存繫傳板本考」，就善本、普通舊籍、普通本三者，以尋檢臺省地區見存藏本，詳載各板本年代、板式、題跋、印記等，舉凡書中朱墨圈校處，亦一一條列摘錄之。

　　第五章「說文繫傳板本源流綜述」，依書目著錄暨見存《繫傳》，復參照文獻所徵引，溯源推衍，綜述宋刊殘本、述古堂藏本、汪啟淑刊本及祁雋藻刊本四大源流之相互關係。

　　第六章「結論」，綜括《繫傳》板本源流考辨結果，且以列表方式說明自清代以來所刊刻流傳之《說文繫傳》板本源流概況。

目

錄

自　序

　　陳澧《東塾讀書記》曰：「天下事物之象，人目見之，則心有意；意欲達之，則口有聲。意者，象乎事物而構之者也；聲者，象乎意而宣之者也。聲不能傳於異地留於異時，於是乎書之爲文字；文字者，所以爲意與聲之迹也。」夫文字之發明，使文化得以相息流傳，厥功至偉，若論文字之義，則無出許愼說文者。

　　東漢許叔重，以時人說字解經，多昧於隸書。乖戾殊甚，故作說文解字，考究字形，推求音義，上以存古，下以曉學者。魏晉間，其書未顯。至六朝隋唐，雖漸爲世人所重，然因傳寫訛脫，寖失其眞，復以唐大曆中李陽冰改竄，訛之益甚。徐鍇遂著繫傳，詆斥陽冰之謬，暢許氏玄旨。至若近世流傳宋初徐鉉之刊定本，其校定時所取諸本，徐鍇說文繫傳是其一焉。故就文字學史發展言，徐鍇說文繫傳不容廢置。

　　所謂「振葉尋根，觀瀾索源」，板本之不正，何以爲學？況徐鍇《說文繫傳》，自宋時已見卷數之參差，又無專文探討。因不揣愚陋，有志於斯焉。於是，廣羅史籍書目，以窺《繫傳》諸板本之相互關係，及其傳衍源流，因所用之材料皆極零散，若僅就一種材料以尋求結論，則恐失之武斷，故不得不參互比證，發其微隱。駁雜之處，在所不免。

　　茲編得以寫定，承　許師錟輝提示綱領，察疏補闕。又蒙　昌師彼得於板本問題多所指導。今將付諸剞劂，謹識於此，以示師恩之弗敢或諼。惟以才淺學疏，罣漏之處，是所難免。碩學先進，幸垂教之。

　　　　　　中華民國七十七年四月張翠雲謹識於國立師範大學國文研究所

第一章 緒 言

　　《周禮・地官・保氏》云：「保氏掌諫王惡，而養國子以道，乃教之六藝。一曰五禮，二曰六樂、三曰五射、四曰五馭、五曰六書、六曰九數。」《說文解字・敘》云：「周禮，八歲入小學，保氏教國子，先以六書。」是知古以明六書爲識字之始也。春秋移遞，篆籀亡廢，隸楷代興，六書之例亦漸無以聞，漢人所謂馬頭人爲長，人持十爲斗，虫者屈中也諸例，既不合孔氏古文，且謬於史籀，如此者夥矣。東漢許慎以「文字者，經藝之本，王政之始，前人所以垂後，後人所以識古」，恐俗儒便辭巧說，破壞形體，疑惑天下學者，故「博問通人，考之於逵，作《說文解字》﹝註1﹞。」此十五篇，五百四十部，九千三百五十三文，重一千一百六十三，解說凡十三萬三千四百四十一字之作，精研六書，分部類從，爲中國文字之學分源奠基，治小學者群宗之。

　　許氏《說文》，傳世既久，魯魚亥豕，自所不免。洎乎有唐，李陽冰復憑臆妄發，任意刊定《說文》，徐鍇《說文繫傳・袪妄篇》評之云：「《說文》之學久矣，其說有不可得而詳者，通識君子所宜詳而論之。楚夏殊音，方俗異語，六書之內，形聲居多，其會意之字，學者不了，鄙近傳寫，多妄加聲字，篤論之士，所宜隱括，而李陽冰隨而譏之，以爲己力，不亦誣乎！」徐鉉〈進說文表〉云：「唐大曆中，李陽冰篆跡殊絕，獨冠古今，自云『斯翁之後，直至小生』此言爲不妄矣。於是刊定《說文》，修正筆法，學者師慕篆籀中興，然頗排斥許氏，自爲臆說。夫以師心之見，破先儒之祖述，豈聖人之意乎？今之爲字學者，亦多從陽冰之新義，所謂貴耳賤目也。」然則《說文》原貌不可復見，六書之學混淆難明，殊可恨恨！幸有二徐，致力字學，宗許氏之說，攷辨推廣，羽翼《說文》﹝註2﹞。今《說文》之傳世者，以徐鉉校定

〔註1〕見許慎《說文解字・敘》，十五卷下，頁793。
〔註2〕見陶宗儀《書史會要》，卷六，頁724，《景印文淵閣四庫全書・子部》一二〇，藝術類。

本與徐鍇《繫傳》爲最早。小徐本成於南唐未亡時,而徐鉉至入宋,方於雍熙三年奉詔與句中正、葛湍、王惟恭等同校《說文》,是爲大徐本。此大徐本三十卷內,《繫傳》往往錯見,其訓解多引鍇說,或誤以鍇自引經者爲許注,又諧聲會意之字,與鍇亦多有異同。大徐既多采小徐之說。謂《繫傳》爲《說文》傳本之承繼者,當非過言。

　　昔蘇頌稱引宋祁論《說文繫傳》之言曰:「某少時觀此未以爲奇,其後兄弟留心字學,當世所有之書訪求殆遍,其間論議曾不得徐公之彷彿,其所考據,以今所得校之,十不及其五六,誠該洽無比也〔註3〕。」陳振孫《直齋書錄解題》亦云:「此書援引精博,小學家未有能及之者。」宋人之于《繫傳》,可謂推崇備至,楚金嘗言:「自《切韻》、《玉篇》之興,《說文》之學,湮廢泯沒,能省讀者,不能二三,弃本逐末,乃至於此。沮誦逾遠,許慎不作,世之知者,有可以振之可也〔註4〕。」惜乎鍇已早逝,其遺文多散逸,而《繫傳》一書,亦以未刻諸學官而莫之光顯。清人辨訂小徐本《說文》者甚夥,有汪憲《說文繫傳考異》、王筠《說文繫傳校錄》、朱士端《說文校定本》、臧禮堂《重編說文繫傳》、錢師愼《說文繫傳刊誤》等二十餘種,至若述《繫傳》板本之作,則付闕如。葉夢得《石林燕語》有云:「版本初不是正,不無訛誤。世既一以版本爲正,而藏本日亡,其訛謬遂不可正,甚可惜也。」金釜、錫餳,是其戒也〔註5〕。余既鑒於《繫傳》板本之未正,有失徐鍇原義,故不忖己力,從事徐鍇《說文繫傳》之板本研究。冀自諸書目著錄,先明歷代之藏庋同異,復尋檢臺省地區見存藏本,載其年代、板式、題跋、印記,以審辨其源流。至若板本之遭天燹、遇兵戎、流落異邦、飽乎蠹腹,暨私家秘而不宣者,則闕而不論。

〔註3〕徐鍇《說文解字繫傳》卷四十末子容題。
〔註4〕徐鍇《說文解字繫傳》卷三十六〈袪妄篇〉。
〔註5〕宋葉夢得《石林燕語》卷八:「嘗有教官出易題云,乾爲金,坤亦爲金,何也?舉子不能曉,不免上請。則是出題時,偶檢福建本坤爲金字,本謬忘其上兩點也。」又明陸深《儼山外集》卷七:「金華戴元禮,國初名醫,嘗被召至南京,見一醫家迎求溢戶,酬應不間,元禮意必深於術者,注目焉。……日往觀焉,偶一人求藥者既去,追而告之曰臨煎時下錫一塊,麾之去。元禮始大異之,念無以錫入煎劑法,特叩之,答曰是古方爾!元禮求得其書,乃餳字耳,元禮急爲正之。」

第二章　徐鍇生平述略

　　徐鍇，字楚金，徐鉉弟也。其先東海郯人，自烈考以上，皆生于會稽。曾祖諱源，祖諱徽，皆隱德不仕。父諱延休，字德文，風流淹雅，才高道直，唐僖宗乾符中進士。昭宗狩石門時，無學士草詔，臨時召命延休視草。昭宗雖善其文詞，然及還長安，仍不得用。梁蔣元暉欲辟延休爲其佐，延休棄去，之洪州依附鍾傳。逮楊行密取江西，國號吳，延休仕之，有名於時，及光祿卿江都少尹卒，贈左僕射。延休卒于江都，二子鉉、鍇遂家廣陵，亦稱廣陵人〔註1〕。

　　鍇四歲失怙，其母方教鉉就學，未暇及鍇。鍇以苦節自立，自能知書，故未弱冠即以文行稱於時，與兄鉉同有大名于江左〔註2〕。

　　元宗李景立，見鍇之文，以爲祕書郎，此是徐鍇仕宦之始。鍇嘗任齊王景達記室。齊王景達，爲理嚴察，人多憚之，惟好神仙修鍊事也。徐鍇獻〈述仙賦〉諷之，使絕所好。時湯悅爲學士，草軍中書檄，用事謬誤，鍇以其援引不當評議之，悅誣鍇洩機事，遂貶官烏江尉，俄復舊官。保大十一年，馮延魯流舒州會赦，復少府監，元宗擇廷臣爲巡撫使，分按諸州，延魯在焉。鍇上疏，論延魯多罪無才，不足辱臨遣。因重忤權要，以右拾遺集賢殿直學士貶爲祕書郎分司東都，此爲二次遭貶也。以元宗愛其才，復召爲虞部員外郎〔註3〕。

　　後主李煜立，遷鍇爲屯田郎中知制誥集賢殿學士，改官名拜右內史舍人，賜金紫宿直光政殿兼兵吏部選事。後主每有文集，必令鍇爲之序，君臣上下，互爲賁飾，儒者榮之。鍇任內史舍人時，每主文柄，皆以直道自持，故江表後進力學未至者，聞徐鍇爲春官，多望風引退，其精鑒無私也如此〔註4〕。開寶二年，鍇當遷中書舍

〔註1〕見《騎省集》〈徐公行狀〉、李昉〈徐公墓誌銘〉。
〔註2〕見李昉〈徐公墓誌銘〉、陸游《南唐書‧徐鍇傳》。
〔註3〕見陸游《南唐書》〈徐鍇傳〉、〈湯悅傳〉、〈馮延魯傳〉。
〔註4〕見李昉〈徐公墓誌銘〉。

人，時游簡言當國，屢抑之。鍇乃詣簡言，簡言從容曰：「以君才地，何止一中書舍人？然伯仲並居清要，亦物忌太盛，不若少遲之。」鍇頗怏怏。簡言徐出，其妓佐酒所歌之詞皆為鍇所作者，鍇大喜，起謝曰：「丞相所言，乃鍇意也。」及歸以告兄鉉，鉉歎曰：「汝癡絕，乃為數闋歌換中書舍人乎！〔註5〕」

鍇久居集賢，且精小學，故所讎書尤審諦。因酷嗜讀書，事多博記。一日，後主獲周載齊《職儀》，此書既未嘗見諸江東，亦無人知之，而鍇能一一條對，無所遺忘。又後主患清暑時，草生閣前，鍇令以桂屑置甎縫中，宿草盡死，是謂《呂氏春秋》桂林之下無雜木故也。又吳淑校理古樂府，以章草之變，多改「摻」字為「操」字，徐鍇見之，曰：「此非可一例言，若漁陽摻者，三撾鼓也。禰衡〈行漁陽摻古歌〉云：『邊城晏閉漁陽摻，黃塵蕭蕭白日暗。』」淑嘆服之〔註6〕。皆為徐鍇博覽強記之證。

開寶五年，喬匡舜卒，徐鍇為詩以弔之，云：「諸公長者鄭當時，事事無心性坦夷。但是登臨皆有作，未嘗相見不伸眉。生前適意無過酒，身後遺言只要詩。三日笑談成理命，一篇投弔尚應知〔註7〕。」

開寶七年九月丁卯，宋李穆來使，見鍇及鉉，歎曰二陸之流也〔註8〕。開寶八年，國勢日削，十月，宋師百道攻城，金陵益危蹙，後主遣徐鉉等厚貢方物，求緩兵，守祭祀。鍇憂憤得疾，謂家人曰：「吾今乃免得俘囚矣。」未幾而卒，卒時年五十五，贈禮部侍郎，諡曰文。逾月，白虹貫日，乙未城陷〔註9〕。

徐鍇平生著述甚富，有《說文通釋》、《說文解字韻譜》、《方輿記》、《古今國典》、《賦苑》、《歲時廣記》、《家傳》、《文集》等，惜其文多散逸，今僅存《說文解字繫傳》四十卷、《說文韻譜》十卷，及雜入《徐公文集》之數首詩耳〔註10〕。

〔註5〕見陸游《南唐書・徐鍇傳》、《南唐書・游簡言傳》。
〔註6〕見吳呈臣《十國春秋・徐鍇傳》注引《談苑》。
〔註7〕見《騎省集》卷十六〈喬公墓誌銘〉、陸游《南唐書・喬匡舜傳》。
〔註8〕見《宋史・太祖本紀》、《宋史・徐鉉傳》、陸游《南唐書・徐鍇傳》。
〔註9〕見《宋史・太祖本紀》、《宋史・徐鉉傳》、陸游《南唐書・後主本記》、《南唐書・徐鍇傳》。
〔註10〕《騎省集》卷五，徐鍇〈和梅詩〉二首：「靜對含章樹，閒思共賞時。香隨荀令在，根異武昌移。物性雖搖落，人心豈變衰。唱酬勝笛曲，來往韻朱絲。」、「重歎梅花落，非關塞笛悲。論文叨接萼，末曲媿吹篪。枝逐清風動，香因白雪知。陶鈞敷友悌，更賦邵公詩。」

第三章 《繫傳》、《通釋》辨名

　　據《宋史‧藝文志‧小學類》載，徐鍇著有《說文解字繫傳》四十卷、《說文解字韻譜》十卷、《說文解字通釋》四十卷。一若《繫傳通釋》分為二書者。考徐鉉序《說文解字韻譜》云〔註1〕：

>　　舍弟鍇特善小學，因命取叔重所記，以切韻次之，聲韻區分，開卷可觀。鍇又集〈通釋〉四十篇，考先賢之微言，暢許氏之玄旨，正陽冰之新義，折流俗之異端，文字之學，善矣盡矣。

則僅言〈通釋〉，無論《繫傳》。然觀夫宋代諸著錄，除陸游《南唐書》同於鉉序外，若：《宋景文筆記》云：

>　　徐鉉、徐鍇、中朝郭恕先，此三人信其博也，鍇為《說文繫傳》……。

蘇頌題云：

>　　嘉祐中，予編定集賢書籍。暇日，因往見樞相宋鄭公。謂予曰：「知君校中秘書，皆以文字訂正。此正校讎之事也。」又曰：「文字之學，今世罕傳。《說文》之外，復得何書？」予以徐公《繫傳》為對。

葉夢得《石林燕語》云：

>　　元憲兄弟好論小學，得鍇所作《說文繫傳》而愛之，每欲為發明，得蘇論喜曰：「二徐未易分優劣，要以是別之，異時修史者不可易也。」余頃從蘇借《繫傳》，蘇語及此，亦自志於《繫傳》之末。

鄭樵《通志》云：

>　　《說文解字繫傳》三十八卷，徐鍇。

尤袤題云：

〔註 1〕見徐鉉《騎省集》卷二十三，臺灣中華書局《四部備要》。

余暇日整比三館亂書，得南唐徐楚金《說文繫傳》，愛其博洽有根據……。

李燾《說文解字五音韻譜・序》云：

> 大曆間，李陽冰獨以篆學得名，更刊定《說文》，仍祖叔重，然頗出私意，詆訶許氏，學者恨之。南唐二徐兄弟，實相與反正由舊，故鍇所著書四十篇，總名《繫傳》，蓋尊許氏若經也。

魏了翁《經外雜鈔》云：

> 《繫傳》四十卷，今行于世者，每《說文解字》一卷釐爲二卷，共二十八卷，朱翶反切，不用孫愐《唐韻》。〈通釋〉、〈部敘〉、〈通論〉等十二卷，爲許氏義疏亦自有益。

樓鑰《復古編序》云：

> 楚金在江南。既爲〈通釋〉、〈部敘〉、〈通論〉、〈袪妄〉、〈類聚〉、〈錯綜〉、〈疑義〉、〈系述〉等篇。總謂之《繫傳》，又著《韻譜》備矣。

陳振孫《直齋書錄解題》云：

> 《說文解字繫傳》四十卷，南唐校書郎廣陵徐鍇楚金撰，爲〈通釋〉三十篇，〈部敘〉二篇，〈通論〉三篇，〈袪妄〉、〈類聚〉、〈錯綜〉、〈疑義〉、〈系述〉各一篇。

章俊卿《群書考索》云：

> 南唐徐鍇作《說文解字繫傳》，又作《說文解字韻譜》。

王應麟《玉海》云：

> 《說文解字繫傳》四十卷，南唐徐鍇楚金傳釋，朱翶反切。

又《困學紀聞》云：

> 徐楚金《說文繫傳》有〈通釋〉、〈部敘〉、〈通論〉、〈袪妄〉、〈類聚〉、〈錯綜〉、〈疑義〉、〈系述〉等篇。

無不以《繫傳》爲鍇書之稱。惟王應麟《玉海》引《崇文總目》，注云：「鍇集〈通釋〉三十篇四十卷」，則〈通釋〉似爲《繫傳》之部分。

元明之世，或云〈通釋〉，或謂《繫傳》，清代甚而以《繫傳》、《通釋》並稱。徐鍇此四十卷書，究以何名爲是，清人亦有異議。朱文藻於吳任臣《十國春秋・徐鍇傳》：「著《說文解字繫傳》四十卷，《說文通釋》四十卷」按云：

> 〈通釋〉即《繫傳》篇名，誤分爲二。

王鳴盛《蛾術編》卷十八云：

> 陽冰之後，直至南唐，鉉之弟鍇，始撰《說文通釋》四十卷。內《繫傳》三十卷，即將正文四十卷分爲二十八，又〈敘目〉二卷。外〈部敘〉

二卷，〈通論〉三卷，〈袪妄〉一卷，〈類聚〉一卷，〈錯綜〉一卷，〈疑義〉
一卷，〈系述〉一卷，宋人多誤稱全書總名《繫傳》，馬端臨沿之。

朱、王二說孰是孰非，後人未有評論。但依徐鍇《說文解字・系述》第四十，
自述其目云：

　　《說文》之學遠矣，時歷九代，年移七百，保氏弛教，學人墮業，聖
人不作，神旨幽沫。故臣附其本書作〈通釋〉第一至三十。

　　分部相屬，因而繹之，解類而長之，以究竟天下之事，久則不昭，昧
則無次。抽其緒作〈部敘〉第三十一至三十二。

　　文字者，聖人之所以極深而研幾也，天地日月之經也，忠孝仁義之本
也，朝廷上下之法也，禮樂法度之規也。人君能明之，立四極包四海之道
也。人臣能明之，事君理下之則也。字別有義，具之則繁，沿流索潤，以
反其原。舉其要作〈通論〉三十三至三十五。

　　字指澄深，學者不曉，譏者皆妄。作〈袪妄〉第三十六。

　　稟受有義，朋友有群。譬諸草木，區別是分。萬類紛糅，不相奪倫。
作〈類聚〉第三十七。

　　文有不得盡言，言有不得盡意。曼者失眞，拘者多滯。或同或異，推
極其情，皦如也，繹如也，以成。作〈錯綜〉第三十八。

　　書闕簡脫，傳者異詞，述者不明，後人洞疑。作〈疑義〉第三十九。

　　昔在伏羲，設卦興統。黃帝作書，蒼頡沮誦。周宣中興，史籀是承。
爰及許慎，維綱振繩。勒成一家，大義以弘。傳非其人，訛譌相仍。聖皇
紹祚，粵若稽古。通幽洞冥，萬物咸睹。實生下臣，是經是綸。作〈系述〉
第四十。

其間並無以「繫傳」爲目者。又宋代刻書之例，通行小題（篇名）在上，大題（書
名）在下，撰者姓名又在大題之下〔註2〕。今見《說文解字繫傳》，每卷卷首先名以
〈通釋〉、〈部敘〉、〈通論〉、〈袪妄〉、〈類聚〉、〈錯綜〉、〈疑義〉、〈系述〉等，次行
題以「繫傳」，徐鍇、朱翽之官銜名氏又次焉，與宋刻體例相倣。由諸事顯示，《繫
傳》爲全書總名無疑。至於鉉序稱以「通釋」者，猶《呂氏春秋》又名《呂覽》，援
引者從簡略耳。《宋史・藝文志》則誤以二書重出。

〔註2〕見潘美月《圖書》第四章〈兩宋時代的圖書〉，頁89。

第四章 《說文繫傳》板本考

第一節 歷代書目著錄考徵

一、宋代書目著錄

1. 《繫傳》三十八卷本
   (1)《通志》卷六十四:「《說文解字繫傳》三十八卷,徐鍇。」
   (2)《崇文總目輯釋》卷一:「《說文解字繫傳》三十八卷,原釋徐鍇。鍇以許氏學廢,推源析流,演究其文,作四十篇。近世言小學,惟鍇名家。」
   按:此錢東垣依天一閣鈔本及《玉海》輯釋者。
2. 《繫傳》四十卷本
   (1)《直齋書錄解題》卷三:「《說文解字繫傳》四十卷,南唐校書郎廣陵徐鍇楚金撰。爲〈通釋〉三十篇,〈部敘〉二篇,〈通論〉三篇,〈袪妄〉、〈類聚〉、〈疑義〉、〈系述〉各一篇。鍇至集賢學士右內史舍人,不及歸朝而卒。鍇與兄鉉齊名,或且過之,而鉉歸朝通顯,故名出鍇上。此書援引精博,小學家未有能及之者。」
   (2)《中興館閣書目》:「《說文解字繫傳》四十卷,南唐徐鍇。」
   按:此據趙士煒輯本,趙氏據《玉海》卷四十四引。《玉海》卷四十四:「《說文解字繫傳》四十卷,南唐徐鍇楚金傳釋,朱翱反切。案鍇〈系述〉:〈通釋〉一至三十、〈部敘〉三十一至三十二、〈通論〉三十三至三十五、〈袪妄〉三十六、〈類聚〉三十七、〈錯綜〉三十八、〈疑義〉三十九、〈系述〉四十。今亡第二十五卷。」

（3）《宋史・藝文志・經部・小學類》：「徐鍇《說文解字繫傳》四十卷，《說文解字通釋》四十卷。」

按：《宋史》雖成書於元代，然所據乃宋代官目，故列之於此。

3.《繫傳》未詳卷數本

（1）《遂初堂書目・小學類》：「徐鍇《說文》。」

按：南宋私家藏書，以尤袤遂初堂為富。

二、元代書目著錄

1.《繫傳》四十卷本

（1）《文獻通考》卷一八九〈經籍考〉十六：「《說文解字繫傳》四十卷。陳氏曰云云，巽巖李氏序曰云云。」

按：馬端臨於此目下全錄《直齋書錄解題》，及李燾〈說文五音韻譜序〉。

三、明代書目著錄

1.《繫傳》三十八卷本

（1）《國史經籍志》卷二：「《說文解字繫傳》三十八卷，徐鍇。」

按：此《經籍志》，萬曆二十二年，焦竑以專領修國史事撰之。

四、清代書目著錄

1. 宋刊殘本《繫傳》十一卷

（1）《百宋一廛賦注》：「殘本《說文繫傳》，每半葉七行，每行大十四字，小廿二字。所存起〈通釋〉之第三十，至末凡十一卷。寒山趙頤光舊物也。此書，尤延之、呂太史、李巽巖，皆言其斷爛闕誤，時距小徐未為遠，故曰俄傾也。今歙人有刊行之者，正文尚脫落數百字，又經不學之徒以大徐本點竄殆遍，真有不如不刻之歎。予得此本，當即《困學紀聞》所云，今浙東所刊，得於石林葉氏蘇魏公本者也。非猶不食之碩果乎。殘本，故云辨。辨、古瓣字。小學類，故云字林耳。」

按：清黃丕烈嘗購得宋刻百餘種，顧蒓言其室曰「百宋一廛」，顧千里為作賦曰：「南唐《繫傳》，難弟楚金。漶漫俄傾，點竄侵尋。碩果之辨，不食字林。起寒山以把臂，咨靈威以賞音。」

（2）《求古居宋本書目》：「《說文繫傳》，殘本，趙凡夫藏，四冊。」

按：黃丕烈于《百宋一廛》後所收俱登此目內，葉德輝《觀古堂書目叢刻》載

錄之。

（3）《藝芸書舍宋元本書目》：「《說文繫傳》，存三十至四十卷。」

按：據書目標題，此乃字書宋本。

（4）《鐵琴銅劍樓藏書目錄》卷七：「《說文解字繫傳》十二卷，宋刊殘本。原書四十卷，今存敘目一卷，〈通釋〉一卷，〈部敘〉二卷，〈通論〉三卷，〈袪妄〉一卷，〈類聚〉一卷，〈錯綜〉一卷，〈疑義〉一卷，〈系述〉一卷。後有題云：『熙寧己酉冬，傳監察王聖美本。翰林祇候劉允恭等篆。』又有子容題二首，尤袤跋一首。半葉七行，行十四字，小字雙行，行二十二字。卷中愼字減筆，是孝宗以後刻本也。舊爲趙凡夫藏本。其〈敘目〉一卷，題跋二葉，趙氏鈔補，向藏郡中。汪氏、祁氏所刻《繫傳》，〈部敘〉以下即據是本。卷首有『吳郡趙宧光家經籍』朱記。」

按：十二卷者，據趙凡夫鈔補之〈敘目〉計之也。

（5）《邵亭知見傳本書目》卷三：「《說文繫傳》，殘宋本，半頁七行，行大字十四，小字二十二。存〈通釋〉第三十至末，凡十一卷。寒山趙宧光舊物，曾藏黃丕烈家。」

（6）《宋元本書目行格表》卷上：「七行，宋殘本《說文解字繫傳》，行大十四字，小廿二字，存十一卷，黃丕烈《百宋一廛賦注》。《瞿目》有殘本十二卷，即百宋舊物十一卷者，以〈敘目〉一卷係趙凡夫鈔補，不入數中也。即祁刻借校之底本。」

（7）《宋金元本書影》：「《說文解字繫傳》，宋刊本，七行十四字，21.2×15.6，宋尤袤跋，45，1.8。」

按：此書影爲鐵琴銅劍樓主人瞿啓甲所編。於書目中，分別記載書名、板本、行格、板匡、影存之題跋人名氏、原書葉次及書影見於識語之卷葉數。瞿啓甲者，瞿鏞之後人也。

（8）《清學部圖書館善本書目》：「《說文繫傳》十二卷，影汪氏宋鈔本三十卷至四十卷，前有〈序目〉一卷。祁氏刊本所由出。前有『宋印葆淳』白文小印。存三十之四十。」

按：《清學部圖書館善本書目》，引自《古學彙刊》。三十卷至四十卷，加以〈序目〉一卷，共十二卷。此〈序目〉似爲瞿目云趙氏鈔補者也。

2. 宋嘉祐刊本《繫傳》四十卷

（1）《帶經堂書目》卷一：「《說文繫傳》四十卷，宋嘉祐刊本，南唐徐鍇撰。宋刻《說文解字》、《說文繫傳》，皆與時下之汲古閣刻《解字》、汪氏刻《繫

傳》，時有異同。小學之不講久矣，好古者精摹而板行之，亦不無小裨也。」

按：陳徵芝《帶經堂書目》五卷，周星詒季貺、陸心源剛父批訂。《繫傳》條書眉處，周星詒批語云：「此書未必全是宋刻，應查缺卷。無缺，亦應與初刻對勘著明。」又《讀書敏求記》，季貺有校語云：「《說文解字》三十卷，《繫傳》四十卷，福州陳氏帶經堂藏有宋刻本。丙寅歲，向星村秀才索觀，則爲其從兄攜赴臺陽學舍矣，悵惜久之〔註1〕。」章鈺《讀書敏求記》校證曰：「蔣鳳藻云：『陳氏帶經堂藏有宋刻《說文繫傳》四十卷，全本帶往臺灣，不克影寫，爲憾。』鈺案：陳藏宋本《繫傳》亦嘉祐本，與大徐本同入帶經目。」嘉祐，宋仁宗年號，依記錄言之，此乃最早之《繫傳》刻本。

3. **校鈔本《繫傳通釋》三十八卷**

（1）《海源閣藏書目》：「校鈔《說文解字繫傳通釋》三十八卷，十二冊。」

按：此海源閣所藏校本，《楹書隅錄》未收列。

4. **述古堂影宋鈔本《繫傳》四十卷**

（1）《述古堂藏書目》卷一：「徐鍇《說文解字繫傳》四十卷，宋板影抄。」

（2）《讀書敏求記》卷一：「徐鍇《說文解字繫傳》四十卷。簡端題云：『文林郎守秘書省校書郎臣徐鍇傳釋』。蓋楚金仕江左，是書曾經進覽，故結銜如此。嘉祐中，宋鄭公曰：『《繫傳》該洽無比，小徐學問文章才敏皆優於其兄，何以後人稱道反出其兄下？』子容曰：『楚金少年早卒，鼎臣歸朝後，士大夫從學者眾，宜乎名高一時。』鄭公歎賞之，以爲評論精詣。今觀此書〈通釋〉三十卷，〈部敘〉二卷，〈通論〉三卷，〈袪妄〉、〈類聚〉、〈錯綜〉、〈疑義〉、〈系述〉各一卷，而總名之『繫傳』者，蓋尊叔重之書爲經，而自比於邱明之爲《春秋》作傳也。〈部敘〉究竟始一終亥之義、〈袪妄〉直指陽冰之感，參而觀之，字學於焉集大成。楚金眞許氏之功臣矣。惜乎流傳絕少，世罕有觀之者。當李巽巖時，蒐訪歲久，僅得七八，闕卷誤字又無所是正，而況後之學人，年代浸遠，何從覘其全本乎？此等書應有神物訶護，留心籍氏者勿謂述古書庫中無驚人秘笈也。」

按：此據海寧管庭芬原輯，長洲章鈺補輯引。

（3）《豐順丁氏持靜齋書目》：「《說文繫傳》四十卷，舊鈔本，每葉紙心有『虞山錢遵王述古堂藏書』十字，通體完好如故。田耕堂、宜稼堂均臧。」

（4）《適園藏書志》卷二：「《說文繫傳通釋》四十卷，影鈔宋本，南唐徐鍇撰。

〔註1〕見葉昌熾《藏書紀事詩》卷六，世界書局，民國53年3月初版。

鍇字楚金，廣陵人，起家南唐元宗朝，後主以為屯田郎中知制誥集賢殿學
士，酷嗜讀書，博記精小學，與兄鉉齊名，列近侍，時方晉之二陸。而鍇
獨於江南未破前病卒，自幸得免俘虜。云是書首〈通釋〉三十卷，以許慎
原本十五篇析而為二。凡鍇所發明，列於慎注後，題名以別之。次〈部敘〉
二卷，〈通論〉三卷，〈袪妄〉、〈類聚〉、〈錯綜〉、〈疑義〉、〈系述〉，各一卷。
後有熙寧己酉冬傳監察王聖美本，翰林祗候劉允恭等篆，子容題并跋。子
容者，蘇頌也。《繫傳》宋刻已無完書，汪氏、祁氏所刻，大半皆據影鈔本。
此本口上有『虞山錢遵王述古堂藏書』十字，精妙無匹，是遵王舊物收藏，
有『田耕堂藏』、『泰峰借讀』，兩朱文方印。」

（5）《莐圃善本書目》卷五下：「《說文解字繫傳》四十卷，宋徐鍇撰，述古堂景
宋鈔本，十冊。」

按：莐圃者，乃熊之字，一字芹伯，鈞衡之子，此書目乃析適園所藏本，故列
於茲。

5. 虞山錢楚殷鈔本《繫傳》

（1）《百宋一廛賦注》：「予又有虞山錢楚殷家所鈔完本，鈕君樹玉曾借去校讀，
擊節不置，使槧本而完，當復何如也。鈕君家洞庭山。」

按：錢楚殷者，錢曾之子沅也。鈕樹玉《說文繫傳·跋》云：「舊鈔《繫傳》有
二部，其一為黃蕘圃所得。去歲十二月，曾借蕘圃藏本略觀一過，歲暮不
及校，率作一跋還之〔註2〕。」又《說文解字校錄·凡例》言：「《繫傳》
采毛氏舊鈔，兼錢楚殷鈔本，雖鈔手不精，校近刻反取《解字》本改者遠
勝。」是鈕樹玉確曾借黃氏此鈔本校讀。李富孫《說文繫傳·跋》云：「頃
於吳門汪氏假閱鈔白本，每葉心下有『虞山錢楚殷藏書』字，有『來春閣
席汾』印記。其示部禪字後亦有禰、禮、祧、祅、祚五篆，木部并無脫文
〔註3〕。」雖無以知李富孫所見之本，是否即曾為黃蕘圃所藏者，然由「虞
山錢楚殷藏書」七字之題，是知與述古堂藏書同源矣。

6. 吳玉搢鈔本《繫傳》

7. 徐堅校藏本《繫傳》

按：徐堅重鈔《說文繫傳》，序於乾隆三年冬，其言曰：「淮陰吳山夫玉搢氏喜
習六書學，家貧不能致書，嘗借鈔於諸相識中。寒暑靡間，裒然成帙。人
或有過而笑之者，山夫不顧也。予來淮之二年，始得與之交有厚契，時相

過從。間出是書相賞曰:『是得於吳郡薄君自昆者,因其游裝恩促,分遣諸弟子鈔錄,其中錯謬脫落殆倍於原書。時方從事《金石存》,卒未暇正也。』予亟假閱,倩人錄成。適得汲古閣所鐫宋本《說文解字》,是真徐鉉所校本也。相與校勘,字櫛句比,疑竇乃生。闕者補之,謬者正之,裨益之功,蓋得十之三四。至如楚金所述,謬而無從正者仍之,意同而文有小異者兩存之。經傳褲呈,丹鉛並進,累旬而竣工,乃序是書所得之由,並附一隅之說。」徐堅校藏本,乃傳錄自吳玉搢,而吳玉搢鈔本則得于薄自昆者也〔註4〕。

8. 郁陛宣藏鈔本《繫傳》
9. 朱文游影宋鈔本《繫傳》
10. 朱文藻影鈔本《繫傳》

按:乾隆三十五年,朱文藻《說文繫傳考異‧前跋》曰:「南唐徐鍇《說文解字繫傳》四十卷,今世流傳蓋尠。吾杭惟城東郁君陛宣購藏鈔本。昨歲,因吳江潘君瑩中,獲訪吳下朱丈文游,從其插架借得此書,歸而影寫一過。復取郁本對勘,謬闕之處,二本多同,其不同者十數而已。」又其嘉慶十一年《重校說文繫傳考異‧跋》,于借書一事,述敘甚詳。其知朱文游有影宋鈔《繫傳》,乃因潘瑩中之語也〔註5〕。復考《皕宋樓藏書志》有《說文繫傳考異》二十八卷,載錄朱文藻手札,云:「承假《說文繫傳》,本擬速為鈔竣,適入夏後猝遭魚亭先生尊人大故,未免間以他務停止。嗣因勉赴秋闈,又停一月,蹉跎至今。鈔畢之日,正欲造堂面繳,快聆清誨。恰值潘先生有還吳之便,原書附順奉上外,有〈考異〉二十八篇,〈附錄〉二篇,合為一冊,并呈教政。」是謂朱文藻影鈔之《繫傳》,乃據朱文游本傳錄。至若郁陛宣本,吳西林謂其「字畫拙劣脫落,不可句讀,徵引殊不足信,深以為憾耳〔註6〕。」而朱文藻以朱文游、郁陛宣二本相勘,以「謬闕之處,二本多同,其不同者,十數而已。」則此二本差異不大。

朱文藻乾隆三十七年《說文繫傳考異‧附錄》云:「東海徐氏校藏本序,徐氏名堅,字孝先,吳郡鄧尉人。先是吳丈西林嘗借是書於徐氏,未至,而

〔註4〕見《說文繫傳考異‧附錄上》,東海徐堅校藏本《說文繫傳‧序》。

〔註5〕朱文藻重校《說文繫傳考異‧跋》云:「瑩中精青烏家言,而儒雅可親。其戚朱丈文游,居吳門南濠,藏書甚富,因言朱氏有影宋鈔繫傳,可借錄之。」見《說文解字詁林》,頁1〜135,鼎文書局。

〔註6〕語見《說文解字詁林》,頁1〜135,鼎文書局。

南濠朱氏之本先得。今歲壬辰秋仲，徐氏親攜是書來武林，訪吳丈於振綺堂。其書與朱本相同，卷首有序。」其謂朱本，即朱文游影宋鈔本《繫傳》。依〈附錄〉之言，徐、朱二本，蓋同源焉。

11. **紀昀家藏本《繫傳》四十卷**

（1）《四庫全書總目・經部・小學類》卷四十一：「《說文繫傳》四十卷，兵部侍郎紀昀家藏本。」

（2）《進呈書目》：「侍讀紀交出書目，《說文解字繫傳》，六本。」

（3）《四庫採進書目》：「侍讀紀交出書目，《說文解字繫傳》〔四十卷，宋徐鍇著〕，六本。」

按：此《四庫採進書目》，吳慰祖據《進呈書目》校訂，再依《四庫提要》、《四庫簡明目錄》查補原缺之卷數及作者，凡新補之字，統以方括孤〔　〕為記。吳氏校訂者，乃據清人著錄，故列於此。

12. **《四庫全書》本《繫傳》四十卷**

（1）《四庫全書總目提要・經部・小學類》卷四十一：「《說文繫傳》四十卷，兵部侍郎紀昀家藏本，南唐徐鍇撰。鍇字楚金，廣陵人，官至右內史舍人。宋兵下江南，卒於圍城之中，事跡具《南唐書》本傳。是書凡八篇，道〈通釋〉三十卷，以許慎《說文解字》十五篇，篇析為二。凡鍇所發明，及徵引經傳者，悉加『臣鍇曰』及『臣鍇按』以別之。繼以〈部敘〉二卷，〈通論〉三卷，〈袪妄〉、〈類聚〉、〈錯綜〉、〈疑義〉、〈系述〉各一卷。〈袪妄〉斥李陽冰臆說。〈疑義〉舉《說文》偏旁所有，而闕其字及篆體筆畫相承小異者。〈部敘〉擬易序卦傳，以明說文五百四十部先後之次。〈類聚〉則舉字之相比為義者，如一二三四之類。〈錯綜〉則旁推六書之旨，通諸人事以盡其意。終以〈系述〉，則猶《史記》之〈自敘〉也。鍇嘗別作《說文篆韻譜》五卷，宋孝宗時，李燾因之，作《說文解字五音譜》。燾〈自序〉有曰：『《韻譜》當與《繫傳》並行，今《韻譜》或刻諸學官，而《繫傳》迄莫光顯。余蒐訪歲久，僅得其七八，闕卷誤字，無所是正，每用太息。』則《繫傳》在宋時已殘闕不完矣。今相傳僅有抄本，錢曾《讀書敏求記》至詫為驚人秘笈，然脫誤特甚。卷末有熙寧中蘇頌記云：『舊闕二十五、三十，共二卷，俟別求補寫。』此本卷三十不闕，或續得之以補入。卷二十五則直錄其兄鉉所校之本，而去其所附之字，殆後人求其原書不獲，因摭鉉書以足之，猶之《魏書》佚〈天文志〉，以張太素書補之也。其餘各部闕文亦多取鉉書竄入。考鉉書用孫愐《唐韻》，而鍇書則朝散大夫行秘書省校書郎朱

朱翱爲反切，鉉書稱某某切，而鍇書稱反。今書內音切與鉉書無異者，其訓釋亦必無異，其移掇之迹，顯然可見。至示部竄入鉉新附之祧、祅、祚三字，尤鑿鑿可證者。〈錯綜〉篇末，其文亦似未完，無可采補，則竟闕之矣。此書成於鉉書之前，故鉉書多引其說，然亦時有同異，如鉉本『福祐也』，此作『備也』；鉉本『萊耕多草』，此作『耕名』；鉉本『迎前頡也』，此作『前頓也』；鉉本『鷚大鷚也』，此從《爾雅》作『天顧也』。又鉉本祡字下引《禮記》、禂字下引《詩》之類，此作『臣鍇按禮記曰』、『臣鍇按詩曰』，則鍇所引而鉉本淆入許氏者甚多。又如畏字下云闕，此作『家本無注』，臣鍇按疑許慎子許沖所言也，是鉉直刪去『家本無注』四字，改用一闕字。其憑臆刪改，非賴此書之存，何以證之哉。此書本出蘇頌所傳，篆文爲監察王聖美、翰林祇候劉允恭所書。卷末題子容者，即頌字也。乾道癸巳尤袤得於葉夢得家，寫以與李燾，詳見袤跋。書中有稱『臣次立案』者，張次立也，官至殿中丞，嘗與寫嘉祐二字石經，陶宗儀《書史會要》載其始末云。

案是書在徐鉉校《說文》之前而列其後者，鉉校許慎之原本，以慎爲主而鉉附之，此書鍇所論著，以鍇爲主，故不得而先慎也。」

（2）《四庫全書簡明目錄・經部・小學類》卷四：「《說文繫傳》四十卷，南唐徐鍇撰。其音切則朱翱作也。首〈通釋〉三十卷，以許慎原本十五篇，每篇析而爲二，凡鍇所發明，列于慎注之後，題名以別之。次爲〈部敘〉二卷，〈通論〉三卷，〈袪妄〉、〈類聚〉、〈錯綜〉、〈疑義〉、〈系述〉各一卷。原本殘缺，多以徐鉉所校《說文》竄補。今悉爲考訂釐正，俾無舛訛。

謹案是書在徐鉉校刊《說文》之前，而列于其後者，鉉所校本乃許慎原書，不以鉉爲主，鍇則多所論述，自爲一書，以鍇爲主故也。」

按：清修《四庫全書》，《繫傳》係據紀昀家藏本，《四庫提要》云：「今相傳僅有鈔本」，紀本當亦爲鈔本焉。然紀昀所交《繫傳》，《進呈書目》、《四庫採進書目》皆載六本，而《四庫全書》本《繫傳》爲十冊〔註 7〕，殆編纂有異，已非紀本原貌矣。

13. 四庫採而未錄本《繫傳》

（1）《進呈書目》：「兩江第一次書目，《說文解字通釋》，南唐徐鍇著，十本，抄本。」

〔註 7〕《國立故宮博物院善本舊籍總目》云：「《說文繫傳》四十卷，南唐徐鍇撰，清乾隆間寫文淵閣四庫全書本，十冊。」

（2）《四庫採進書目》：「《兩江第一次書目》，《說文解字〔繫傳〕通釋》，〔四十卷〕，南唐徐鍇著，〔抄本〕，十本。《江蘇採輯遺書目錄簡目》，《說文解字通釋》四十卷，南唐守秘書省校書郎廣陵徐鍇著。」

按：《四庫提要‧凡例》云：「諸書刊寫之本不一，謹擇其善本錄之；增刪之本亦不一，謹擇其足本錄之。」故《四庫》僅錄其一種，將其餘所進各本，一概抹殺。兩江、江蘇二省採輯之《繫傳》，即未錄而棄佚者也。清黃烈等編《江蘇採輯遺書目錄》，《四庫採進書目》以《江蘇採輯遺書目錄簡目》附錄之。

14. **朱竹君舊寫本《繫傳》**

15. **王杰寫本《繫傳》**

16. **翁方綱校本《繫傳》**

按：翁方綱《復初齋文集‧說文六》，語及《說文繫傳》：「昔年見吾里朱竹君齋有舊寫本，又見韓城王惺園亦有寫本，因借二家本合校寫之。桂未谷爲之參互校勘，實多闕失，不能補成完書也。」

17. **李方赤鈔本《繫傳》**

按：據王筠《說文繫傳校錄》卷三十《書說文繫傳考異後》云：「朱竹君先生藏本，李方赤比部借鈔」，是李氏鈔本，源自朱竹君本也。

18. **汪啟淑刊本《繫傳》四十卷**

（1）《邵亭知見傳本書目》卷三：「《說文繫傳》四十卷，南唐徐鍇撰。汪啟淑刊大字本。」

（2）《古越藏書樓書目》：「《說文繫傳》四十卷，南唐徐鍇。乾隆四十七年汪啟淑本。」

（3）《行素草堂目現書錄》：「《說文繫傳》，新安汪啟淑刊本。」

按：此自書錄之金山錢氏家刻書總目舊藏書板引。

19. **盧文弨校汪刊本《繫傳》四十卷**

（1）《善本書室藏書志》卷五：「《說文解字繫傳》四十卷，盧抱經校汪刊本，梁山舟藏書。文林郎守秘書省校書郎臣徐鍇傳釋、朝散大夫行秘書省校書郎臣朱翱反切。按鍇字楚金，廣陵人，起家南唐元宗朝，後主以爲屯田郎中知制誥集賢殿學士。酷嗜讀書博記、精小學。與兄鉉齊名，列近侍，時方晉之二陸。而鍇獨於江南未破前病卒，自幸得免俘虜云。是書首〈通釋〉三十卷，以許慎原本十五篇析而爲二，凡鍇所發明，列於慎注後，題名以別之。次〈部敘〉二卷，〈通論〉三卷，〈袪妄〉、〈類聚〉、〈錯綜〉、〈疑義〉、

〈系述〉，各一卷。後有熙寧己酉冬傳監察王聖美本、翰林祇候劉允恭等篆，子容題并跋。子容者，蘇頌也。又有乾道癸巳尤袤跋。原本宋已殘闕，多以其兄鉉所校《說文》竄補。四庫館悉爲攷訂釐正，汪啓淑以稿本付梓，且刊〈附錄〉一卷。盧文弨復校正之，梁同書復手爲校過，以贈嚴元照，故又有「元照之印」、「芳茞堂印」、「香修」諸印。同書字元穎，號山舟，錢塘人。乾隆壬申進士，官至翰林院侍講，嘉慶丁卯，重宴鹿鳴，加侍講學士銜，工詩喜書，年九十二卒。」

按：芳茞堂者，嚴元照室名也。

（2）《八千卷樓書目》卷三：「《說文繫傳》四十卷，南唐徐鍇撰。汪氏刊本。」

按：丁氏藏書八千卷，築小樓於梅東里，梁山舟學士題其額曰「八千卷樓」。其本與前同。

（3）《善本書室藏書志簡目》卷五：「《說文解字繫傳》四十卷，南唐徐鍇傳釋、朱翱反切。盧文弨校汪刊本，（梁同書）、八。」

按：此簡目乃喬衍琯爲利於查閱丁丙《書志》而作，故列於茲。

（4）《江南圖書館善本書目》經十五：「《說文解字繫傳》四十卷，南唐廣陵徐鍇。盧抱經校汪刊本，梁山舟藏書。」

按：陸心源皕宋樓書東渡未幾，錢塘丁氏爲債務所迫，欲售八千卷樓藏書。是時，國人恐其蹈陸氏藏書之覆轍，商由兩江總督端方午橋斥資購之，且運至金陵，設立江南圖書館典守。故此載之《說文解字繫傳》，即《善本書室志》、《八千卷樓書目》著錄之本也。

20. 馬俊良刊《龍威秘書》本《繫傳》四十卷

（1）《邵亭知見傳本書目》卷三：「《說文繫傳》四十卷，南唐徐鍇撰。馬氏《龍威秘書》小字本。馬出于汪，並多錯脫。」

按：邵目「馬氏《龍威秘書》小字本」，《書目類編》據民國上海國學扶輪社排印本作「馬氏玲瓏秘書小字本」。

（2）《己丑曝書記》：「《說文繫傳》四十卷，南唐徐鍇注，《龍威秘書》本。」

21. 汲古閣舊鈔本《繫傳》

22. 顧廣圻校本《繫傳》四十卷

（1）《楹書隅錄》卷一：「校本《說文解字繫傳》四十卷，十冊。

汲古閣藏鈔本校補十一至廿。（在卷首）

此新刻《繫傳》校舊鈔本，十一至二十，凡十卷，多脫誤。癸亥七月草草錄一過。廿三日澗薲記。（在卷三十後）

合《韻會》不合大徐○，合大徐不合《韻會》△，俱不合亦用△，當考者∠。（在卷首）

大徐本自汲古閣毛氏鋟版後，復經孫淵如、經約齋兩先生據宋槧開雕，已可家置一編。而小徐《繫傳》，則元以來傳世絕鮮。國朝歙汪氏、石門馬氏，雖有刊本，又譌漏殊甚。壽陽相國春圃年丈督學江蘇時，假澗薲居士影宋本，並黃蕘翁所藏宋槧殘本，即汪氏藝芸書舍本，重加校刻。於是，學者於楚金之書，始獲見真面目矣。此本即澗薲居士以影宋本手自契勘者，其云『十一至二十』，蓋指補脫之卷言之，非所校止此。又間有稱殘本處，則以黃本參校者也。壽陽所刻，固已精密，然此本為澗薲手校，且合大徐、《韻會》，互相稽攷，尤極詳審，亦讀楚金書者所亟當探討已，故並儲之。

按：鈕樹玉《說文繫傳·跋》云：「嘉慶六年六月，從顧東京假得抱沖所藏毛氏舊鈔《繫傳》，校錄於上」，《說文解字校錄·凡例》曰：「《繫傳》采毛氏舊鈔」。顧之逵，字抱沖，嘉慶時藏書富於吳中，顧廣圻之從兄也。由鈕氏言推之，顧廣圻當有毛氏舊鈔《繫傳》。蓋顧本卷首記稱「汲古閣藏鈔本」即是顧之逵所藏者。

23. 道光十九年祁寯藻刻本《繫傳》四十卷

（1）《曝書雜記》卷下：「錢遵王藏《說文繫傳》，詫為述古庫中驚人祕笈。當明季時，所見《說文》皆李巽巖《五音韻譜》，而始一終亥之本，雖博覽如顧亭林，猶不得見也。自汲古閣大徐本流傳，學者始得見許氏真本。今仿宋之刻已有數本，幾於家置一編。《繫傳》則乾隆壬寅汪氏啓淑刻與石門馬氏巾箱本並行。然觀卷後乾道癸巳尤氏衺跋，則宋時已多訛舛矣。道光丁酉，壽陽祁相國督學江蘇，訪得顧千里所藏舊鈔本，又得汪氏士鍾所藏宋刻，僅見三十卷至四十卷。與陳芝楣撫軍鑾捐資開雕。寫楷書者為蘇州蔣芝生，篆文則江陰承培元、吳江吳汝庚。原闕第二十五卷，顧氏鈔本據大徐本補入。武進李申耆大令兆洛，蒐采《韻會》等書所引《繫傳》輯補，詳於〈校勘記〉。〈校勘記〉凡三卷，河間苗夔、江陰夏灝，及承培元、吳汝庚所纂也。庚子秋日，江陰季仙九先生督學吾浙，分贈一部，因得藏之，亦詫為書庫中祕笈。相國序中謂附刻小徐《篆韻譜》，則未之見。《篆韻譜》，余十年前曾從蔣生沐借閱，手寫一卷，以畏難輟業，老年更難動筆矣。祁刻《說文繫傳》。」

（2）《邵亭知見傳本書目》卷三：「《說文繫傳》四十卷，南唐徐鍇撰。道光十九年祁刻仿宋本最善，附承培元〈校勘記〉三卷。」

（3）《尊經閣藏書目錄》:「祁刻說文，壹部，捌本。」

按：此爲兩江督憲張、江蘇撫憲趙批發諸書之一。

（4）《經籍舉要》:「南唐徐鍇《說文繫傳》，祁刻本。」

（5）《書目答問》卷一:「《說文繫傳》四十卷附〈校勘記〉三卷，南唐徐鍇。苗夔校。壽陽祁氏刻本。」

24. **同治十二年粵東書局刊《小學彙函》本《繫傳》**

（1）《行素草堂目現書錄》:「《說文繫傳》，壽陽祁氏本。」

按：是本輯于同治十二年粵東書局刊古經解彙函附刊《小學彙函》。

25. **《小學彙函》本《繫傳》四十卷**

（1）《己丑曝書記》:「《說文繫傳》四十卷，南唐徐鍇注附〈校勘記〉三卷，《小學彙函》本。」

（2）《八千卷樓書目》卷三:「《說文繫傳》四十卷，南唐徐鍇撰。《小學彙函》本。」

26. **《小學彙函》重刻本《繫傳》四十卷**

（1）《書目答問》卷一:「《說文繫傳》四十卷附〈校勘記〉三卷，南唐徐鍇，苗夔校。《小學彙函》重刻祁本。」

（2）《古越藏書樓書目》:「《說文繫傳》四十卷，南唐徐鍇。〈校勘記〉三卷，承培元、夏灝、吳汝庚。《小學彙函》重刻本。」

27. **光緒元年姚覲元重刊本《繫傳》四十卷**

（1）《己丑曝書記》:「《說文繫傳》四十卷，南唐徐鍇注，附〈校勘記〉三卷，湖州姚氏重刊祁本。」

（2）《邵亭知見傳本書目》卷三:「《說文繫傳》四十卷，南唐徐鍇撰。姚氏重刊本。」

按：「姚氏重刊本」，載錄於此繫傳條目書眉處。

28. **歸安姚覲元繙祁本《繫傳》四十卷**

（1）《書目答問》卷一:「《說文繫傳》四十卷附〈校勘記〉三卷，南唐徐鍇。苗夔校。歸安姚氏繙祁本。」

29. **吳寶恕重刊本《繫傳》四十卷**

（1）《邵亭知見傳本書目》卷三:「《說文繫傳》四十卷，南唐徐鍇撰。吳寶恕重刊本。」

按：「吳寶恕重刊本」六字，見錄于書眉。

30. **吳寶恕刊本《繫傳》四十卷**

（1）《八千卷樓書目》卷三：「《說文繫傳》四十卷，南唐徐鍇撰。吳氏刊本。」

31. 光緒十年歸安姚覲元《咫進齋叢書》本《繫傳》三十卷

（1）《行素草堂目覩書錄》：「《說文繫傳》三十卷，〈校勘記〉三卷。」

按：此輯藏于姚覲元《咫進齋叢書》光緒十年定本，附單行本。

32. 粵刊本《繫傳》四十卷

（1）《八千卷樓書目》卷三：「《說文繫傳》四十卷，南唐徐鍇撰。粵刊本。」

按：未知此粵刊本與同治十二年粵東書局刊《小學彙函》是否有關，然《八千
卷樓書目》兩載之，似二者不相涉，故列存之。

33. 未詳本《繫傳》四十卷

（1）《孫氏祠堂書目內編》卷一：「《說文繫傳》四十卷，南唐徐鍇撰。」

（2）《稽瑞樓書目》：「《說文繫傳》四十卷，十冊。」

（3）《結一廬書目》：「《說文繫傳通釋》四十卷附〈札記〉一卷，十冊。」

按：此見葉德輝《觀古堂書目叢刻》輯。

五、民國書目著錄

1. 舊寫本《通釋》三十八卷

（1）《藏園群書經眼錄》卷二：「《說文解字通釋》三十八卷，舊寫本。前人以朱
筆校過，題『淮陰辟園顧文英錄』，末有己未秋繭園校第四次畢云云，不知
何人也。鈐有『修汲軒』、『海源閣』、『楊保彝藏本』各印。」（海源閣遺籍、
庚午）

2. 述古堂影宋鈔本《繫傳通釋》四十卷

（1）《臺灣公藏善本書目》：「《說文繫傳通釋》四十卷，南唐徐鍇，清虞山錢氏
述古堂影宋鈔本，中圖 72。」

（2）《國立中央圖書館善本書目・經部・小學類》：「《說文繫傳通釋》四十卷，
十冊，五代徐鍇撰，清虞山錢氏述古堂影宋鈔本。」

3. 烏絲欄舊鈔本《繫傳》四十卷〈考異〉二十八卷〈附錄〉二卷

（1）《臺灣公藏善本書目》：「《說文繫傳》四十卷〈考異〉二十八卷〈附錄〉二
卷，南唐徐鍇，烏絲欄舊鈔本，史語所 16。」

（2）《中央研究院歷史語言研究所善本書目・經部・小學類》：「《說文繫傳》四
十卷〈考異〉二十八卷〈附錄〉二卷十二冊，南唐徐鍇撰，烏絲欄舊鈔本。」

4. 《文淵閣四庫全書》本《繫傳》四十卷

（1）《臺灣公藏善本書目》：「《說文繫傳》四十卷，南唐徐鍇，清《文淵閣四庫

全書》本，故宮 56。」

（2）《國立故宮博物院善本舊籍總目・經部・小學類》：「《說文繫傳》四十卷，
南唐徐鍇撰，清乾隆間寫《文淵閣四庫全書》本，十冊。」

5. 舊鈔本《通釋》四十卷

（1）《臺灣公藏善本書目》：「《說文解字通釋》四十卷，南唐徐鍇，舊鈔本，中
圖 72。」

（2）《國立中央圖書館善本書目・經部・小學類》：「《說文解字通釋》四十卷，
六冊，五代徐鍇撰，舊鈔本，清翁方綱手校并題記，又桂馥、沈心醇各手
校，附桂沈二氏手札各一通。」

按：陸心源《皕宋樓藏書志》卷十三「《說文繫傳考異》二十八卷」，載錄丁小
疋手跋曰：

初見此跋，心疑即朱君所撰書也。今詢朱君，果如余所料，抃
喜者累日。輦下諸公傳抄者，並署朱君名，不復知有嫁名汪主政事，
乃据吳門副本耳。戊戌六月十八日記於吳蘇泉庶常寓齋。七月十九
日，借沈匏尊校本互勘一過。

又曰：

去歲冬，錦鴻借靈石何庶常抄本影抄。同時，海寧沈匏尊亦影
抄一本，乃大興翁學士本也。翁本無篆文，惟何本有之，誤謬實多。
今年春，朱君映辰至京師，囑其手自校正，并益附錄數條。邇歙縣
程易田閒談，始知何庶常借易田本影抄，易田本又出於長洲汪竹香。
易田云，竹香絕秘惜此書，不肯語人。前年秋，將往豐閏整頓書籍，
偶為易田所見，強借得之。錦鴻與竹香交最深，始終不知其有此書
也。戊戌將陽後一日記。

王獻唐據此，將沈匏尊本、翁方綱本、汪竹香本、程易田本、何庶常本及丁
小疋本，歸為《繫傳》抄本。然丁跋云「翁本無篆文」，與見存中央圖書館
翁方綱校本《繫傳》有篆文者異。豈翁方綱本有二，抑或此六本乃〈考異〉，
非《繫傳》之屬，未知孰是。又據翁方綱抄本《繫傳》第四冊封面題記，云：
「未谷遂來小疋所校系傳六冊」，則當有丁小疋校本《繫傳》者也〔註8〕。

6. 烏絲欄舊鈔本《通釋》四十卷

（1）《臺灣公藏善本書目》：「《說文解字通釋》四十卷，南唐徐鍇，烏絲欄舊鈔

〔註 8〕見國立中央圖書館藏清翁方綱手校舊鈔本《繫傳》。

本，中圖 72。」

　（2）《國立中央圖書館善本書目・經部・小學類》：「《說文解字通釋》四十卷，
　　　　十二冊，五代徐鍇撰，烏絲欄舊鈔本，朱黃合校，又清衡泰手校并跋。」

7. 清汪啟淑刊本《繫傳》四十卷

　（1）《四庫目略》：「《說文繫傳》，南唐徐鍇撰，四十卷，汪刊大字本。」

　（2）《北平文奎堂書目》：「《說文繫傳》四十卷，新安汪啟淑刊，白紙二十四本。」

　（3）《四川省圖書館館藏古籍目錄》：「《說文解字繫傳》，四十卷，宋徐鍇傳釋，
　　　　清乾隆汪啟淑浙江刻本。」

　（4）《北京人文科學研究所藏書目錄》：「《說文解字繫傳》四十卷，〈附錄〉一
　　　　卷，南唐徐鍇撰，乾隆四十七年汪啟淑刻本，二函，十二冊，七三一號。」

　（5）《北京師範大學圖書館中文古籍書目》：「《說文繫傳》，四十卷，〈附錄〉一
　　　　卷，南唐徐鍇撰，乾隆四十七年（1872）新安汪氏刻本，十冊。」

8. 清盧文弨校汪刊本《繫傳》四十卷

　（1）《江蘇省立國學圖書館圖書總目》：「《說文解字繫傳》四十卷，宋廣陵徐鍇。
　　　　盧抱經校汪啟淑刊本，有盧文弨弓父手校，『抱經堂藏』、『香修』等印，丁
　　　　書，善甲一三，八冊。」

　（2）《江蘇省立國學圖書館現存書目》：「《說文解字繫傳》四十卷，宋廣陵徐鍇。
　　　　盧抱經校汪啟淑刊本，丁書，善甲，八冊。」

　按：江南圖書館屢經更名，民國十八年定名爲江蘇省立國學圖書館。

9. 清盧文弨校汪氏刊本《繫傳》存前八卷

　（1）《盧抱經先生手校本拾遺》：「《說文繫傳》殘存前八卷，清新安汪氏刊本，
　　　　壬寅校，精校本。

　　　　《說文繫傳》四十卷，題南唐廣陵徐鍇撰。是書舊無傳本，清乾隆壬寅，新
　　　　安汪啟淑得稿本四十卷刊行。其後石門馬氏《龍威秘書》刊巾箱本，壽陽
　　　　祁氏刊景宋鈔本，苗夔校，附〈校勘記〉三卷。近時涵芬樓景印《四部叢
　　　　刊》，以述古堂鈔宋本及罟里瞿氏藏宋刊殘本合爲景印。自祁本刊行後，讀
　　　　者皆以汪本、馬本不善，翻印祁刻者有歸安姚氏繙印本，重刻者有平江吳
　　　　氏、蘇州書局、《小學彙函》等重刻本，祁本乃風行一時。此爲汪本，雖云
　　　　不善，而刊行最早，又爲翁覃溪貽抱經者，復手校之，校後之明年癸卯，
　　　　抱經〈與翁覃溪論說文繫傳書〉，足資參證。（見《抱經堂文集》卷二十一）
　　　　是可寶也。其闕卷以梁山舟所校殘本配補，盧校者爲竹紙印本，梁校者爲
　　　　白紙印本，十三之二十卷，二十五之二十八卷，無梁氏校文，蓋又以汪刻

白紙印本配全，乃成完帙。

山舟跋新安汪氏《說文繫傳》云：「初校閱一過，繼得盧抱經、孫頤谷手校本，復補錄之，為頤谷索去。」（見《頻羅庵遺集》卷十二）此殘本乃二次過錄以贈嚴脩能者（見卷末山舟自記），故有「香脩」印。朱墨夾籤甚多，有標元照案云云者，頤谷又再為校訂。其稱引盧云者，抱經校也；孫云者，頤谷校也。朱籤墨籤則為脩能、頤谷所加也，又有墨籤標志祖案者，諸家參校，真善而又善矣。梁校本稱引盧云者，可補盧校殘本之闕文，盧校本亦有稱引梁云者，又可補梁校殘本之闕文。八千卷樓主人丁松生氏抱殘守闕，搜輯遺文，合二本以存，洵為海內珍本也。卷一、卷五前有「盧文弨」白文印，「弓父手校」朱文印，卷四、卷八末有「抱經堂藏」朱文印。卷後抱經及山舟校記錄下：

乾隆四十七年長至日，盧文弨抱經氏校於山右三立書院之須友堂。（卷一後）

壬寅嘉平三日官本戴本方言畢功，乃得閱此。（卷二後）

十一月六日閱，此書新印而板已壞。（卷三後）

十一月六日閱，久晴無雪，熱甚，致傷於風。（卷五後）

季冬六日閱。（卷六後）

十二月七日，夜寢甚不安。（卷七後）

八日閱。（卷八後，以上抱經校記。）

此余所校第二次過本，嚴君願逐寫一本相易，遂以奉贈。丁巳四月十七同書記，時年七十有五。」（卷末〈附錄〉後鈐有「不翁」橢圓朱文印。以上山舟校記。）

按：趙吉士附〈盧抱經先生校書年譜〉，謂盧氏于乾隆四十七年壬寅，在晉陽校新安汪氏刻本《說文繫傳》，時年六十六。

10. 清馬俊良刊《龍威秘書》本《繫傳》四十卷

（1）《四庫目略》：「《說文繫傳》，南唐徐鍇撰，四十卷，馬刊小字，即《龍威秘書》本。」

（2）《彙刻書目初編》：「《龍威秘書》，石門馬俊良嶰山編刊。第十集，《說文繫傳》四十卷，〈附錄〉一卷，南唐徐鍇。」

（3）《香港學海書樓藏書總目錄》：「《龍威秘書》，國朝馬俊良輯，大酉山房刊本。《說文繫傳》四十卷，南唐徐鍇。」

（4）《江蘇省立國學圖書館圖書總目》：又一部，題《說文解字通釋》，四十卷，

〈附錄〉一卷，宋廣陵徐鍇，原刊本，叢四八。《龍威秘書》十集第一至十
冊。」

（5）《北京師範大學圖書館中文古籍書目》：「《說文繫傳》，四十卷，〈附錄〉一
卷，南唐徐鍇撰，《龍威秘書》本，八冊。」

11. 清陳鱣校汪啓淑刻本《繫傳》四十卷

（1）《傳書堂藏善本書志》：「《說文解字繫傳》四十卷，校本。汪啓淑刻本，陳
仲魚以大徐《說文》（王周二氏藏宋刊本，葉石君、趙靈均鈔本，汲古閣初
印本等），《五音韻譜》、《古今韻會》，及諸字書手校，訂正頗多。卷末有「儀
徵阮元借觀」隸書一行，有『中魚』、『士鄉堂』，『曾在上海郁泰峰家』諸
印。」

（2）《北京圖書館善本書目》：「《說文解字繫傳》四十卷，南唐徐鍇撰，〈附錄〉
一卷。清乾隆四十七年汪啓淑刻本，陳鱣校汪並跋，阮元題款，吳起潛跋。
十二冊。」

12. 清張成孫校汪刊本《繫傳》四十卷

（1）《古書經眼錄》：「《說文解字繫傳》四十卷，〈附錄〉一卷，南唐徐鍇撰，
乾隆四十七年古歙汪啓淑刊，陽湖張成孫以硃筆批校。卷第一首頁眉端題
曰：『用鉉本校改，注以著異同文為鉉本所無者圈，出入新附笯者尖圈，
鉉本有而此無者書上方。道光十有三年二月校訖。』并鈐有『張成孫印』
陰文硃印一方，『子中』陽文硃印一方，另有『張成孫讀書記』陰文硃印
一方。」

13. 清道光十九年祁寯藻刊本《繫傳》

（1）《四庫目略》：「《說文繫傳》，南唐徐鍇撰，四十卷，祁相國刊本，附札記
佳。」

（2）《說文解字詁林》〈引用書目表〉：「《說文繫傳》四十卷，南唐徐鍇撰。壽陽
祁氏初印刻本。」

（3）《北平文奎堂書目》：「《說文解字通釋》四十卷，祁寯藻道光刊初印本，白
紙八本。《說文解字通釋》四十卷，道光年刊，白紙六本。」

14. 清道光十九年刻本《繫傳》四十卷〈校勘〉一卷

（1）梁氏《飲冰室藏書目錄》：「《說文解字繫傳》，〈通釋〉三十卷、〈部敘〉
二卷、〈祛妄〉一卷、〈類聚〉一卷、〈錯綜〉一卷、〈疑義〉一卷、〈系述〉
一卷、〈校勘記〉一卷，南唐徐鍇撰，清承培元等校勘。清道光十九年刻
本，十冊。」

15. **清道光十九年祁寯藻刊本《繫傳》四十卷附〈校勘記〉三卷**

（1）《北京人文科學研究所藏書目錄》：「《說文解字徐氏繫傳》四十卷附〈校勘記〉三卷，南唐徐鍇撰，〈校勘記〉清祁寯藻撰。道光十九年祁氏刊本。一函、八冊、253 號。」

（2）《國立故宮博物院善本舊籍總目・經部・小學類》：「《說文解字通釋》四十卷附〈校勘記〉三卷，南唐徐鍇撰，清祁寯藻校記，清道光十九年壽陽祁氏江陰刊本，九冊，徐贈。」

按：總目載九冊，誤也，當爲十冊，此正之。此本爲徐庭瑤先生捐贈者。

16. **清道光十九年祁寯藻重刊本《繫傳》四十卷**

（1）《浙江公立圖書館通常類目錄》：「《說文解字繫傳》四十卷，南唐徐鍇撰。附〈校勘記〉三卷，清苗夔撰。道光十九年祁寯藻重刊本，八本。」

（2）《四川省圖書館館藏古籍目錄》：「《說文解字繫傳》，又三部，八冊，宋徐鍇傳釋，清道光十九年（1839）祁寯藻重刻本，附〈校刊記〉。」

17. **清祁寯藻影宋鈔刊本《繫傳》四十卷**

（1）《抱經樓藏書志》：「《說文解字繫傳》四十卷附〈校勘記〉三卷，祁氏影宋鈔刊。南唐文林郎守秘書省校書郎臣徐鍇傳釋，朝散大夫行秘書省校書郎臣朱翺反切。尤袤序乾道癸巳，祁寯藻序道光己亥，陳鑾序。」

（2）《北京師範大學圖書館中文古籍書目》：「《說文解字徐氏繫傳》，四十卷，南唐徐鍇撰。道光十九年（1839）壽陽祁氏覆影宋鈔本，八冊。〈校勘記〉三卷，清祁寯藻撰。」

18. **清道光十九年祁寯藻重刻影宋鈔本《繫傳》四十卷**

（1）《崇雅堂書錄》：「《說文繫傳》四十卷，南唐徐鍇撰，道光十九年祁寯藻重刻影宋鈔本。」

（2）《故宮普通書目》：「《說文繫傳》四十卷，南唐徐鍇撰。道光十九年重刊影宋鈔本，八冊。」

（3）《博野蔣氏寄存書目》：「《說文解字繫傳》四十卷，南唐徐鍇傳釋。道光十九年影宋重刊本。」

按：《博野蔣氏寄存書目》，其藏書本爲王孝箴所有，後歸蔣毓峰，今則存諸北平圖書館。

19. **清道光十九年祁寯藻重刻影宋鈔本《繫傳》四十卷附〈校勘記〉三卷**

（1）《趙氏藏書目》：「《說文解字繫傳》四十卷附〈校勘記〉上中下卷，八冊，南唐東海徐鍇傳釋。道光十九年祁寯藻重刻影宋鈔本。」

20. 清道光十九年影印本《通釋》四十卷
  （1）《國立臺灣師範大學普通本線裝書目》：「《說文解字通釋》四十卷，八冊，
    南唐徐鍇傳釋。清道光十九年影印本。」
  按：《臺灣公藏普通本線裝書目》：「《說文解字通釋》四十卷，南唐徐鍇，清道
    光十九年刊本，師大 21。」與茲目同爲一書。

21. 重刊道光年影宋本《繫傳》四十卷
  （1）《觀海堂書目》：「《說文繫傳》四十卷，南唐徐鍇撰。附〈校勘記〉三卷。
    重刊道光年影宋本，八冊。」

22. 清光緒元年姚覲元重刊本《繫傳》四十卷
  （1）《崇雅堂書錄》：「《說文繫傳》四十卷，南唐徐鍇撰，光緒元年姚覲元仿刻
    祁本。」

23. 清光緒元年姚覲元重刊本《繫傳》四十卷附〈校勘記〉
  （1）《四川省圖書館館藏古籍目錄》：「《說文解字繫傳》，又一部，八冊，宋徐鍇
    傳釋。清光緒元年（1875）歸安姚氏四川川東官舍刻本，附〈校刊記〉。」
  （2）《北京師範大學圖書館中文古籍書目》：「《說文解字徐氏繫傳》，四十卷，南
    唐徐鍇撰。光緒元年（1875）歸安姚氏川東官舍重刻道光十九年祁氏影宋
    本，八冊，〈校勘記〉，清祁寯藻撰。」
  （3）《國立故宮博物院善本舊籍總目·經部·小學類》：「《說文解字通釋》四十
    卷附〈校勘記〉三卷，南唐徐鍇撰，清光緒元年川東姚覲元重刊道光本，
    八冊。」
  按：此書亦見錄于《臺灣公藏普通本線裝書書目》：「《說文解字通釋》四十卷，
    清光緒元年覆刊道光間仿宋本，故宮 19。」

24. 清吳寶恕重刊本《繫傳》四十卷
  （1）《東海藏書樓書目》：「《說文繫傳》四十卷，附〈校勘記〉三卷，南唐徐鍇
    撰，清苗夔校。平江吳氏重刊祁本。」

25. 清光緒二年吳寶恕刊本《繫傳》四十卷
  （1）《北京人文科學研究所藏書目錄》：「《說文繫傳》四十卷附〈校勘記〉三卷，
    南唐徐鍇撰。〈校勘記〉，清祁寯藻撰。光緒二年吳氏刊本。一函、八冊，
    602 號。」

26. 清光緒二年吳寶恕景宋本《繫傳》四十卷
  （1）《江蘇省立國學圖書館圖書總目》：「《說文繫傳》四十卷附〈校勘記〉三卷，
    宋廣陵徐鍇，光緒二年吳氏景宋本，丁書，善乙二一，八冊。」

（2）《江蘇省立國學圖書館現存書目》：「《說文繫傳》四十卷附〈校勘記〉三卷，宋廣陵徐鍇，光緒吳氏景宋本，丁書，善乙，八冊。」

27. **清光緒二年吳寶恕重刊本《繫傳》四十卷**

（1）《四川省圖書館館藏古籍目錄》：「《說文解字繫傳》，又三部，八冊，清光緒二年（1876）平江吳氏翻刻祁氏本，附〈校刊記〉三卷。」

（2）《書目答問補正》：「《說文繫傳》四十卷附〈校勘記〉三卷，南唐徐鍇，苗夔校。補：光緒二年平江吳氏重刻祁本。」

28. **清光緒三年吳寶恕刊本《繫傳》四十卷**〔註9〕

（1）《章氏四當齋藏書目》：「《說文繫傳》四十卷附〈校勘記〉三卷，宋廣陵徐鍇撰。清光緒三年平江吳氏景宋刊本，八冊。」

（2）《北京師範大學圖書館中文古籍書目》：「《說文解字徐氏繫傳》四十卷，南唐徐鍇撰。光緒三年（1877）吳縣吳氏重刻道光十九年祁氏影宋本，八冊。〈校勘記〉，清祁雋藻撰。」

29. **清光緒九年江蘇書局重刊本《繫傳》四十卷**

（1）《書目答問補正》：「《說文繫傳》四十卷附〈校勘記〉三卷，南唐徐鍇，苗夔校。補：光緒九年蘇州書局重刻祁本。」

（2）《趙氏藏書目》：「《說文解字繫傳》四十卷附〈校勘記〉上中下卷，八冊。光緒癸未江蘇書局重刻祁氏本。」

（3）《故宮普通書目》：「《說文繫傳》四十卷，南唐徐鍇撰。江蘇書局重刊影宋本，八冊，二部。」

（4）《浙江公立圖書館通常類目錄》：「《說文解字繫傳》四十卷，南唐徐鍇撰。無〈校勘記〉。光緒癸未江蘇書局刊本，八本，高校移。」

（5）《四川省圖書館館藏古籍目錄》：「《說文解字繫傳》，又一部，八冊，清光緒九年（1883）江蘇書局重刻祁氏本。」

（6）《北京師範大學圖書館中文古籍書目》：「《說文解字繫傳》，四十卷，南唐徐鍇撰，光緒九年（1883）江蘇書局重刻祁氏本，八冊。」

30. **江蘇書局刊本《通釋》四十卷**

〔註 9〕吳氏刊本，光緒三年吳寶恕敘于粵東使署，云：「家弟韶生，司訓金陵，官齋清暇，料量文字，取景宋本重付剞劂，書來徵序，與余亟欲刊布之意，數千里外若相印合。」又吳韶生子穌甫記云：「右景宋本《說文繫傳》四十卷，祁氏〈校勘記〉三卷，計七百三十五葉，開彫于光緒二年丙子八月，訖工于三年丁丑九月。」今見書目，吳氏刊本有作光緒二年者。蓋吳氏刊本有二出，抑或作光緒二年者，乃據開彫年記之，未知孰是，故兩例之。

（1）《雲南圖書館書目二編》：「《說文解字通釋》，一部，四十卷，八本，南唐徐
鍇著，江蘇書局刊本。」

31. 清同治十二年刊《小學彙函》本《繫傳》四十卷

（1）《北京人文科學研究所藏書目錄》：「《說文繫傳》四十卷附〈校勘記〉三卷，
南唐徐鍇撰，〈校勘記〉清祁寯藻撰。同治十二年刊古經解彙函附刊《小學
彙函》零本。一函、六本、3744 號。」

32. 《小學彙函》本《繫傳》四十卷

（1）《博野蔣氏寄存書目》：「《說文解字繫傳》四十卷，南唐徐鍇傳釋。《小學彙
函》本。」

（2）《四庫目略》：「《說文繫傳》，南唐徐鍇撰，四十卷，《小學彙函》本。」

（3）《江蘇省立國學圖書館圖書總目》：「《說文繫傳》四十卷附〈校勘記〉三
卷，宋廣陵徐鍇，石印本，叢三，《小學彙函》第十三至十四冊。」

33. 《小學彙函》重刻本《繫傳》四十卷

（1）《崇雅堂書錄》：「《說文繫傳》四十卷，南唐徐鍇撰。《小學彙函》重刻祁本。」

34. 《四部叢刊》本《繫傳》四十卷

（1）《涉園序跋集錄》：「《說文解字繫傳》，右天水槧《說文解字繫傳》卷三十至
卷四十，凡十一卷，趙宋第二刻也。此書元明兩世未有刊傳，乾嘉以來，
汪氏、馬氏、祁氏始先後板行。三刻之中，祁本爲最。當時嘗從『富民汪
氏』借校宋本未得者，即此十一卷也。今夏重觀罟里瞿氏鐵琴銅劍樓藏書，
幸獲寓目。半璧之珍，世所未見。首有趙凡夫手補〈敘目〉一卷，故志載
十二卷，舊爲寒山堂故物。冊中汪士鐘印，爛然照眼，蓋即相國祁公所稱
『富民汪氏』也，會當重印叢刊，請於良士兄，借得宋刊諸卷，與述古景
本配合印行，既彌祁氏當年之缺憾，且釋近世治楚金書者不見宋本之惑。
其欣快爲何如耶！」

（2）《江蘇省立國學圖書館圖書總目》卷七：「《說文繫傳通釋》四十卷，宋廣陵
徐鍇，涵芬樓影印本，另廚，《四部叢刊》第七十至七七冊。」

（3）《北京師範大學圖書館中文古籍書目》：「《說文解字繫傳》四十卷，南唐徐
鍇撰，《四部叢刊》本。」

35. 涵芬樓影印本《繫傳》四十卷

（1）《臺灣公藏普通本線裝書目》：「《說文繫傳通釋》四十卷，南唐徐鍇。民國
間涵芬樓影印本，臺灣 94，師大 21。」

按：中央圖書館臺灣分館藏涵芬樓借烏程適園藏述古堂景宋寫本景印八冊，師大

圖書館藏涵芬樓借述古堂景宋鈔本暨鐵琴銅劍樓藏宋刊本合印八冊。

36. 清段玉裁校本《繫傳》存六卷

（1）《西諦書目》：「《說文繫傳》存六卷，南唐徐鍇撰。清抄本，一冊，存卷一至卷六，段玉裁校，沈樹鏞跋。」

37. 清孔廣陶影鈔本《通釋》四十卷

（1）《上海圖書館善本書目》：「《說文解字通釋》四十卷，漢許慎撰，南唐徐鍇傳釋。清孔氏嶽雪樓影鈔本。」

38. 宋刻本配補明抄本《繫傳》存十二卷

（1）《北京圖書館善本書目》：「《說文解字繫傳》四十卷，南唐徐鍇撰，宋刻本〔卷一配明抄本〕四冊。存十二卷，一、三十至四十。」

39. 清王筠校祁刻本《繫傳》四十卷

（1）《北京圖書館善本書目》：「《說文解字繫傳》四十卷，南唐徐鍇撰。〈校勘記〉三卷，清承培元等撰。清道光十九年祁寯藻刻本，王筠校注並跋，陳慶鏞跋，八冊。」

40. 清抄本《繫傳》三十卷

（1）《北京圖書館善本書目》：「《說文解字繫傳》四十卷，南唐徐鍇撰。清抄本，十二冊，邢捐。存三十八卷，一至三十八。」

41. 上海掃葉山房石印本《繫傳》

（1）《四川省圖書館館藏古籍目錄》：「《說文解字繫傳》，宋徐鍇傳釋。六冊，民國七年（1918）上海掃葉山房石印本。」

42. 漢口掃葉山房仿宋本《通釋》

（1）《漢口掃葉山房書目》：「仿宋本《說文解字通釋》，六冊。」

43. 清顧廣圻校汪刻本《繫傳》

按：王獻唐《說文繫傳三家校語抉錄》云：「顧氏此本，即依汲古閣影宋抄本，校於汪刻本上。書中間稱殘宋本云云，殆又借蕘翁所藏之本，比合參校者。卷首有顧氏篆書題簽，右方題『汲古閣藏抄本校補』一行，補下有『十一至二十』小字雙行。卷三十後，題『此新刻《繫傳》校舊抄本，十一至二十凡十卷，多脫誤，癸亥七月，草草錄一過。二十三日澗薲記。』旁行斜上，在末行卷數之下。全書又以大徐本《說文》，及黃氏《韻會》合校，間及《玉篇》諸書。其合《韻會》不合大徐者用○，合大徐不合《韻會》者用△，俱不合者亦用△，當考者用∠。以上概用朱筆，并於書眉標注同異，只校至十九卷，其他雖有○△，均未批注。至以鈔本及殘宋本校者，概用

墨筆，校至二十卷止。他篇間有校筆，亦寥寥無幾。其有自加案語者，類於分校時，以其所用之筆注之，不分朱墨。書內校語下，間注校時歲月，有書『辛未六月』者，有書『辛未閏月讀』者，有書『癸酉再讀者』，合前朱墨二筆，是顧氏此書已校閱四次矣。內凡汪本脫漏，均依抄本注補，脫漏過多，則另紙抄附本卷之後。各冊襯頁多雜記校勘事項，或錄他書，或下案語，凌亂無次，不甚可解。各卷首頁，類有『汪士鐘印』、『顧千里印』、『顧廣圻印』、『一雲散人』、『蕘翁』、『黃丕烈』、『山遠樓』、『益之手校』諸印，似不甚的。卷一上有『顧澗薲手校』白文方印，卷十一上有『校』字朱文小方印，或係顧氏原鈐。其最可異者，十一卷補鈔頁上，有『何焯私印』及『屺瞻』二朱文方印。汪書刻於乾隆四十七年，義門卒在康熙六十一年，先汪書六十一年，曷得有此二印？書為聊城楊氏海源閣舊藏，見《楹書隅錄》。凡《隅錄》著錄之書，各家收藏印記，類多列載，此獨無有，疑當時或無以上諸印。今歲流落濟南市肆，余從市肆取來，見已朱印纍纍矣。殆售者以書無顧印，恐啟人疑，故譌造鈐之。又益以義門何氏藏印，藉以增重，不知適以弄巧成拙，然其為顧氏之原本，固無疑也。卷一卷十四首頁，有『宋存書室』朱文方印，卷一又有『臣紹和印』朱白文方印，末卷汪跋後，有『楊紹和藏書』朱文長方印。書凡十冊一篋，篋刻『顧千里手校說文解字十冊』全一行，又右方經部二字一行，亦是楊氏舊製。然《說文繫傳》，不能以《說文解字》概之，二書不同，曷以楊氏當日題籤疏忽至此。」斯為顧廣圻校本最後見錄者。

44. 清桂馥校汪刻本《繫傳》

按：王獻唐《說文繫傳三家校語抉錄》云：「此書現歸日照丁氏攷古室收藏。一卷首頁，有乾隆丙午桂馥校一行，四卷末頁，有五月二十四日校畢一行，皆用朱筆。各冊書衣，都經未谷手寫部目。封面鈐『文淵閣校理翁方綱藏』朱文方印，『印林』朱文方印。每卷標籤，有『巾卷齋藏書印』白文方印。此書當時，似是桂為他人所校，內有夾籤，屢書『夫子所校』、『抄本塗去』等語，又言『夫子曰』、『夫子批注白』云云。所謂夫子，疑指代為校書之人，若為自校，其稱引師說，必為某某師矣。未谷身後遺書，許印林主講濟寧魚山書院時，頗有所得。據余所知，有隸藉等底稿多種，此《繫傳》校本，亦其一也。同邑丁少山艮善、丁伯才楸五受業印林之門。印林晚藏窮窘，時以藏書分贈二丁，此書遂為伯才所得。伯才邃於小學音韵，著有《說文解字韻隸》，尤富藏書，為吾鄉之冠，攷古室其藏書處也。全書校語，多

用朱筆，間有用墨筆者，內附夾籤，亦有朱墨二筆。文中所引，類爲大徐《說文》及《韻會》、《集韻》諸書，又每言舊寫本云云，或其所據，即夾籤稱引之夫子校本也。」

六、外國書目著錄

1. **清抄本《繫傳》四十卷**

（1）《靜盦漢籍解題長編》第一卷：「《說文解字繫傳》四十卷，宋徐鉉，清寫，一二、乙、中。己酉子容題，乾道癸已尤袤題。清初鈔本，七行十四字，小雙行二十二字。根據宋本系統，鈔寫極美。有『笥河府君遺藏書記』朱文長方印記。于卷中之黃筆校語，子容題末左有手識：『朱笥河先生刊宋本大徐《說文》，風行海內。此楚金《繫傳》，是其欲刻未果者。同治癸酉閏夏，長白衡泰原名三奇觀并記。』」

按：此乃日人長澤規矩也據中央圖書館所藏《烏絲欄舊鈔本》錄寫。誤以南唐徐鍇作宋徐鉉。

2. **清汪啟淑刊本《通釋》四十卷**

（1）《內閣文庫漢籍分類目錄》：「《說文解字通釋》（《說文繫傳》），四十卷附一卷，宋徐鍇。清乾隆四七刊（汪啓淑），楓，一二冊，經四六，15號。」

（2）《京都大學人文科學研究所漢籍目錄》：「《說文解字繫傳》四十卷〈附錄〉一卷，南唐徐鍇撰，乾隆四十七年新安汪氏刊本，八冊。」

3. **清馬俊良刊《龍威祕書》本《繫傳》四十卷**

（1）《和漢圖書分類目錄》：「《說文解字》（宋徐鍇），第十集，第一～八冊。《龍威祕書》十集一六七種，清馬俊良，清乾隆五九版，（古），八十冊，二○○函，四號。又一部，《龍威祕書》十集一六七種，清馬俊良，清乾隆五九版，（山），八十冊，C三函，49號。」

按：（古），古賀本；（山），山內本。

（2）《東京大學東洋文化研究所漢籍分類目錄》：「《說文解字繫傳》四十卷，〈附錄〉一卷，南唐徐鍇撰。《龍威祕書》十集所收。」

4. **清道光十九年祁寯藻重刊本《繫傳》四十卷**

（1）《靜嘉堂文庫漢籍分類目錄》：「《說文繫傳》四十卷，〈校勘記〉三卷，宋徐鍇撰，清道光一九刊（覆宋），八冊。」

（2）《京都大學人文科學研究所漢籍目錄》：「《說文解字繫傳》四十卷，南唐徐鍇撰，道光十九年壽陽祁氏據景宋鈔本重刊。」「《說文解字繫傳》四十卷

附〈校勘記〉三卷，南唐徐鍇撰，〈校勘記〉清祁寯藻撰，道光十九年壽陽祁氏據景宋鈔本重刊，八冊。」

（3）《東京大學東洋文化研究所漢籍分類目錄》：「《說文解字繫傳》四十卷附〈校勘記〉三卷，南唐徐鍇撰，〈校勘記〉清祁寯藻撰。道光十九年壽陽祁氏據景宋鈔本重刊（大）。又（大）。」

（4）《和漢圖書分類目錄》：「《說文解字通釋》四十卷，宋徐鍇撰，朱翱反切，覆宋清道光一九版，（谷），八冊，二五一函，539 號，附《說文解字繫傳〈校勘記〉》三卷。」

5. 清道光十九年景印本《通釋》四十卷

（1）《中國國際圖書館中文舊籍目錄》：「《說文解字通釋》四十卷，附〈校勘記〉三卷，唐‧徐鍇撰，清道光十九（1839）江蘇學政祁寯藻景印本。」

6. 清光緒年刊本《繫傳》四十卷

（1）《靜嘉堂文庫漢籍分類目錄》：「《說文繫傳》四十卷，〈校勘記〉三卷，宋徐鍇撰，清光緒刊，八冊。」

7. 清光緒二年吳寶恕重刊本《繫傳》四十卷

（1）《京都大學人文科學研究所漢籍目錄》：「《說文解字繫傳》四十卷附〈校勘記〉三卷，南唐徐鍇撰，〈校勘記〉清祁寯藻撰，光緒二年平江吳氏據壽陽祁氏本重刊，八冊。」

8. 清光緒三年吳寶恕重刊本《繫傳》四十卷

（1）《東京大學東洋文化研究所漢籍分類目錄》：「《說文解字繫傳》四十卷附〈校勘記〉三卷，南唐徐鍇撰，〈校勘記〉清祁寯藻撰。光緒三年序吳縣吳氏據景宋本重刊。」

9. 《小學彙函》本《繫傳》四十卷

（1）《東京大學東洋文化研究所漢籍分類目錄》：「《說文解字繫傳》四十卷附〈校勘記〉三卷，南唐徐鍇撰，〈校勘記〉清祁寯藻撰。覆壽陽祁氏本，《小學彙函》所收。」

10. 江蘇書局刊本《繫傳》四十卷

（1）《京都大學人文科學研究所漢籍目錄》：「《說文解字繫傳》四十卷，南唐徐鍇撰，光緒九年江蘇書局據壽陽祁氏本重刊，八冊。

11. 叢書集成初編景《小學彙函》本《繫傳》四十卷

（1）《東京大學東洋文化研究所漢籍分類目錄》：「《說文解字繫傳》四十卷，南唐徐鍇撰。景《小學彙函》本，《叢書集成初編》所收。〈說文解字繫傳校

勘記〉三卷，清祁寯藻撰。景《小學彙函》本，《叢書集成初編》所收。」

12.《四部叢刊》本《繫傳》四十卷

（1）《京都大學人文科學研究所漢籍目錄》：「《說文解字繫傳》四十卷，南唐徐
　　鍇撰，民國十二年上海商務印書館涵芬樓用烏程張氏適園藏述古堂景宋鈔
　　本景印，《四部叢刊》經部之一，八冊。」

（2）《東京大學東洋文化研究所漢籍分類目錄》：「《說文解字繫傳》四十卷，南
　　唐徐鍇撰。景烏程張氏適園藏述古堂宋寫本，《四部叢刊》經部所收。」

13. 重印《四部叢刊》本《繫傳》四十卷

（1）《東京大學東洋文化研究所漢籍分類目錄》：「《說文解字繫傳》四十卷，
　　南唐徐鍇撰。卷首至二十九景烏程張氏適園藏述古堂景宋鈔本，卷三十至
　　四十景罟里瞿氏鐵琴銅劍樓藏宋刊本，重印《四部叢刊》經部所收。」

第二節　現存《繫傳》板本考

一、善　本

（一）清虞山錢氏述古堂影宋鈔本《繫傳》四十卷　國立中央圖書館藏

全四十卷共十冊二函，護以藍色布面硬紙襯函套。既無邊欄、界格，亦無板口、
魚尾，全幅長 28.1 公分、寬 19.7 公分。於每葉對摺處記書名、卷數及葉次，書口所
載書名乃全名之簡稱「繫傳通釋」，書口末端且有「虞山錢遵王述古堂藏書」十字。
每半葉七行，每行大十四字，小二十二字。首卷小題「說文解字通釋卷第一」下有
「田耕堂藏」、「泰峯借讀」二陽文方形朱印，又「迮圃收藏」陽文長方朱印見諸小
題上端，此三印記復鈐於卷四十子容題末行。卷四十末無尤袤跋。

全書影寫整齊，然俗誤亦不免，如「商」作「商」、「揚」作「楊」、「籀」作
「籕」、「浙」作「淅」等。行文間若所據底本原闕，即留白以存之，茲臚列數條
以見其梗槩。

　　上　高也……故經傳之字多者乖異□詩借害爲曷之類……
　　禂　祝禂也從示留聲臣鍇按良秀□□□
　　瓛　桓圭三公所執……臣以爲鄭□□□義後人多破之……
　　珽　大圭長三□□□從玉廷聲臣鍇曰行取□謂削取其上也齊□□□終葵其
　　　　上作椎形象無所屈撓也晉祖□□□

瑁　諸侯執圭朝天子……從玉□□□曰圭上有物冒之也犀冠既犀鑱也今□
　　□□犀鐠音義……

珇　古文從目臣鍇曰目瑂□細也……

珇　琼玉之瑑……杜子春云當作組作覼□□□

瑂　玉器也……臣鍇按爾雅璋□□□謂之瑵

退　數也……臣鍇曰數□□□壞而出也……

闊　遇也……臣鍇按孟子曰闊小□也……

尹　治也從又□握事者也……

叒　日初出東方□谷所登杚桑木也象形凡叒之屬者皆從叒臣鍇曰叒木即杚，
〔註10〕桑十洲記說杚桑兩兩相扶……

皷　怒也詆也□曰□□也從攴韋聲……

臲　臲卼也……臣鍇曰□□□按字書鳥屬也……

壬　善也……臣鍇曰人士□□□一曰所言則從士……

屓　俖也……臣鍇按太玄經曰天地□位注云□定也……

欲　欲得從欠㕣聲……臣鍇曰楚辭曰□□□際而沈藏……

厂　山石之崖巖人可居……此厂則直象山厓也享□□□

□　馬疾步也從馬聚聲臣鍇按白虎通曰三皇步五常驟三王馳鉏狁反

恨　□□□也從心艮聲臣鍇曰亂也喧盆反

□　水受九江博安洵波北入氏從水世聲臣鍇按爾雅水自過出為洵延世反

鱳　飲而不食刀魚也……臣鍇按爾雅鱳鮂〔註11〕刀注鱳也……

拇　將指也……所謂將指者為諸指之率也□厚反

插　刺內也從手臿臣鍇曰會意也楚□反

揄　擇也……臣鍇按周禮□□□入山林□□□勞昆反

妎　□□也從女田聲商書曰無有作妎吼號反

娠　女妊身動也從女□□春秋傳曰后緡方娠……

町　田踐處曰可……王充論衡曰町町若□□□之閒他挺反

陘　山絕坎也从自巠聲臣鍇按爾雅山絕陘注連□□□□絕也堅經反

附　附婁小土山也从自坒聲春秋傳□□□婁無松栢……

醅　醉飽也从酉音聲讀若樊盆□反

〔註10〕此「杚」乃爲木字旁之殘文，囗爲闕殘處。

〔註11〕此「鮂」亦是以魚爲偏旁之殘文。

全書均無句讀圈點，而偶見塗改處，卷五詢、韏；卷六韶、屍；卷七彎、芊；卷八利諸字均有塗改之跡，惟不甚顯明。至於卷八耡「殷人七十而耡」，殷字貼作段；鏞「臣鍇曰莊子曰胑篋者唯恐扃鏞縢之不固」，扃字塗去口作扃；卷九籟「臣鍇按莊子汝不聞天籟乎，言風吹萬數有聲家簫管也」，家字塗改作皆；卷三十四齒「又曰夫猶無族姻乎」，朱筆改猶作獨，于「詩曰推酒食是議」，朱筆改推作惟。卷三首葉粘有一墨文小籤，作「亦象此爪形，他本爪下有菜字」、「璋□□，祁作璋大八寸，汪作璋八寸」，此謂卷一璪、瑞二字也，紙籤潔白如新，異于全書之紙色，當後人增貼者。「說文解字通釋卷第二十一」，大題於次行作「繫傳二十二」，實乃「繫傳二十一」之訛。「說文解字通釋卷第二十二」小題下有「奇書」二字。至若卷第二十五，字音言切不言反，除系、綏、強用「徐鍇曰」，餘則為「臣鉉等曰」或「臣鉉等案」者，然則此卷殆徐堅重鈔序所言：「殆後人求其原書不獲，因撦鉉書以足之」者歟。

《述古堂藏書目》於「徐鍇《說文解字繫傳》四十卷」下，標注「宋板影抄」。然《讀書敏求記》中，無云所據宋板之確切時代。卷中宋諱，除匡、殷、扃、恒、完、構諸字或缺筆或不缺，餘皆不避諱，不知是底本之避諱原即頗不嚴格，或影鈔者之疏失。構為南宋高宗之名諱，由洎孝宗以下之諱字不避，疑此「宋板」或為南宋高宗時本。

錢曾《述古堂藏書目》、《讀書敏求記》、丁日昌《豐順丁氏持靜齋書目》、張鈞衡《適園藏書志》、張乃熊《菦圃善本書目》等，均曾著錄。

（二）清翁方綱手校舊鈔本《繫傳》四十卷　國立中央圖書館藏

此本共六冊，線裝，有清翁方綱手校并題記，又桂馥、沈心醇各手校，附桂沈二氏手札各一通。板匡長 21.8 公分，寬 15.9 公分，四邊單欄，有界格，或朱格，或綠格，板心書卷數及葉次於上魚尾下，葉次下有雙橫線，白口。每半葉七行，每行大十四字，小二十二字。有點校眉批，或紫筆、或朱筆、或墨筆，手校於行文、篆體、天頭、地腳處。紙質焦黃，殘爛處以襯紙附之。首卷有「東卿過眼」陽文方形朱印、「葉志詵」方形朱印、「菦圃收藏」陽文長形朱印。卷四十末有尤袤跋。

每冊均為藍色書衣，且於扉葉有題記，因稍受殘損，故些許文字模糊不清。其每冊題記：

首冊：說文繫傳卷一之卷六

　　　己亥六月二日申時，用王侍郎抄本校此冊至三日申時校記。

二冊：說文繫傳卷七之卷十一

　　　六月三日申刻至四日午刻，校此一冊訖。

　　玉池、未谷、三雲、鮑尊過談，觀三雲攜來葦間先生墨跡冊，并玉池所爲予作天際烏雲詩意小幀。

　　未谷作記出諸書引說文小條，屬爲先覓友人查之。△靜巖方爲查經典釋文，俟完此書即送△。〔註12〕

三冊：凡楚金所無，而今人抄是書者，用說文之字補入之字，今刊刻△△不入。然則，第二十五卷之不可刊刻△△矣。△于十一月廿六日燈△識。

　　《說文繫傳》卷十二之卷十五

　　六月四日卯時挍此冊起，至五日午時挍訖。

　　訒齋農部來，說欲刻經史諸種，作小叢書，即須致書竹厂，取予所抄春秋釋例來矣。三雲送來葦間先生定武蘭亭二本來都，不暇賞鑒。

　　二兒樹培取列順天府試第三名，△年此時大兒樹端應府試是第三名，今適相符亦頗爲△△。

　　地名艸木鳥獸名一條，在此內十二卷之△△葉上。〔註13〕

四冊：　　烜在卷十九之十八上一行

　　說文繫傳卷十六之卷二十一

　　昨晚大熱，至竟夜無風。

　　六月六日晨起挍此冊，至午挍訖。

　　未谷送來小疋所校系傳六冊。訒齋札來，其開彫是書之意甚切。

　　辛丑七月望後一日爲二兒娶婦。是日四鼓起挍此爲訒齋補篆發刻至第十六卷矣。

五冊：說文繫傳卷二十二之二十八　鉉二十七之三下

　　六月七日晨起挍此冊，至午挍訖。」

六冊：說文繫傳卷二十九之卷四十

　　六月七日申時挍此冊，至八日晨起挍訖。是日初伏。

　　此冊內數卷之文，忽大字忽小字，應酌其體式歸于一。

　　冊末蘇子容△」〔註14〕

由題記知此乃「己亥」初挍者，己亥者，乾隆四十四年也，又據第四冊題記「辛丑七月望後一日爲二兒娶婦，是日四鼓起挍此爲訒齋補篆發刻至第十六卷矣」則再校於乾隆四十六年。此皆翁方綱手題。

〔註12〕原有其字，但字已殘闕而未明者，以「△」表之。
〔註13〕此「地名艸木鳥獸名一條」，以朱文書之扉葉末，與前數文別。
〔註14〕「冊末蘇子容」一行，見諸扉葉左上，於「子容」二字下皆爲殘文未識。

首冊次葉黏一紙籤：

「承借繫傳還上謝

借果是精好，欲臨一本，且約秀峯刻之耳。

劉端兄所撰畢卷者，乞付還。並候

日祉不一上

覃溪前輩

晚生程晉芳頓首」

同紙籤反面，有朱文「辛丑正月初七日對至弟三卷」，墨文「廿三日對至第四卷」、「二月初八日對至第五卷」，朱文「此後須每旬一卷」字跡甚潦草，疑此爲翁方綱記之者，與第四冊載辛丑七月望後一日起校至第十六卷者相符。復有一朱文長籤附於程札葉後：

「二本訛處缺處俱同，當是從一底本錄出△△間有小異則抄書人之得失耳。

紫筆改者，文義皆長。朱本與紫筆同者，即將原字點去，與原字同者，仍存其舊。

書內訛字頗多，此但以二本相校，同者雖顯知，其訛亦△之」〔註15〕

此籤則未知爲何人題記。至若沈心醇、桂馥二氏手札亦見諸朱文長籤葉之次。首見沈氏札語：

「　　係傳已對過十分之九，尚有四卷未對。有與姪本异，及查出《韻會》，注謹用墨筆誌之。祈　大人酌定。今將係傳、說文、六書故、《韻會》，共六函奉上。日後尚欲借《韻會》及係傳作第二翻校也。此請

台安不一二月五日姪心醇拜復

年伯大人閣下」

於札末有「沈心淳印」陰文方形朱印。沈籤之後，乃桂籤：

「系傳前四本先繳

上。內有小籤，乃夏間初校時所加，嗣後另有增易，不在此本之內。當有五六番工夫未及卒業，容明春秋畢，再寫清本呈教。　此戊戌九月廿六日未谷來札。」

戊戌者，乾隆四十三年也。是則，桂馥手校先於翁方綱扉葉題記幾一載矣。其每校多以「馥案」明之，如：

〔註15〕「其訛亦△之」，亦字下之殘文「惪」，疑爲「聽」字。

卷　一

帝　馥案：似上之上當作二，從上之上亦然。（朱）

旁　馥案：許氏解敘見於宋本毛刻及繫傳二十九卷者，並作其於所不知。（墨）

芳　馥案：古文上者皆爲二，當作古文諸上皆从二。前所謂三字，指許氏帝字注。（朱）

祥　馥案：故有吉祥下衍一禎字。（朱）

祐　馥案：延敕反當作延救反。（朱）

祊　馥案：繫祊本一字，不應再加逋萌反。（朱）

禜　馥案：說文宋本作從示、榮省聲，一曰禜衛使災不生，禮記曰雩禜祭水旱。無臣鍇按三字。禮文，楚金所引，鼎臣混入說文注中。（朱）

禂　馥案：繫傳亦引經文以補許氏之闕，鼎臣混入說文注中，今謂臣鍇按三字衍文，當參許氏於禂字引禮、禂字引詩，亦無此例。（墨）

社　馥案：社字古音從土得聲，原無食者反之音，說文《韻會》誤刪聲字，不解古音故也。繫傳有聲字，賴此以存古音，餼羊不可去也。（墨）

禰　馥案：繫傳犬部獮字下亦云秋畋也，蓋因別本以禰爲古文獮字，誤混爲一。說文親廟之訓乃許氏原文也。（朱）

祅　馥案：祧祅祚三字明見於鼎臣新附。字鑑引說文祅胡神也，當是據五音韻譜本，不知祅字乃新附也。（墨）

王　馥案：上畫者，指上兩橫也。下偃者，謂末一筆上仰也。本文不誤，改者誤矣。王本作下畫上偃。（朱）

璵　馥案：璵字，張次立據說文補。（朱）

瑾　馥案：積疑鎭之譌，當考山海經。（朱）

璆　馥案：楚金謂今人讀謬爲蓼耳。亦未然。（朱）〔註16〕

琬　馥案：窊然二字有誤。（朱）

瑞　馥案：妖氣疑作妖氛。（墨）余此說不確，說文氛祥也。（朱）

瑳　馥案：瑳字，張次立校《說文》補。（朱）

瓅　馥案：羅列句，分散列之句。（墨）

瑀　馥案：間字見本書璜字注。（朱）

珠　馥案：林麗當作林麓。（朱）

玟　馥案：玫瑰上脫則字。（朱）

璣　馥案：溓百下脫珍字。（朱）

玉部末

馥案：璵瑈二字，不審何從遺何從補。今璵字次璠下，瑈字次瓘下，似仍
楚金之舊，非若今人補於篇末也。（朱）

丨　馥案：鍇曰上脫臣字。（朱）

馥案：於字屮從丨音進，當作屮字從丨音進，於字衍。（朱）

卷　二

苢　馥案：苢字，張次立據說文補。（朱）

苫　馥案：枝，相植，當作值。（朱）

蕎　馥案：蕎字，張次立據說文補。（朱）

蒢　馥案：蒢字注乃張次立補遺。鈔錄說文，不改一字，仍作直魚切以存踪
跡。（朱）

荲　馥案：駕圭反疑弩字之譌。（朱）

苗　馥案：苗字重出於茢下者作田溺反，此當从之。（朱）

芨　馥案：吞臣疑吞匡之譌。（朱）

莿　馥案：當作刾爲斫刾之刾，蓋謂莿刾有別也。斫刾即史記刾客之意，俗云
擊刾也。　爲上脫字故難曉。（朱）

馥案：即草木之刺也，刺字當從屮。（朱）

蓤　馥案：葉銳句，黃赤句。元文自不誤，觀下文分解甚明。校此據誤本爾雅
以生疑也。（朱）

蒹　馥案：當作籊，乃合狄音。今爾雅注作萑，誤本也。或改藋，亦誤。藋音
徒弔切。（朱）

蘋　馥案：薜莎青煩之煩當從屮。（朱）

芫　馥案：杭字并當改作杬，本字當改木。（朱）〔註17〕釋文又作芫。（墨）
〔註18〕

蒟　馥案：子長大辛香，疑衍辛香二字。（朱）

芘　馥案：芘ホ之ホ，說文五音本作莱，非赤字也。（朱）〔註19〕

薆　馥案：薆下脫薆字，叠字也。觀蕠下注可例。（朱）

葮　馥案：當作儒隹反，非佳字也。（朱）

〔註17〕芫：「一名杬魚毒，爾雅杬字從木，注即云大木也，不知爾雅別有本名杬。」
〔註18〕此五字，書之籤內馥案一條旁，是否亦爲桂馥之校語，尚疑。
〔註19〕「五音本」三字，朱筆復勾去。

蒴　馥案：說文作隨省聲，古無隋字。墮，陸之篆文。隨，从墮省聲。（朱）

芨　馥案：茗下衍曰字。（朱）

萃　馥案：秦醉切與說文同，疑後人所加。（朱）

檡　馥案：說文艸木凡皮葉落陊地為檡。○說文陊落也，徐鍇曰今俗作墮非。（朱）

蒕　馥案：臣鍇曰當作臣鍇按。凡引古則作按，自言則作曰，此繫傳之例也。（朱）

茁　馥案：曲聲之曲當作𠃊，說文曲𠃊兩字形聲各別，漢印混為一。（朱）

　　馥案：薄曲之曲當作茜，據此可校今本漢書之誤。（朱）

葬　馥案：茻亦聲三字，說文無。（朱）

卷　三

犙　馥案：犍當作犍，毛本新附有犍字，注云犗牛也。（朱）

唬　馥案：說文唬聲也，一曰虎聲，从口从虎。廣韻唬虎聲，繫傳從口虎，一曰虎聲。似此字從虎得聲矣，與廣韻不合，當從說文。（朱）

𣪠　馥案：廣韻引說文一曰窒𣪠，毛刻宋槧五音本同，今毛本作窐，乃傳寫之誤。賀當作質，弓當作𢎘，㢅當作庚。（朱）〔註20〕

喪　馥案：說文喪字下云亡也，从哭从亡，會意，亡亦聲。蓋此字會意兼諧聲例應如此訓。　改從說文為是。（朱）

疌　馥案：故疾也下當是倢捷二字，說文从疌者只有此二字。

卷　五

茮　馥案：秦茮一行有候，當云藥有秦茮。今本草作菽，當作此茮字。（朱）

菩　馥案：菩帿當作菩薏。（朱）

謨　馥案：皆汎謨也，疑當作汎議。（朱）

諏　馥案：互出當作互出。（朱）

誰　馥案：苛細也，謂細詰問之，八字疑䛼字注亂入誰字下。（朱）此入考正內。（朱）〔註21〕

尩　馥案：讀又若丘，說文作讀若求。（朱）

業　馥案：一屬當作一層。（朱）

弇　馥案：當云瀆煩瀆也；廾，兩手捧持；𡙸，叢雜也。（朱）

畁　馥案：甴音菌，當作甶音畜。甶，鬼頭也，本作甶，篆文混作由。（朱）

〔註20〕「毛刻」二字以朱筆圈之。

〔註21〕「此入考正內」五字，依字跡筆色視之，疑非桂馥語。

卷　六

靰　馥案：引論語當在㪠下。（朱）

濘　馥案：如此作也，當是作如此也。（朱）

彌　馥案：熟當从說文作孰。古無熟字，孰即熟也。說文孰食飪也，後借爲誰義。（朱）

爪　馥案：抓爲物爪，當作抓物爲爪。（朱）

鬫　馥案：閞小鬫也，疑出孟子注。（朱）

卷　七

瞁　馥案：廣韻瞬字下云瞬目自動也，瞁眴並上同。韻會引廣韻，誤以自爲目，或脫自字。（朱）

奞　馥案：隹毛將飛之隹當作奞。（朱）

鴂　馥案：鋪鼓，說文作鋪，五音本作鋪，當考爾雅。（朱）

鷚　馥案：一名剖葦下食其中虫四字疑衍，查爾雅。（朱）

鴆　馥案：說文宋本毛本并作運日。（朱）

卷　八

叙　馥案：旁細當作旁紐。（朱）

叡　馥案：說文深明也，下有通也二字。（朱）

殫　馥案：極盡，說文及五音韻譜俱作殛盡。（朱）

殫　馥案：斁當作殫。（朱）

肰　馥案：從犬肉當作從肉犬。（朱）

觜　馥案：鴟舊，朱筆誤改奮字，說文及韻譜俱作舊，蓋鴟舊鳥名，即鵂鶹也。（朱）

觴　馥案：說文觴字注从角昜省聲。（朱）

卷　九

籈　馥案：篆文籈字，竹下當加𣎵。（朱）

筵　馥案：𥰲，說文作𥮮。（朱）

琯　馥案：伶道當作冷道。（朱）

笑　馥案：此字本闕四字爲繫傳原文，以下皆說文之言改臣鉉等爲臣鍇等。（朱）

桓　馥案：桓下脫反切。（朱）

虡　馥案：異象形其下足，說文作異象其下足，無形字。（朱）

魝　馥案：酤准之准當是惟字，屬下讀。（朱）

贊　馥案：讀若回，毛本作迴，宋刻五音本黯淡不清似迫字，又似追字，當考。文選胡犬切，說文明畎切。（朱）

盛　馥案：說文盛下云黍稷在器中以祀者也。（朱）

卷　十

恁　馥案：說文以下疑非楚金之言。說文反切乃徐鉉於雍熙三年據孫愐唐韻所加，是時楚金歿已久矣。鉉於雍熙四年始得李舟切韻，據以改定韻譜。然則，楚金固未見舟書也。而忱反重出，亦後人所加。（朱）

牄　馥案：狀省當作牀省。（朱）

匋　馥案：匋下當云瓦器也，從缶，包省聲，古者昆吾作匋，史篇讀與缶同。臣鍇曰，後漢書南山有漢武舊陶燒瓦處也，陶萄字從此。昆吾，夏桀諸矦。史篇，史籀所作蒼頡篇也。特豪反。（朱）

高　馥案：從當作崇，高下脫也字。（朱）〔註22〕

冋　馥案：爾雅郊外謂之牧，牧外謂之野。（朱）
　　馥案：爾雅注界各十里也，此本之界二字當改也字。（朱）

央　馥案：央旁當作與旁。（朱）

卷十一

桴　馥案：愈久當作愈人。（朱）

椋　馥案：說文椋下有檍槤樗三字。（朱）

虆　馥案：似葛而大下脫本字。（朱）

桵　馥案：云上脫注字。（朱）

柔　馥案：古文柔字四字在反切下，疑誤或後人所加。（朱）

榗　馥案：前於亲字下云今五經皆作榛，此又云此即榛字，可疑一也；繫傳說文俱有榛字，此何以云無，可疑二也；說文引書，此乃引詩，可疑三也。　梧下引詩與此同，當是梧注混入在此。（朱）〔註23〕

枖　馥案：娭字注云女子笑貌，詩曰桃之妖妖。詩蓋以木之欣欣興女子之于歸也。枖字下不應重引此詩而異其文。愷風四句，說文所無，疑皆衍。（朱）〔註24〕

─────────────────

〔註22〕高：「臣鍇按，易曰：崇效天，卑法地。從高，口音章……」。

〔註23〕同籤中有「映珍案，此是亲字下，傳文當接今文皆作榛也下，桂君此說非是。」一行小墨文。

〔註24〕枖：「木少盛貌，從木，夭聲。詩曰桃之枖枖。」

朵　馥案：說文無而下垂三字。（朱）〔註25〕

櫚　馥案：同者當作同音。（朱）

牀　馥案：當云爿則疒女革反疾字所從字之省。（朱）

桙　馥案：桙下闕一葉。（朱）

卷十二

師　馥案：王祭當作王粲。（朱）

苵　馥案：爾雅注芺與薊，莖頭皆有蓊臺，名苵，苵即其實也。（朱）

鄏　馥案：宋槧五音本作郁鄏，墨筆云古本說文作郁鄏，不知所據何本。（朱）

郭　馥案：棗南，一本作東南。（朱）

卷十三

暘　馥案：臣鍇以下十二字，疑旾字傳。（朱）

皀　馥案：宜當作窅。（朱）〔註26〕

㫃　馥案：爾雅因章曰㫃，注以帛練為旒，因其文章，不復畫之。（朱）

族　馥案：闕處當補族字。（朱）〔註27〕

月　馥案：十五稍減故曰闕也八字，說文無之，蓋徐鍇語。（朱）〔註28〕

鼎　馥案：爾雅注鼐下云鼎斂上而小口，鼒下云最大者。（朱）

彔　馥案：〈部敘〉彔在克下，傳寫脫彔。京，此乃彔之古文，誤屬克字下，說文亦誤。（朱）

禾　馥案：高誘一段有脫誤，當查淮南子注。（朱）〔註29〕

稺　馥案：說文稺字下引詩曰黍稷穟稺。（朱）〔註30〕

稞　馥案：稞字下當云今人言稞聲若裏。穚下原無讀若之文。紫筆誤。（朱）〔註31〕

卷十四

弘　馥案：說文宏下有弘字。（朱）〔註32〕

〔註25〕朵：「此與采同意而下垂。」

〔註26〕皀：「此惟宣音窅字從此。」

〔註27〕此本于古文游及旋字間空闕之，其族字置諸　部末。

〔註28〕月：「月闕也，十五稍減，故曰闕也。太陰之精，象形。凡月之屬皆從月。」

〔註29〕禾：「高誘云，禾木也，菽火也。菽故夏生冬死，水王而死也。麥金也，故麥秋生夏死，火王而死也。薺水也。戶哥反。」

〔註30〕稺：「疾熟也，從禾，奎聲。臣鍇曰，古者繆穆稺，陸聲。栗菊反。」

〔註31〕穚：「穗也，從禾，會聲，讀若裏。」稞：「臣鍇曰，今人言稞會聲若裏。」紫筆圈去「會聲若裏」四文，校曰：「四字因穚字注而悞。」

〔註32〕篆文宏寫二字間空一行，闕弘字。

卷十五

　　付　馥案：付字从又不从寸，所謂持物即又下之一畫。　當云從又持物以對
　　　　　人。（朱）

卷二一

　　泣　馥案：韻會注字引徐曰一段見通論，不應入注。（朱）〔註33〕

卷二六

　　�　馥案：韻會自古文作坐以下，乃黃氏自言，非引徐鍇語。（朱）〔註34〕

　　全書尚有墨筆、朱筆、紫筆諸校，或見於天頭地腳，或夾批，茲臚列卷一數例
於下，以見一斑，餘則詳見本書附錄〔註35〕：

卷　一

　　一　「一，旁薄始結之義，是謂無狀之狀，無物之象。」
　　　　△　無物之象當作無象之象，見老子。（朱）

　　元　「元首也，故謂冠爲元服，故從兀。兀，高也，與堯同意。」
　　　　△　故從兀三字，韻會無，疑有誤字。（紫）
　　　　△　與堯同意，韻會意作義。（墨）

　　⊥　「高也，此古文上，指事也。凡上之屬皆從上。」
　　　　△　上之從上之上皆當依毛本作⊥。（紫）
　　　　「諧聲言以形諧和其聲，其實一也，江河是也。水其象也，工可其聲也。」
　　　　△　言當依大明集禮作者。（紫）
　　　　△　江上集禮有如字，是也作之字。（紫）
　　　　◎　王本作是也，凡王[本]與此抄本原[同]者，不復多記，以俟攷究。己
　　　　　　亥六月二日記。（朱）〔註36〕
　　　　「若空字雞字等形。或在下，或在上，或在左右，亦或有微旨，亦多從
　　　　　配合之宜，非盡有義也。」
　　　　△　右上有或在二字，微旨下有然字，並據大明集禮增。（紫）
　　　　「而今之末學，爲象文者，妄相移易，偏旁乖亂，以爲奇詭。」

〔註33〕泣字「從水，立聲」下，朱筆校增「徐曰泣哭之細也，微子過于殷墟，欲哭則不可，
　　　　欲泣則以其似婦人。」
〔註34〕朱筆於眉批處校曰：「韻會許氏無所止也三字。徐曰土所止也，與留同意，古文作坐，
　　　　今從古行所止處也。」桂馥以「古文作坐」以下十二字爲黃公紹語。
〔註35〕批於天頭者△；批於地腳者◎；批於夾注行格間者○；其餘之校批則於〔　　〕內詳
　　　　明之。
〔註36〕行文所闕二者，依殘痕疑爲本、同二字。

　△　爲象文者，象當作篆。（朱）

「非此以察，則妄爲奇詭者，浮俗剽薄，紀於言議焉。六文之中，象形
　　者，蒼頡本所起。」

　△　非此以察，非當作推，吳西林說。（朱）

　△　蒼頡本所起，疑當作本蒼頡所起。（朱）

　△　紀疑作亂。（紫）

　△　本下集禮有其字。（紫）

「觀察天地萬物之形，謂之文，故文少，後相配合，孳益爲字，則形聲
　　會意者是也。」

　△　其文尙少至是也，大明集禮其文尤明，故從之。（紫）〔紫批增改爲
　　　　「觀察天地萬物之形，其文尙少故謂之文，後相配合，孳益漸多則謂之字，形
　　　　聲會意是也」〕

　△　然本文亦自可通。（紫）

「謂老之別名，有耆、有耊、有壽、有耄，又孝子養老是也。」

　△　謂下集禮有如字。（紫）

　△　耇悞作壽，又脫有考二字，竝据集禮改增。（紫）

「一首者，謂此孝等諸字，皆取類於老。」

　△　一首至取類于老，原本錯訛，據集禮改。（紫）〔紫筆增改爲「此等
　　　　字皆以老爲首而類於老」〕

「轉注之言，若水之出源，皆岐別派，爲江爲漢，各受其名，而本同王
　　於一水也。」

　△　分岐別派，岐當作枝。（朱）

　△　各受其名，集禮作轉相流注，文意竝通。（紫）

　△　生原本訛作王，据集禮改。（紫）

「而今之俗說，謂丂左回爲考，右回爲老，此乃安巷之言。」

　△　安巷當作委巷。（紫）

「假借者，古省文從可知，故令者使也。」

　△　故當依集禮作如。（紫）

　△　使當依集禮作號令。（紫）

「長上也，可借爲長上幼，諸如此類，皆以旁字察之則可知。」

　△　上當依集禮作短。（紫）〔謂長上之上〕

　◎　案幼字不空，刪上字旁注，以長幼爲句。（紫）

　　△　皆可以推，從集禮改。（紫）〔紫筆圈改皆以旁字察之則可知句〕

「故經傳之字，多者乖異疎□詩借害爲曷之類是也，後人妄有作文字附
　益之。」

　　△　多者疑作多有。（紫）

　　△　多者乖異，者當作有。（朱）

　　△　後人妄有作文字附益之，有字疑衍。（朱）

「若周禮使萬民一鄉一鄙，共用祭器樂器是也。凡指事象形，義一也。」

　　△　仕器當是禮器之訛。（紫）

　　△　是也下脫指事者，班固謂之象事，鄭玄〔註37〕謂之處事十四字，
　　　　据集禮補。（紫）

　　△　其義相似，据集禮改。（紫）〔謂義一也三字〕

「指事者，謂物事之虛旡不可圖畫，謂之指事。」

　　△　指事者，當在是也之下，脫悮在此。（紫）

「故以⊥丅指事之，有事可指也。」

　　△　故以丨丨指事之，當作故以⊥丅指示之，西林說。（朱）

「江之與河，但有所石之別。」〔朱筆於石旁作在〕

　　△　石疑作名。（紫）

「故江河同從水，松栢皆作木，有此形也。」

　　△　作當爲從。（紫）

「故曰散言之曰形聲，總言之曰轉汪。」

　　△　汪當作注。（紫）

「試作爾雅之類言之，耆耄耋壽，老也。」

　　△　壽老當作耆考。（紫）

「假借則一字數用，如行莖行杏行杭行沆。轉汪則一義數文，借如老者。」
　　　　〔紫筆於汪作注〕

　　△　莖杏杭沆四字旁注。（朱）

　　△　借如老者，借字衍文。（朱）

帝　　「諦也，王天下之號。從上，朿聲。」

　　△　從上，韻會作从二。（朱）

帝　　「辛言示辰龍童音章，皆從古文⊥。」

〔註37〕此「鄭玄」之「玄」與第40頁「諏」字下：「馥案：玄出當作互出」之「玄」字當
　　　同爲避清聖祖「玄燁」之名諱而減筆之「玄」字。

－47－

△　　扆當作辰。（紫）

「古上爲二字，亦指事也，似上字，但上畫微橫，書之，則長上畫而短下畫。」

　　△　　似上字之上脫二字二字。（紫）

　　△　　似上字，上當作二。（朱）

　　△　　長上畫而短下畫，當作長下畫而短上畫，西林說。（朱）

旁　「溥也，從二，方聲，闕。臣按許慎解敘云，於其所不知，蓋闕如也。」

　　△　　溥當依毛本及韻略作溥。（紫）

　　△　　臣鍇按，此落去鍇字。（朱）

丂　「此則前所謂古文上者皆爲一是也。」

　　△　　前所謂古文上者皆爲一是也，疑當作前所謂古文上皆爲一者是也。（朱）

下　「底也，從反上爲丅。臣鍇曰易曰窮上反下也，謂王者上徹天道，則天下謀民事也。」

　　△　　反上之上當作⊥。（紫）

　　△　　則天下謀民事也，天當作反。（朱）

示　「示亦神事也，故凡宗廟社神祇皆從示。」

　　△　　宗廟社神祇皆從示，廟字衍文。（朱）

　　△　　查韻會亦有廟字。（朱）

「孟子所謂無罪歲，左傳勤而不匱之義也。」

　　△　　勤而不匱，當作勤則不匱，見左傳宣十二年。（朱）

礼　「古文禮。臣鍇以爲乙始也，禮之始之。」

　　△　　禮之始之，下之字當作也。（朱）

「乙以記識之，乙又表者也。」

　　△　　表者也，應从他本作表著也。（墨）

祥　「天欲降以禍福，先以吉凶之兆，詳審告悟之也。」

　　△　　悟疑作語形之訛也，然韻會熟作悟，又似非悞。（紫）

福　「五者來備，則曰佳徵，下總以考終命等五事，相因而至也。又西都賦曰仰福帝居。」

　　△　　佳徵當作休徵。（紫）

　　◎　　佳徵。（朱）

　　△　　下總以考終命等五事，總當作繼。（朱）

　　　　△　仰福帝居，福當作福，音副，薛綜注西京賦云福猶同也。又此西
　　　　　　京賦譌作西都賦。（朱）

祺　「爾雅郭璞注祺，吉之見也。」
　　「詩曰受天之祺。」
　　　　△　祺皆當作祺。（紫）

褆　「展之反」
　　　　△　展之反，一本作辰之反，當考。（朱籤）

神　篆文「禑」〔朱筆改篆文禑作神〕
　　　　◎　王本作禑。（朱）

祇　「地祇提出萬物者也，從示、氏聲，巨支切。」
　　　　△　地祇，韻會作地神。（墨）
　　　　△　巨支切當作反，此書用反不用切，後仿此。（朱）

齋　「戒潔也，從示，齊省聲。」
　　　　◎　王本無省字。（朱）

禷　「從禷省。」
　　　　△　禷（朱）

禋　籀文「禋」
　　　　◎　王本作禋。（朱）

祡　「燒祡燎以祭天神。」〔朱筆改祡作祡，復於旁作柴〕
　　　　△　燒祡之祡，當依韻會作柴，下从木。（紫）
　　「祡，土佳反。」〔朱筆改土作士〕
　　　　△　土佳反，土當作士。（朱）

祹　「臣鍇曰祔祖也，爾雅釋話之文，郭璞曰桅毀也。」
　　　　△　話當作詁。桅當作祹。（朱）
　　　　△　祔祹祖也，爾雅釋詁之文。此落去祹字。（朱）

祏　「宗廟主也，周禮有郊宗石室。」
　　　　△　周禮有郊宗石室。○古本說文韻會皆同，唯六書故所引作郊宮石
　　　　　　室，俟考周禮。（墨籤）
　　「左傳衛孔悝便許公爲反祏是也。」
　　　　△　便當作使。（紫）

禘　「禘祭所以審昭穆，故曰禘也。」
　　　　△　故曰禘也，禘當作諦。（朱）

祫　「大合祭先祖親疎遠近也。從示，合聲。」

　　△　毛本合下無聲字。（此）

䙕　「臣鍇按良秀□□□□」

　　△　良秀反，此落去反字，西林說。念孫按此三字不當在臣鍇按之下，當移在末，上有闕文。（朱）

祈　「臣鍇按斤祈以今聲韻之家，所以言傍紐也。」

　　△　二以字俱似衍文。（紫）

　　△　朱文藻云二以字譌。（朱）

䄊　「籒文禱，臣鍇曰以為壽省也。𠃬者，精意也。夂者，遲行也。古之人重請也。顛老反。」

　　△　臣鍇曰以為壽省也，當作臣鍇以為壽省也。觀前古文旁注，臣鍇以為從下也，可見。（朱）

　　△　顛老反疑衍。（墨）

祀　篆文「祀」

　　◎　王本作祀。（朱）

䄯　「䄯之為言攘也，此襄字從𢾰從工，已縈之。」

　　△　此襄字從㩻從工已縈之，此㩻譌作𢾰，又落去一㩻字。（朱）

禃　「祭其也，從示，胥聲。」

　　△　其當依毛本作具。（紫）

　　△　朱本作具。（朱）

「楚辭曰懷桂禃而要之。禃，祭神之精米也。」

「司馬季主曰，卜而不中，不見奪禃。則禃亦所以為卜之資也。」

　　△　懷桂禃而要之及不見奪禃，兩禃字當作糈，西林說。（朱）

　　△　玩楚金說禃字，是當从示。（墨）

禡　「周禮禡于所征之地。臣鍇曰禡之言罵也，母稼反。」〔朱筆於母字旁作毋〕

　　△　周禮應改禮記。（墨）

　　△　毋稼反，毋當作母。（朱）

禂　「臣鍇按詩曰既禡既禂。」

　　△　既禡既禂句已見說文解字，臣鍇按三字衍文。（墨籤）

騔　篆文「騔」

　　◎　王本作騔。（朱）

社　「地主也。從示，土聲。」〔紫筆圈去聲字，朱文復書之於旁〕

　　　△　毛本及韻會俱無聲字，當刪。（紫）

「周禮二十五家爲社，各樹其工所宜木。」〔紫筆改工作土，且於宜下增之字〕

　　　△　宜下毛本韻會有之字。（紫）

祏　「又木者，木主也。」

　　　△　木者疑作土。（紫）

祘　「逸周書，謂孔子所刪尙書百篇之外也，以其散故漢興購得之，故曰逸
　　周書。」〔朱筆改散故作散佚〕

　　　△　散故疑散逸。（墨）

禰　「秋畋也。從示，爾聲。」

　　　△　攷宋本說文禰字訓曰親廟也，从示爾聲。一本云古文禮也。今楚
　　　　金引爲秋畋也。（墨）

　　　△　說文新附字，繫傳皆不載，此自禰以下四字殆後人加之。（墨）

禱　「祝也，從示，虘聲。側慮反。」

　　　△　禱字新附亦無。（墨）

祚　「福也，從示從乍，徂故切。臣鍇等曰凡祭必受胙，胙即福也，此字後
　　人所加。」

　　　◎　朱本無福也二字，又無臣鉉以下十九字。（朱）

　　　△　祧祅祚三字，本書所無，乃後人取今本說文附益之者。蓋字必有
　　　　訓，今祧祚二字皆無訓，其可疑者一也；祧從兆聲，祅從天聲，
　　　　祚從乍聲，今不云兆聲天聲乍聲，則諧聲之理不明，其可疑二也；
　　　　是書反切分不用唐韻，此三字獨用唐韻，其可疑三也；是書用反
　　　　不用切，此三字獨用切，其可疑四也；部末云文六十五，若加此
　　　　三字，則爲六十八，與總數不合，其可疑五也。今削此三字以復
　　　　本書之舊云。（朱）

弌　「古文三。臣鍇曰義與弍同。」

　　　△　前有弍字，無弍字，則弍當作弍。（紫）

王　「易曰坤乃順承天，故上畫下偃，下畫地也。」

　　　△　朱改下畫上偃。（朱）

閏　「言爲曆者，當撙節具日，上應日月五星，然後敬授於人也。」

　　　△　具當作其。（紫）

「月終不制室者，十二月之餘分耳，明非正月也。」

　　　△　月終疑作終月，衍周禮之文也。（紫）

皇 「天也，從自，自始也。」〔紫筆改天作大，朱筆復書大字於旁〕

  △ 天當依毛本作大。（紫）

「今俗以作始生子爲鼻子是。」〔朱筆圈去作字〕

  △ 毛本以下無作字。（紫）

「臣鍇曰自從也，故爲始。說文皇字上直作自，小篆以篆文自省作自，

  故皇字上亦作自。」〔朱筆直作自之自改作𦣻，省作自之自改作白，亦作自之自

  改作白，紫筆改故皇字之皇作皇〕

  △ 說文皇字直作𦣻，皇當作皇，下同。小篆以篆文自省作自，故皇

   字上亦作𦣻，兩𦣻字當作白。（朱）

玉 「臣鍇曰䚯音莘。」

  △ 䚯，蘇來反，無莘音，莘字疑譌。（墨）

「虞局反。」

  △ 虞局反，局當作局。（朱）

珛 「符瑞圖有玉珛見，的聲反。」〔朱筆改聲作聱，復改作𦔣〕

  △ 韻會無見字，衍文也。（紫）

  ◎ 珛字的聲反，聲字固悞，聱亦不成字，當作的𦔣反。（朱）

瑾 「瑾瑜美玉，從玉、堇聲。」〔紫筆書也字於美玉下〕

  △ 毛本有也字。（紫）

「五色發作，以和柔剛，天德鬼神，是食是饗，君子食之，以禦不祥。」

  △ 天德鬼神當作天地鬼神。（朱）

  △ 君子食之當作君子佩之。（墨）

琁 「臣鍇按苟卿減曰，旋玉瑤珠，不知珮也。然則旋玉，赤玉也。」

  △ 韻會作苟卿賦，今从之。（紫）

  △ 旋玉改琁玉。（墨）

瓚 「圭之狀郯上邪銳之于其爲杓形，謂之瓚。」

「瓚之言贊也。贊，進也，以近於神也。」〔紫筆改郯右偏旁作刂，改自爲首，

  近作進，朱筆於郯字旁另書剡字〕

  ◎ 此敘字俱依韻會改。（朱）

瑛 「漢文帝時渭陽玉瑛見，今有白石紫石瑛者，皆石之有光璧者。」〔紫筆

  改璧作璧，朱筆復書璧於旁〕

  △ 韻會玉瑛見下有一曰五常修則玉瑛見九字。（紫）

  △ 朱云光璧者，璧字可疑。（朱）

　　　　△　下文珅字傳中，光壁二字，楚金言之詳矣。（墨）

瑧　「三采有三色也，武夫反。」
　　　　△　有三色，韻會作朱蒼白。（紫）

璗　「今人音爲切於古也。」〔朱筆改爲作求〕
　　　　△　朱云今人八字未詳。（朱）

瑗　「肉壁之身也，好其孔也。」
　　　　○　韻會無之字。（朱）

琮　「謂其狀外八角而中圓一。」
　　　　△　韻會一作也。（紫）

琥　「春秋傳曰，賜子家子雙琥是。臣鍇按周禮曰白琥禮西方。」
　　　　△　諸木俱無是字，衍文也。（紫）

瓏　「禱旱玉龍文，從玉，龍聲。」
　　　　○　韻會引此作禱旱玉龍也。（朱）
　　　　△　禱旱玉句龍文句，案古玉盈尺，刻龍形，質褊不全，即其物。韻會
　　　　　　脫文字似誤。（墨）

琰　「臣鍇按郭璞注上玉賦，引竹書云」
　　　　△　朱云玉改林。（紫）

瓛　「桓圭三公所執，獻聲。」
　　　　△　桓圭三公所執，三當作上。（朱）
「宮室之雙桂爲桓，此圭刻作之。」
　　　　△　桂當作柱。（紫）
　　　　△　攷鄭氏周禮注，桂乃植之譌。（墨）
「今字書瓛又音鑯，鑯則爲鑲俗也排抹。」〔紫筆改爲作馬，也作曰，朱筆改
　也作名，抹作洙〕
　　　　△　攷韻會引此作則鑯馬鑲俗曰排抹。（墨）
「臣以爲鄭玄義，後人多破之故耳，戶官□」〔朱筆改鄭玄作鄭禮注，且於官
　下增反字〕
　　　　△　鄭下應補玄字，戶官下補反字。（墨）

珽　「大圭長三尺，抒上終葵首，從玉，廷聲。臣鍇曰□□□取□□謂削取
　　　其上也。齊□□□□終蔡其上作□□□形，象無所屈撓也。晉祖□□
　　　曰□□□□」〔朱筆改增之爲「大圭長三尺杼上終葵首從玉廷聲，臣鍇曰杼取上
　　　謂削取其上也，齊語椎謂之終葵其上作椎形」〕

　　△　韻會引此段亦不全。其上作□□形，形上一字或是椎字。晉字則
　　　　不知何解。祖字或是相字之訛，相玉書曰斑玉六寸明自炤，未知
　　　　是否。（朱）

珥　「周禮曰天子執珥四寸，從玉冒，冒亦聲。臣鍇曰圭上有物胃之也，犁
　　冠既犁鑯也。」〔紫筆胃作冒，朱筆改既作即〕

　　○　韻會作即。（朱）

「今□□□□□音義同，本取於上冒之，故曰亦聲。」〔紫筆於闕處補字
書作犁鎧五字〕

　　○　五字依韻會補。（朱）

　　◎　字書五字，朱本亦闕。（朱）

珇　「古文從目，臣鍇曰目珇□□細也，冒亦音墨。」〔朱筆於古文下書珇字，
圈去目珇之珇〕

　　△　朱云珇字誤置次行之首。目細也，未詳。（朱）

瑞　「謂天以人君有德符，將錫之歷年，錫之五福，先出此以與之爲信也。」

　　△　韻會錫之下俱有以字。（朱）

「與豈非端信乎，豈小鳥生大鳥，桀無小至大之德，終使小殷成大殷，
豈非殷乎。」〔朱筆改與作此，端作瑞，豈小之豈作及，殷乎之殷作妖〕

　　△　與字疑衍。（紫）

　　△　端疑作瑞，豈小之豈亦衍文。（紫）

　　△　殷下疑有瑞字。（紫）〔謂豈非殷乎句〕

珥　「臣鍇曰瑱之狀者直而末銳以塞耳。」

　　△　者从韻會作首。（紫）

　　△　瑱之狀者直而末銳，者當作首。（朱）

瑱　「詩云充耳琇瑩，左傳說錦傳一如瑱。」〔紫朱筆均改傳作縛〕

　　○　毛云充耳謂之瑱。（紫）天子玉，諸侯以石。（朱）

　　△　毛云七字韻會有。（紫）〔朱筆改七字作以下〕

「若西都賦玉瑱以居握，則音鎮。」

　　△　按西都賦玉瑱以居楹。（墨）

琢　「圭□□上起兆琢也。從玉，篆省聲。周禮曰琢圭璧。」〔紫筆於闕處作
璧〕

　　△　韻會圭璧上有雕刻字，未知是否。（紫）〔註38〕

　　○　謂有圻鄂也。（朱）〔此五字朱筆注於周禮日上〕

　　◎　依韻會增。（朱）

「臣鍇曰瑑謂起爲龍，若篆文之形。」

　　○　韻會作起爲攏。（朱）

　　△　王本作龍。（朱）

　　△　韻會又作壠。（朱）

珇　「臣鍇按周禮作駔，杜子春云言作綜，作親反。」〔朱筆改駔作珇，言作當，綜作組，親作覞〕

　　△　駔，韻會作珇。（朱）

　　◎　親非聲，當爲覞字之譌。（朱）

璪　「臣鍇曰謂綴玉於武冠，若纂子之列布也。」

　　○　韻會作纂。（朱）

　　△　若纂子之列布也，纂當作纂。（朱）

瓉　「動則逶迤若水流也。冕瓉當作今註作此瓉字。」

　　△　水流，韻會作流水。（紫）

　　△　今注作三字，韻會無，當刪。（紫）

　　△　朱云三字衍。（朱）

瑝　「臣鍇按爾雅璋□□□謂之瑬，說文謂有瑝無瑬宜同也，示祝反。」〔紫筆於璋下空處補大八寸三字〕

　　△　謂字疑衍。（紫）

璱　「四夷書以沈香瑟瑟鈿函是也。」

　　△　瑟瑟，韻會作璱璱。（紫）

瓃　「其瓃猛也。臣鍇曰相帶縈帶。」

　　△　相帶縈帶，係上文璱字注疑誤入。（紫）

璊　「詩曰毳衣如璊，謨奔反。」

　　△　奔改奔。（紫）

理　「治玉也，從玉，里聲。六矣反。」

　　△　理，韻會注徐曰物之脈理，惟玉最密，故从玉，治玉治民皆曰理。

　　（朱）

〔註38〕黃公紹《古今韻會》十六獮韻，瑑：「說文雕刻圭璧上起兆瑑也，從玉，篆省聲。謂有圻鄂也。徐曰謂起爲壠，若篆文之形。」

瑀 「臣鍇按毛詩傳，佩玉瑀瑀，以衲其門。」
  △ 以納其間，从韻會。（紫）
  △ 王本作門。（朱）

琁 「石之似玉著，從玉，言聲。疑袞反。」〔朱筆改袞作袁〕
  △ 袞當是言字之訛。毛本作語軒反。（紫）
  ◎ 王本袞。（朱）

瑾 「石之似玉者，從玉，盡聲。久普反。」〔朱筆改普作晉〕
  △ 朱云久字譌，當作徐刃反。（朱）
  △ 毛本作徐刃切，恐係傳未必同。（墨）

碧 「埋其血，三年化爲碧，臣以云道家云積精成責碧。」〔朱筆圈去臣以云之
  云字，改責作青〕
  △ 云字衍。（墨）
  △ 王本有。（朱）

珠 「春秋國語曰珠以禦火災是。」〔朱筆於是下增也字〕
  △ 是下，毛本有也字。（紫）

玓 「臣鍇按上林賦曰，明月珠子，玓瓅江滶。」
  △ 江滶，史記文選俱作江靡。張揖注曰靡，厓也。（墨）

珕 「禮佩刀，士珕珌而珧瑇。」
  △ 案毛萇曰，天子玉珌而珧瑇，諸侯璗珌而璆瑇，大夫鐐珌而鏐瑇，
    士珕珌而珧瑇云云。今珧瑇作珧瑇，雖古本說文皆然，擬改。（墨）

玫 「符瑞圖曰孝經援神契曰，神靈滋液，百珍寔用玫瑰齊。」〔朱筆改寔作
  實，復於旁作寶〕
  ◎ 王本作實。（朱）

璣 「注曰大珠而珽有光曜，可爲鏡也。」
  △ 珽，韻會作珄。（紫）

琅 「臣鍇按符瑞圖百珍寶用則琅玕景。」〔朱筆增曰於百字上〕
  △ 王本有百字，無曰字。（朱）
 「本草注曰，流離之類也，有五色大劑璃也。」〔紫筆改大作火，璃作瑞〕
  △ 案本艸注琅玕有數種流離之類，火齊寶也。則註中劑字或者是齊。
    （墨）

玕 「禹貢雍州璆琳琅玕。」
  △ 雍，毛本作雝。（紫）

珋　「石之有光璧珋也。」〔墨筆改璟作珋〕

　　△　璟，毛本作珋。（紫）

瓅　「從玉，湯聲。佩刀諸侯瓅琫而璆珌。臣鍇按爾雅黃謂之瓅。」〔紫筆於聲下增禮字，墨筆於黃下增金字〕

　　△　毛本有禮字。（紫）

　　△　黃下脫金字。（墨）

珩　「佩上玉也，所以節行止也，從玉行。」

　　△　古本說文从玉行聲。（墨）

玉　部

「文一百二十六臣次立曰今文一百二十四補遺璵瑳二字，共一百二十六重十五」〔朱筆改重十五之五作六〕

　　△　朱云次立姓張，見李巽岩序。（朱）

　　△　朱改十六。（朱）

气　「雲氣也，象形，凡氣之屬皆從氣。」

　　◎　氣皆當作气。（朱）

壻　「夫也，從士胥。」

　　△　毛本胥下有聲字。（紫）

中　「臣鍇曰口以出令也，丨以記其中也。皇極之道」

　　○　韻會引此云丨所以記其中也，會意。（朱）

書中訛字闕語，校批靡不精審。又木部、象部、巿部、黹部、心部諸部尚有補闕，茲分別條列如后：

（一）第十一卷廿三葉墨籤云：「詳次弟，榜下應闕二葉，而櫟下亦錯雜，亦約闕一葉。」而廿五葉末載朱筆校文云：「沈心醇曰，《繫傳》木部闕文以毛本校之共闕八十三字，今從《韻會》查出三十一字皆楚金語，其與說文無異同者不錄。

椬　竟也，免舟竟兩岸。徐曰竟者極之也，橫亘之也，詩造舟為梁，梁橫亘也。

臬　徐曰射之高下準的。

閑　止也，從木門。徐曰閑猶闌也，從木距門也，會意。

枰　平也，從木，平聲。徐曰今謂棊局為枰，亦言上平也。

棐　徐曰輔即弓檠也，故從木。

析　徐曰此指事。

枳　樂也，木音，工用枳聲音爲享，从木，祝省聲。徐按字書祝之言始也，書注枳以始樂。

杚　徐曰牒亦木櫝也。

檠　徐按禮曰操弓不反檠。

梟　會意。

桒　徐曰車輈上束也。

櫽　括也，从木，隱聲。徐按尚書有櫽括之器。櫽，審也。栝，檢栝也。即正邪曲之器也。

榷　徐曰此即今所謂水彴橋也，楚謂之石杠，亦曰略彴。

檿　徐曰謂以木椑十指而縛之也。

梁　徐曰刃音創，或曰木渡水爲梁。

櫓　徐按古文尚書曰血流漂櫓，又城上白露屋亦名爲櫓。

极　徐曰今人爲木牀以跨驢背以負載物，即古之极也，极之言篋也。

校　木囚也，从木，交聲。徐按校者連木也，易荷校滅耳，此桎也，荷校滅趾，此梏也。

桎　徐曰桎之言躓也，躓礙之也，又窒也。

檢　書署也，从木，僉聲。徐曰書函之蓋也，三刻其上，繩檢之，然後填以泥，題書而印之也。前武紀封禪有金策石函、金泥玉檢，謂以玉爲檢束也。

槧　牘樸也，从木，斬聲，謂始削粗樸也。○今本始削六字疑錯語。

柳　徐曰蜀後主解授縛督郵馬枊，晉王謚縛宋武帝于馬枊，今京師有馬柳州。枊者，旁有一杙昂起出。

杌　徐曰杌之言兀也，榾杌短木。

檻　徐曰古謂檻車，又軒櫳之下爲櫨曰欄，以版曰軒曰檻，又以檻禽獸故曰圈。

枊　徐按周禮掌舍之職，若今行馬以爲衛也。漢魏三公設行馬枊者，交互其下以爲遮欄也。

檄　徐曰檄，徵兵之書也。魏武帝奏事曰若有急則插雞羽謂羽檄，言如羽之疾也。

棊　徐曰棊者，方正之名，古通謂博弈之子爲棊，故樗蒲之子用木爲之。楚辭菎蔽象棊有六博，注以菎玉作蔽。著，即今樗蒲馬也。象棊，以牙飾

棊。今樗蒲矢亦曰棊。故曰以著行棊爲六博。

橋　水梁也，从木，喬聲，橋之言趫然也，又象人之趫能超越也。〇案今本
　　無橋以下三句，疑錯語也。

槅　說文盛膏器，从木，咼聲。徐按古者車行，其軸常常滑易，故常載魯膏
　　以塗軸，此即其器也。齊人謂淳于髠炙輠，謂其言長而有味，如炙輠器，
　　雖久而不盡也。

柎　顎足也，从木，付聲。

橾　徐曰橾燎祭名也。」

　　以上三十一字，分別以朱文及墨文分鈔二紙籤，且於玉香亭偶鈔末云：「此皆木
部闕葉內楚金之語，連前葉共得三十一字，說文無異同者俱不錄。」

（二）第十四卷卷末標題之後以墨筆補入㡀黹二部八文「

㡀　敗衣也，从巾，象衣敗之形，凡㡀之屬皆从㡀。毗祭切。

敝　帗也，一曰敗衣，从攴从㡀，㡀亦聲，毗祭切。

　　文二

黹　箴縷所紩衣，从㡀丵省，凡黹之屬皆以黹。臣鉉等曰丵眾多也，言箴縷
　　之工不一也。陟几切。

黼　合五采鮮色，从黹，盧聲，詩曰衣裳黼黼。創舉切。

黼　白與黑相次文，从黹，甫聲。方榘切。

黻　黑與青相次文，从黹，犮聲。分勿切。

黼　會五采繪色，从黹，綷省聲。子對切。

粉　袞衣山龍華蟲黺畫粉也，从黹，从粉省，衛宏說。方吻切。

　　文六　　　」

　　天頭處墨校云：「此下二部皆从部皆从今本補入者。」朱校云：「朱本無。」復
于黼字上，朱校云：「《韻會》徐曰今詩作楚，假借也。」

（三）第十五卷卷末補肎、殷二文「

肎　△也，△△身，凡肎之屬皆从肎。△△曰古人所謂反身修道，故曰歸也。
　　於機切。

殷　作樂之盛稱殷，从㐭以殳，易曰殷薦之上帝。於身切。

　　文二　　　」

　　地腳處，朱校「此二字朱本無。」

（四）第十六卷十八葉墨籤云：「此下缺飲次气三部，約少一張。」朱校於旁云「亦
　　闕」，然不錄所遺之文。

（五）第十八卷十六葉缺象部，墨籤補之云：

> 目錄第十八，從山至象共廿類，今遺象字宜補入。
>
> 象　長鼻牙，南越大獸，三年一乳，象耳牙四足之形，凡象之七皆从象。徐兩切。
>
> 豫　象之大者，賈侍中說不害于物，从象，予聲。羊菇切。
>
> 㺔　古文。
>
> 文二　重一　」

（六）第二十卷十七葉末儒字，連接其後即二十葉縈字，故墨籤云：「此處盖少二頁」。玉香亭偶鈔紙籤即有「

> 恐　徐曰恐猶兇也。
>
> 忍　徐曰能音耐。
>
> 憪　徐曰今作憪。
>
> 怍　徐曰心作動也，說文慙也，从心，乍聲。
>
> 惡　徐曰心挫屻也。
>
> 怵　徐曰故發怵：惕：非不得瞑。
>
> 愧　徐引左思賦愧墨而謝。
>
> 心部所缺二葉，《韻會》止有此七條，餘俱與今文同。」

除闕部闕字外，卷十五復有葉次混亂情事，因而此卷天頭處可見「在二頁之後當改三」、「此頁在今第五頁之後，實弟四」、「在原本弟三頁之後改」、「此頁當在原本弟九頁之後，今改第六」、「在原本弟八頁之後仍△」、「在原本弟七頁之後，改第八」、「當在原本第六頁之後，弟九」、「在原本弟四頁之後，仍爲△」，諸墨文小籤。

又首冊諸札外，餘冊中尚附有短箋長論。若卷二十四，十七頁正面貼一墨文紅紙籤，由字跡視之，當爲數人之札箋，其間文句分爲「戴札已錄出，不及帶進」、「周永年拜訂」、「午刻早集，恕不再速」、「聲韻考望即題詞」、「未谷先生：弟力高先生爲王伯厚，而先生退然不肯當，亦自比於義門，何其謙也。又比南澗於義門，亦似可以使得，如：何：。杰白」。卷三十三〈通論〉首葉正面一紙籤，朱文載「〈部敘〉〈通論〉諸卷中之篆字不應大寫，須通作一例，或全作大字，或全作小字。此〈通論〉三卷之式尤宜改正者，應照此內紅筆畫段之界限分段寫之，每段空一格。其同一字而省古文者，應否分作二段，再勘。此次校看未暇逐段畫完，須再詳勘之。後卷〈類聚〉亦應照此。」墨文「〈部敘〉上下二卷，其篆皆連接作小字。〈通論〉上中下三卷，其篆皆應大寫，此下數卷非一例。」至若卷三十七，

墨籤「按〈類聚〉一篇，前有總篆，故節內不必再加篆文。徐氏元文當是如此觀。第一章言數，第七章言羽族，但有細書而無篆文，是其遺法也。傳寫者不察，字此，謂但是篆文便當書大字，故闕略、重復、顛倒、錯亂，幾不可讀。今略而言之。第二章十七字，則烏爾兮于粵無篆，而篆丂字又加一丂字。第三章則禾木仐屮艸之類皆非總目所有，而屮字重篆。第四章井字不篆，而重一山字。第五章有雲雨而無日月。第八章五字而止篆它龜二字。第九章九字而但篆五字，脫去牛犬羊豕不篆。第十章六字，止篆四字，而首脫禾字，末脫舞字。十二章多篆一子字，悞加一厂字非字。此蓋傳人無識，但見篆文便謂當與前數卷一律寫法，改爲大字，而復不能詳愼考訂以歸于一，故其陋不可掩也。鄙懷如此，更希鈞裁。第六章目錄缺一夕字。》於「而屮字重篆」旁有朱筆批「此非重也，乃當一氣接寫。」復於「而重一山字」右批「此亦句內之字，非重也。」此其札批大較也。「余暇日整比三館亂書，得南唐徐楚金《說文繫傳》。愛其博洽有根據，而一半斷爛不可讀。會江西漕劉文潛以書來，言李仁甫託訪此書，乃從葉石林氏借得之，方傳錄未竟，而余有補外之命，遂令小子槼於舟中補足。□□本得於蘇魏公，而訛舛尚多，當是未經□□□△　乾道癸巳十月廿四日尤袤題。」其「借」字，本作「昔」，紫筆增人字旁成之，「補足」之下亦由紫筆增「是」字於闕空處，「蘇魏公」下則添朱文「家」字。

　　至若此鈔本之由，《復初齋文集》說文六，翁氏稿本論云：「昔年吾里朱竹君齋有舊寫本，又見韓城王惺園亦有寫本，因借二家本合校寫之。桂未谷爲之參互校勘，實多闕失，不能補成完書也。」則朱竹君、王惺園二家寫本，即翁氏此舊鈔本之底本。依校語中「朱本無」、「王本有」、「王本作某」諸言，亦可一窺朱、王二本之大較。此書玄、弦、鉉、弘等字缺筆，蓋避清諱也。其卷第二十五，朱文眉批「此篇非楚金元文，乃後人從鼎臣本鈔出者，王本同」。是朱、王二本亦非完書。《莈圃善本書目》著錄之。

（三）烏絲闌舊鈔本《繫傳》四十卷　國立中央圖書館藏

　　此《繫傳》四十卷十二冊，於卷四十〈系述〉末有尤袤跋。線裝，然每讀完一葉，須連翻兩葉，方能再讀，又頗似蝴蝶裝者。書衣爲金色花紋，兩葉間襯以白棉紙，左右雙欄，有界格。板口處，前十冊僅有上魚尾，下端畫二橫線，後二冊則於上魚尾與二橫線間書有卷數，葉次，均爲小黑口。板匡長 21.5 公分，寬 16.2 公分，每半葉七行，行大字十四或十五，小字二十二。每冊首葉鈐「笥河府君遺藏書記」陽方長方朱印。

　　十二冊悉以朱筆圈校。首冊書眉處有黃校，間亦雜墨朱二校，條列如后：

卷　一

　　一　「一旁薄始結之義，是謂無狀之狀，無物之象。」

　　　　△　無物之象當作無象之象，見老子。（黃）

　　⊥　「而今之末學，爲象文者，妄相移易，偏旁乖亂，以爲奇詭。」

　　　　△　爲象文者，象當作篆。（黃）

　　「非此以察，則妄爲奇詭者，浮俗剽薄，紀於言議焉。」

　　　　△　非此以察，非當作推，吳西林說。（黃）

　　　　◎　絕。（朱）〔謂紀字〕

　　「六文之中，象形者，蒼頡本所起。」

　　　　△　蒼頡本所起，疑當作本蒼頡所起。（黃）

　　「轉注之言，若水之出源，分岐別派，爲江爲漢，各受其名，而本同主
　　　於一水也。」

　　　　△　分岐別派，岐當作枝。（黃）

　　「故經傳之字，多者乖異疏□詩借害爲曷之類是也。後人妄有作文字附
　　　益之，故今假借爲少。」

　　　　△　多者乖異，者當作有。（黃）

　　　　△　後人妄有作文字附益之，有字疑衍。（黃）

　　「若周禮使萬民一鄉一鄙，共用祭器仕器樂器是也。」

　　　　△　共用祭器仕器樂器，當作共用祭器禮器樂器，見周禮鄉師。（黃）

　　「形則有形可象，事則有事可指，故上下之義，無形可象，故以｜｜指
　　　事之，有事可指也。」

　　　　△　故以｜｜指事之，當作故以⊥丁指示之，西林說。（黃）

　　「轉注則一義數文，借如老者，直訓老耳，分注則爲耆爲耋爲耄爲壽焉。」

　　　　△　借如老者，借字衍文。（黃）

　　帝　「古上爲二字，亦指事也，似上字，但上畫微橫，書之，則長上畫而短
　　　下畫。」

　　　　△　似上字，上當作二。（黃）

　　　　△　長上畫而短下畫，當作長下畫而短上畫，西林說。（黃）

　　旁　「臣按許慎解敘云，於其所不知，蓋闕如也。」

　　　　△　臣鍇按，此落去鍇字。（黃）

丂 「臣鍇按此則前所謂古文上者，皆爲一是也。」

　　△　前所謂古文上者，皆爲一是也，疑當作前所謂古文上皆爲一者是也。（黃）

丅 「臣鍇曰易曰窮上反下也，謂王者上徹天道，則天下謀民事也。」

　　△　則天下謀民事也，天當作反。（黃）

示 「示亦神事也，故凡宗廟社神祇皆從示。」

　　△　宗廟社神祇皆從示，廟字衍文。（黃）

「孟子所謂無罪歲，左傳勤而不匱之義也。」

　　△　勤而不匱當作勤則不匱，見左傳宣十二年。（黃）

礼 「古文禮。臣鍇以爲乙始也，禮之始之。」

　　△　禮之始之，下之字當作也。（黃）

福 「下總以考終命等五事，相因而至也。又西都賦曰仰福帝君，福從衣，非此字。」

　　△　下總以考終命等五事，總當作繼。（黃）

　　△　仰福帝居，福當作福，音副。薛綜注西京賦云福猶同也。又此西京賦譌作西都賦。（黃）

祇 「地祇提出萬物者也，從示，氏聲。臣支切。」〔黃筆改臣作巨〕

　　△　巨支切，切當作反，此書用反不用切，後仿此。（黃）

柴 「燒柴燎以祭天神，從示，此聲。虞書曰至于岱宗柴。土佳反。」

　　△　土佳反，土當作士。（黃）

祪 「祔祪祖也，從示，危聲。臣鍇曰祔祖也，爾雅釋詁之文。」

　　△　祔祪祖也，爾雅釋詁之文。此落去祪字。（黃）

禘 「臣鍇按禮記禘祭所以審昭穆，故曰禘也。」

　　△　故曰禘也，禘當作諦。（黃）

禂 「祝禂也，從示從留聲。臣鍇按良秀□□□」

　　△　良秀反，此落去反字，西林說。念孫按，此三字不當在臣鍇按之下，當移在末，上有闕文。（黃）

祓 「臣鍇按枝之爲言拂也。」

　　△　枝之爲言拂也，枝當作祓，西林說。（黃）

禱 「籀文禱，臣鍇曰以爲壽省也。」

　　△　臣鍇曰以爲壽省也，當作臣鍇以爲壽省也。觀前古文旁字注，臣鍇以爲從下也，可見。（黃）

襄　「臣鍇曰襄之爲言攘也，此襄字從𣂪，從工己縈之。」

　　△　此襄字從𣂪，𣂪從工己縈之。此𣂪譌作𣂪，又落去一𣂪字。（黃）

禰　「臣鍇按楚辭曰，懷桂禰而要之。禰，祭神之精米也，故或從米，祭神
　　故從示。臣又按史記日者傳，司馬季主曰，卜而不中，不見奪禰，則
　　禰亦所以爲卜之資也。」

　　△　懷桂禰而要之，及不見奪禰，兩糈字當作糈，西林說。（黃）

禡　「臣鍇曰禡之言罵也。毋稼反。」

　　△　毋稼反，毋當作母。（黃）

祧　「從示從兆。他彫切。」

祆　「胡神也，從示從天。火千切。」

祚　「從示從乍。徂故切。」

　　△　祧祆祚三字，本書所無，乃後人取今本說文附益之者。蓋字必
　　　　有訓，今祧祚二字皆無訓，其可疑者一也；祧從兆聲，祆從天
　　　　聲，祚從乍聲，今不云兆聲天聲乍聲，則諧聲之理不明，其可
　　　　疑二也；是書反切皆不用唐韻，其可疑三也；是書用反不用切，
　　　　此三字獨用切，其可疑四也；部末云文六十五，若加此三字則
　　　　爲六十八，與總數不合，其可疑五也。今削此三字以復本書之
　　　　舊云。（黃）

　　△　泰按，段氏說文注，襧祧祆祚四字，係大徐新附，此本只三字，
　　　　俟考。（黃）

皇　「臣鍇曰自從也，故爲始。說文皇字上直作自，小篆以篆文自省作自，
　　故皇字上亦作自，書傳多有鼻子之言，餘則通論備矣。」

　　△　說文皇字上直作自，皇當作皇，下同。（黃）

　　△　小篆以篆文自省作自，故皇字上亦作自，兩自字當作自。（黃）

玉　「王中畫近上，玉三畫均也。虞局反。」

　　△　虞局反，局當作局。（黃）

瑾　「又按山海經，鍾山之陽，瑾瑜之玉爲良，堅栗積密，潤澤而有光，五
　　色發作，以和柔剛，天德鬼神，是食是饗，君子食之，預禦不祥。」

　　△　天德鬼神當作天地鬼神。（黃）

瓛　「桓圭三公所執，從玉，獻聲。」

　　△　桓圭三公所執，三當作上。（黃）

珥　「瑱也，從玉耳，耳亦聲。臣鍇曰瑱之狀者，眞而末銳以塞耳，故曰亦

聲。耳既反。」〔黃筆改塡作瑱，朱筆圈去眞下二點作直〕

 △ 瑱之狀者直而末銳，者當作首。（黃）

璪 「臣鍇曰謂綴玉於武冠，若綦子之列布也。」

 △ 若綦子之列布也，綦當作棊。（黃）

玉　部

「文一百二十六臣次立曰今文一百二十四，補遺瑒瑎二字，共一百二十六重十五」〔黃
筆改五作六〕

 △ 泰按，段本作重十七，此本十六，今增璑字則十七。（黃）

氣 「雲氣也，象形，凡氣之屬皆從氣。」

氛 「祥氣也，從氣，分聲。」

雰 「臣鍇按劉熙釋名曰，潤氣著艸木，遇寒而凍，色白曰雰。」

 ○ 氣皆當作气。（黃）

卷　二

茶 「臣鍇曰初出荂甲，又葉初生故香，苦今採荼皆初生者。」

 △ 苦今採荼，苦當作若。（黃）

芡 「易夬卦曰，莧陸夬夬，陸即芡也，與莧皆爲柔脆之物，芡字從此。粟
菊反。」

 △ 粟菊反，粟當作栗。（黃）

蘆 「荣也，似蘇者，從艸，豦聲。臣居反。」

 △ 臣當作巨。（黃）

蘭 「臣鍇按本艸蘭葉皆似澤蘭，方莖，蘭員莖，白華紫萼，皆生澤畔，八
月華。楚辭曰浴蘭湯兮沐芳華。莖白華紫萼，皆生澤畔，八月華。楚
辭曰浴蘭湯兮沐芳華。本艸蘭艸辟不祥，故潔齋以事大神也。臣又按
本草蘭入其死乎，吾所以生也，刈蘭而卒。」〔朱筆勾去莖白華紫萼至浴
蘭湯兮沐芳華重覆之字句〕

 ○ 藥，四五月採，謂采枝葉也，春秋左氏傳鄭穆公曰，蘭死吾。（朱）
  〔此二十二字增之臣又按本草蘭入之下〕

「按鄭穆公曰十月卒，彼時十月，今之八月，非本草采用之時者，蓋常
人候其華實成，然後刈取之也。勒食反。」

 △ 勒食反，食當作餐。（黃）

莔 「山莓也，從艸，峀聲。臣鍇曰所謂大莓也。子養反。」

　　　　△　子養反，養當作眷。（黃）

苢　「臣鍇本草茉苢一名車前，服之今人有子。」

　　　　△　臣鍇按，此落去按字。（黃）

樭　「蔦或從木。臣鍇曰附子木，故從木。」

　　　　△　附子木，子當作于。（黃）

畱　「不耕田也，從艸畱。易曰不畱畬。臣鍇曰此爲從艸從闔田，凡三文合之，舊解從艸畱，傳寫誤以出日合爲畱，亦無聲字。何以言之，若實從艸下畱，則下不合別有畱字。云或省艸，省艸則與東楚名缶曰畱同聲同體而別出。名缶之畱在第二十四卷也。臣以爲當言從屻 音災 從田，田不耕則草塞之，故從艸。屻者，川壅也。但許愼約文，後人不曉，誤以屻田人成畱字，因誤加聲字耳。學者所宜詳之。側將反。」〔黃筆改當作畱，屻出作巛，將作持〕

　　　　△　舊解從艸畱，畱當作畱，下竝同。惟東楚名缶曰畱及名缶之畱在第二十四卷也，兩畱字不作畱。（黃）

　　　　△　傳寫誤以巛日合爲畱，日當作田。（黃）

　　　　△　誤以巛田人成畱字，人當作合。（黃）

蕲　「艸相蕲苞，從艸，斬聲。書曰艸木蕲苞。臣鍇曰蕲相入也。就冉反。」

〔黃筆改包作苞〕

　　　　△　苞當作包，不从艸也，楚金云。（朱）

苫　「臣鍇曰編茅也，春秋左傳曰披苫蓋。」

　　　　△　披苫蓋，披當作被，見左傳。（黃）

薶　「臣鍇曰藏於草下也，古之葬者厚衣之以薪，閭皆反。」

　　　　△　閭皆反，閭當作門。（黃）

苟　「艸也，從艸，句聲。講孔反。」

　　　　△　講孔反，孔當作吼。（黃）

萑　「薍也，從艸，萑聲。」〔黃筆改萑作萑〕

　　　　◎　萑，從艹不從艸。（黃）

茗　「又古來亦通謂草木翹秀者爲茗，故江淹云青茗日夜黃也。留遼反。」

　　　　△　留遼反，留當作田。（黃）

菰　「艸多皃，從艸，狐聲。江夏平春有菰亭。古孤反。」

　　　　△　古孤反，孤當作狐。（黃）

蓲　「臣鍇按春秋左氏傳曰，蒐之中不足以蓲從者，假借莽字也。」

　△　不足以蓐從者，蓐當作辱。（黃）

　　其餘十一冊，雖亦間有眉批，然甚尟少，僅卷十一櫃字：「楸也，從木，賈聲。春秋傳曰樹六櫃於滿圃。臣鍇按爾雅，楸小而散曰櫃。」書眉朱校：「蒲謂滿」，「散當作散」。又卷四十，子容題跋末之左，黃筆云：「朱笥河先生刊宋本大徐《說文》，風行海內。此楚金繫傳，是其欲刻未果者。同治癸酉，閏夏，長白衡泰^{原名}觀并記。」是清衡泰手跋也。至若衡泰手校，時於天頭處冠以「泰按」二字，又其所用黃色筆亦稍淺於本有之黃校。二者之別至明。

　　據「笥河府君遺藏書記」印，暨衡泰末跋，此書似即《復初齋文集》所言「昔年吾里朱竹君齋有舊寫本」者。二書不僅校語相符，且所闕篆部亦無異。惟此本卷二十二，篇名下有「奇書」二字，復以朱筆勾去。卷二十五同為鈔自徐鉉本者。書中貞慎胤桓等字或闕筆或否，疑此寫本所依底本年代，應為南宋孝宗以後也。日人長澤規矩也《靜盦漢籍解題長編》著錄之。

（四）烏絲闌舊鈔本《繫傳》四十卷〈考異〉二十八卷〈附錄〉二卷

　　中央研究院傅斯年圖書館藏

　　二函十二冊，每函均六冊。線裝、左右雙欄，板心上下象鼻是黑口，無魚尾，以橫線為界，於上下橫線間記書名、卷數、葉次，板匡長 21.2 公分，寬 16 公分，每半葉七行，行大字十四，小字二十二。部分殘爛者，均襯補之。書寫字體優美，行格整齊。首冊至第六冊，首葉篇名下皆有「大忍十壽」朱文方印、「劉爍」橢圓陽文朱印。又卷一末葉有「樂尗珍藏金石書畫印」朱文方印，卷二書題下鈐「大忍十壽」、「劉爍」二印。第十二冊〈考異〉〈附錄〉末有「樂尗珍藏金石書畫印」陽文方形朱印、「酷愛詩書不計貧」陰文方形朱印。

　　全書既無圈點，亦無眉批跋語，行格間唯有少許朱筆校改之跡，如：

卷　二

　　毒　「從屮、毒聲」、「言其毒厚也」，毒改作虭。

　　芝　「或織盡」，織改作織。

　　䓵　「勤當反」，勤改作勒。

　　蕕　「故曰蕕□也」，空格作游。

　　莿　「為斫剌剌之刺」，剌改作刺。

卷　六

　　鞭　「賓廷反」，廷改作延。

卷　七

雇　「昔音借」，昔作唶。

卷　八

殯　「周人交所以即遠賓於主位」，交作文。

腹　「方菊□」，空格作反。

朡　「桃取骨間肉也」，桃改作桃。

羺　「疑此注設」，設改作誤。

卷　九

乎　「魂徒乎」，乎改作反。

卷十二

邾　「□曰魯有小邾國」，空格作一。

鄶　「若晉欲克魯叔孫之比」，欲改作郤。

卷十三

且　「兆散□」，空格作反。

暨　「曰頗見」，曰改作且。

卷十七

縣　「此縣今人加心□□□」，空格作胡涓反。

卷十九

黲　「臣鍇按陸機漢功臣贊曰上黲下黷。此□反」，空格作感。

卷廿一

洮　「臣鍇按漢書洮出臨洮縣西羌中，北至枹^{音膚}四千，東入河」，四千改作罕。

　　檢閱木部、屵部、丵部等篆部有闕，此處與翁本、朱本無異。但瑁珇二字，錢本翁本朱本均有殘缺，此本則全，瑁字云：「諸侯執圭朝天子，天子執玉以冒之似犁冠。周禮曰天子執瑁四寸。從玉冒，冒亦聲。臣鍇曰圭上有物冒之也，犁冠即犁鑱也，今字書作犁錧，音義同。本取於上冒之，故曰亦聲。母報反。」珇亦云：「古文瑁，從目。臣鍇曰目細也，冒亦音墨。」斯可資以校他本之闕也。卷四十末附《繫傳》跋，即尤袤乾道癸巳十月廿四日題者，其「乃從葉石林氏昔得之」，朱筆昔作借；「遂令小子槩於舟中補足□本得於蘇魏公家」，朱筆空格作是；「當是未經撿閱也」，檢閱二字乃墨筆添增。《繫傳考異》二十八卷之葉次混淆雜亂，卷四次卷五，卷六次

卷七。〈附錄〉上下二卷，分別鈔錄馬氏《文獻通考》、《讀書敏求記》、方以智《通雅》、《六書正譌敘》、《六書正譌後敘》、《玉海》、《六書本義凡例》、《經外雜鈔》、東海徐堅校藏本《說文繫傳·序》；《宋史·文苑傳》、馬令《南唐書》、陸游《南唐書》、吳任臣《十國春秋》、胡震亨《唐音統籤》、歐陽修《集古錄跋尾》、陸友《墨史》、王士正《居易錄》、《佩觿》後所引《嘉祐雜誌》、岳珂《程史》、王銍《墨記》、謝應芳《重脩毗陵志》等文。上卷爲諸家評論《繫傳》之詞，下卷載二徐兄弟軼事及賡詩五首：秋詞、同家兄哭喬侍郎、和詩二、送德村郎中學士赴東府詩。復由鈔載王應麟《玉海》、趙古則《六書本義凡例》、吳任臣《十國春秋》、歐陽修《集古錄跋尾》等條間有文藻案語考之，此殆乾隆庚寅（三十五年）朱文藻隨時考證諸書、勘其異同所附錄者。史語所列爲善本者，乃以四庫書成時爲斷。依此，則此書當成于乾隆四十七年前也。胤匡玄鉉殷貞邁愼等字，或闕筆或否。

　　《北京人文科學研究所藏書目錄》載：「《說文繫傳》四十卷〈考異〉二十八卷〈附錄〉二卷，南唐徐鍇撰，舊鈔本，二函十二冊」，未知是否即史語所此《烏絲欄舊鈔本》。

（五）清乾隆間寫《文淵閣四庫全書》本《繫傳》四十卷　國立故宮博物院圖書館藏

　　《說文繫傳》，《經部·小學類》，十冊，綠色絹面，楠木書函。每冊首葉均有「文淵閣寶」陰文大方印，冊末亦有「乾隆御覽之寶」陽文小方朱印。卷一前附提要〔註39〕，書末有尤袤跋。

　　此書之行格不一，如提要每半葉八行，行約十七字，又每冊前標題之半葉爲七行，餘者均是六行，行大字二十一，小字則二十一、二十二不等。紅框，四邊雙欄，花口，單魚尾，板心載有書名、卷數、葉次，板面高 31.5 公分，寬 20 公分，清朗美觀。全書胤禛玄弦泓弘闕筆，曆作歷。於書原已殘闕處，旁注一闕字，或闕若干字以明之，如：

　　珽　大圭，長三尺，抒上終葵首。從玉，廷聲。臣鍇曰闕取闕謂削取其上也。齊闕四字終葵其上作闕形，象無所屈撓也。晉祖闕曰闕七字。

　　瑁　諸侯執圭朝天子，天子執玉以冒之，似犁冠。周禮曰天子執瑁四寸。從玉冒，冒亦聲。臣鍇曰圭上有物冒之也，犁冠既犁鑱也。今闕五字音義同，本取於冒冒之，故曰亦聲。母報反。

　　珇　古文從目。臣鍇曰目瑁闕細也，冒亦音墨。

〔註39〕見第四章第一節「歷代書目著錄考徵」，清代書目引《四庫全書總目提要》。

卷二十九敍目上，于敍末，諸本皆有表列〈通釋〉二十八卷五百四十部先後之次，惟此書闕然。

《四庫全書總目》卷四十一，《經部·小學類》二：「《說文繫傳》四十卷，兵部侍郎紀昀家藏本」。《進呈書目》、《四庫各省採進書目》，皆言侍讀紀交出書目，《說文解字繫傳》六本。而國立故宮博物院藏《文淵閣四庫全書》本《繫傳》有十冊。蓋繕寫分冊之異耶。民國七十二年，臺灣商務印書館據故宮博物院藏《文淵閣四庫全書》影印刊行之。

二、普通舊籍

（一）清道光十九年壽陽祁氏江陰刊本〈通釋〉四十卷附〈校勘記〉三卷

　　　　國立故宮博物院圖書館藏

　　二函，各五冊，淺藍色書套，線裝。末冊為〈校勘記〉。〈通釋〉四十卷，半葉七行，左右雙欄，行大字十四，小字二十二，小黑口，單魚尾，板心刻卷數、葉次。首冊敍前有長方「道光十九年依景宋鈔本重彫」木記，祁敍末有「金陵劉漢洲鐫」，卷三十四末亦見「金陵劉漢洲刊」六字。是本殘泐甚矣，多以紙襯補之，卷二十三、卷二十七皆是也。至若〈校勘記〉三卷，行格異于〈通釋〉。其每半葉十二行，行大小字均為二十五，左右雙欄，單魚尾，板心亦刻卷數葉次，然上象鼻為花口，刻有《說文解字繫傳〈校勘記〉》。書前有道光十九年陳鑾、祁寯藻二敍。

陳鑾敍云：

　　　　古者經師最重六書，誠以六書者，聲音訓詁之本，名物度數之原。學者所以通陰陽消息變化，禮樂刑德鴻殺易簡者也。其淺者亦得以達夫形聲相生，音義相轉。用治六藝百家傳記微文奧義，則小學之為功鉅矣。許氏叔重生東漢之末，睹古義之湮失，患俗說之紕繆，為博攷通人，作《說文解字》十五篇。雖不知于其所謂達神怡者何如，而文之遷變，音之正轉，以及三代之遺制，四裔之聲訓多具。其子沖所云，天地鬼神，山川艸木，鳥獸蚑蟲，雜物奇怪，王制禮儀，世間人事，莫不畢載是已。自漢以來，凡碩儒儁材，通經術述字例者，多宗是書。然間為李陽冰所亂，非徐氏鉉與其弟鍇修治之，其書寖以舛譌。今觀二本，鉉頗簡當，間失穿鑿，又附俗字，鍇加明贍而多巧說衍文。又一文繁略有無不同，若閑若放等，兩部互見，鉉本多已言之，鍇本略，若麐等十九字，皆鉉承詔附益，而鍇書〈疑義〉篇亦云說文有誌無志，則十九字鍇本宜無，今具在。又〈疑義〉云說

文有漼摧而無崖，疑崖之省，而崖附山部末。若覓若卭若龠等十數字，鉉本無。若淶若瀬等，則鍇本無。或部居移易，若鍇本鼻次皀後，彖次克前。或說解闕佚，若鍇本羆寐等下是。度後人增改傅會及傳寫遺脱，是今所傳二徐本亦非其舊矣。二徐攻是書，雖各執己學，優絀互出，而鉉書後成，其訓解多引鍇說，而鍇自引經，鉉或誤爲許注，又諧聲讀若之字，鍇多于鉉。則學者當由鍇書以達形聲相生，音義相轉，用治六藝百家傳記微文奧義，而研窮其原本者矣。顧鍇本尤多殘闕，雖黃公紹《韻會》多引鍇說可攷證，而《韻會》復爲熊忠增補。有分韻兩收之字，互見爲大小徐本者，有兩引鍇說而繁簡互異，則據以校鍇書亦多參錯。壽陽祁淳甫侍郎，經術明通，學識閎邃，尤好是書。往歲督學江蘇，即求得顧千里影宋鈔本，及汪士鐘所藏宋槧殘本，既又得鍇所作篆韻譜，詳爲攷斠。復屬武進前輩李申耆先生，寶山毛君生甫，與申耆弟子吳汝庚、承培元、夏灝等，審其譌脱，繕刻于江陰。侍郎嗜學之深，好古之篤，導微扶弱，嘉惠英彦，以佐國家，同文之盛可謂至矣。惟二徐本，既有異同，又訓釋交有得失，又有二家皆失者，非索其奧賾，窮其會通，本諸古訓，參于眾說，別爲條疏，附于簡後，則經藝弗顯。嘗約侍郎共爲校勘一書，侍郎心韙其言，屬余綜定，余雖駑懣，弗克稽譔，而樂觀其成，實爲同志焉。會《繫傳》刊竟，侍郎已有文敍之，又屬余一言，用少先詳其本末云。道光十有九年十月江夏陳鑾謹譔

祁寯藻敍云：

六書之教，當刱自倉頡，至周禮而始著。學者以文字聲音求訓詁，以訓詁通義理，未有不由此者也。周之時，文化聿昭，彬彬郁郁，開治平者數十世，遭秦滅學。六書大指得不盡泯，賴許君叔重網羅綜里，成《說文解字》垂于後世。徐鼎臣楚金兄弟校訂表彰，爲許功臣。而小徐之《繫傳》，校大徐發明尤多。我國家昌明儒術，同文之盛遠邁前代，士子知從聲音文字訓詁以講求義理。說文之書，幾于家置一編，然多大徐本也。《小徐繫傳》，唯歙汪氏刻有大字本，石門馬氏刻有袖珍本，譌脱錯亂，厥失維均，閱者苦之。寯藻讀段君懋堂說文注，知吳中顧千里、黃蕘圃兩家藏有舊鈔本，讎校精詳，久懸胸臆。河間苗仙麓夔，篤志許學，研究《繫傳》，亦傾慕此本。歲丁酉，寯藻奉命視學江蘇，約仙麓同行，初以老憚遠涉，既念顧黃本或可因是得見，欣然命駕。九月抵署，謁暨陽院長李申耆先生，首訪是書。先生于顧，舊同學也，即寓書其孫瑞清假之。取以校汪馬之本，

則正文注文，顧本往往字數增多。而木部心部竟增多篆文數十，且有繁部，汪馬本脱去部首字。尚肅肙歙次冘鬼象等部，汪馬本通部俱脱，而顧本全者。先生又爲訪求汪氏士鐘所藏宋刻本，汪氏僅齎示弟四面三十二卷至四十卷，餘云無有。以宋刻本校鈔本大略相符，知顧氏本實爲影宋足本，寫藻既欣得此書，欲公同好。間與芝楣陳撫軍言及，撫軍慨任剞劂之費，即請申耆先生董紀其事，依寫開彫。至《繫傳》原闕二十五卷，顧氏鈔本係據大徐本補入。寫藻復請先生蒐採《韻會》等書所引《繫傳》，輯補編附，以存崖略。先生又命弟子江陰承培元、夏灝、吳江吳汝庚作〈校勘記〉。苗君獲見顧本，益加訂證，遂以心得別成一編付梓。其小徐篆韻譜，寫藻復從沈蓮叔都轉訪錄，附刊書後。于楚金一家之言，庶云備矣。雖然，此書在宋時，據尤延之、李仁父、王伯厚諸家紀載，已多殘闕，元明兩代竟未刊行，茲僅據顧氏影鈔本。而汪氏宋刻本，又未獲睹其全，恐遺漏舛錯，仍所不免。尚冀海內好古之士，就此本詳加考訂，匡其不逮，俾後之學者于小徐書得見眞面目，無毫髮遺憾。用以研究六書，由訓詁以通義理之原，而光昭聖治。是則撫軍傳刻之意，而亦寫藻之所昕夕跂望也夫。道光十有九季太歲在己亥九月敍于江陰使署

全書無圈點，卷一書眉有朱批，云：「據本書〈校勘記〉撮彔於眉，其不居要者不彔也。」，其餘條錄於後：

一　「惟初太極。」

　　△　太極，大徐作太始。

　　「本乎天者親上，故曰凡一之屬皆從一。」

　　△　親上下當有也字，也字下當更有許愼自敍云分別部居不相雜廁十三字，以明下文凡一皆從一之義，此鈔寫者誤脱。

弍　「義主於數，非專一之一。」

　　△　專一當作壹。

元　「故從兀，兀高也，俗本有聲字，人妄加之也。」

　　△　兀下當有聲字，舊本不妄。小徐云俗本乃妄也。鉉鍇皆不達音韵，最爲弊害。

丄　「長者，長上也。」

　　△　上當作久。

　　「故經傳之字，多者乖異疎□詩借害爲曷之類是也。」

　　△　者當作有。

△ 疑闕略如二字，略屬上爲句，如屬下文。

礼 「禮曰若在其⊥若在其⊤。」

　　△ 其下當作其左右。

禎 「周禮曰祈永貞。」

　　△ 周禮祈作求。

祥 「福也，從示，羊聲。臣鍇按禮說羊祥也，從羊亦有取焉。祥之言詳也，天欲降以禍福，先以吉凶之兆詳審告悟之也，故有吉祥。禎則正告貞兆而已，若言善已正矣。似良反。」

　　△ 羊聲下，大徐本有一云善三字。故有下，語意不明了，當改作故羊言爲善，善者吉祥也，禎則正告貞兆而已，未若祥之詳盡也。

福 「五者來備，則曰佳徵。」

「又西都賦曰仰福帝居，福從衣，非此字。」

　　△ 佳徵當作休徵，西都當作西京。

祺 「詩曰受天之祺。」

　　△ 詩信南山篇受天之祜，非祺字。

　　其卷第二十五，標題云：「說文解字」，下有小注云：「宋王伯厚玉海云繫傳舊缺二十五卷，今宋鈔本以大徐所校定本補之。」又次行云：「銀青光祿大夫守右散騎常侍上柱國東海縣開國子食邑五百戶臣徐鉉等奉敕校定」，所以明此卷來由也。

　　尤袤跋末，李兆洛跋殿之，云：

　　　　道光丁酉之歲，淳父先生祁公奉命視學江蘇，其駐節在江陰縣，而兆洛適爲其邑書院主講，已同館故得奉謁先生。先生見即問小徐《說文繫傳》行世者何本，別有佳本否。兆洛對已此時通行者惟歙汪氏啓淑本，訛漏不足憑。現在蘇州汪氏有宋槧不全本，顧氏有影宋鈔足本，皆佳。先生立命往借之，至即勾工梓之。命兆洛爲之校理，一年刻成。兆洛按二徐之于說文，功力竝深，才亦相隸。宋人所已重《繫傳》者，徒已《繫傳》所拊〈通論〉諸篇，原本說文，旁推交通，致爲妍美。而〈通釋〉視大徐，雖時出新意，而不及大徐之淳確。又其引書俱都不檢本文，略已意屬，亦不若大徐之通敏。惟兄弟祖述鄝氏，重規疊矩，毋敢逾越，實足發明叔重遺業，訂正其所不及，故學者推崇之，不能偏廢也。讀書之道，莫先識字，居今日而欲求三代之遺，舍鄝氏奚所適從哉。學者不知師古，向壁虛造，焉烏莫辯，惟稍窺鄝氏書，庶幾足已救之。昔朱竹君先生督學安徽，病士子字

跡乖戾,翻刻毛氏汲古閣本大徐《說文解字》,已示之準。今先生拳拳《繫傳》,亦此意夫。又先生時時偶朱子小學,欲求善本刊之,分賜多士,使爲廛守,是皆爲學之本,致治所先,誠當務之急也。故識其概已諗來者。李兆洛識。

汪氏字閬原,候補道。顧氏字澗薲,諸生,已故,其孫瑞清能世其業。汪本人誇爲北宋本,甚精雅可喜。而按〈通論〉卷中昚字缺筆,則亦是南宋本耳。今刻款式依已爲式,無者則已宋鈔本足之。閬原所藏,舊見澗薲所借,尚有〈通釋〉數卷,今止借得〈部敘〉〈通論〉等共六卷。復往借則堅岠不肎出矣。寫楷字者,蘇州蔣芝生,篆文則江陰承培元、吳江吳汝庚,校之者則河間苗夔、江陰承培元、夏灝、吳江吳汝也。李兆洛附識

書末之三卷〈校勘記〉,乃苗夔與李兆洛弟子承培元、夏灝、吳汝庚所作。祁刻本,據諸敘暨「《說文解字繫傳〈校勘記〉》卷上」按語云:「此爲楚金未脫稾之書,後人鈔寫致多譌文錯簡,又經次立依鉉本增刪,頗失其舊。今宋槧全本已不可得,汪氏馬氏所刊俱非足本,且多改易。茲悉依顧氏影鈔本付梓,而校勘其譌錯以附書後。至書中多用俗體省畫之字,相沿已久,未易悉正,閱者當自辨之。」知祖顧廣圻鈔本,兼采汪士鐘宋刻殘卷。玄鉉胤丘禛弘曆顒琰旻寧,諸字闕筆。匡貞桓殷慎,或闕筆或否。僅避諱至道光帝止,故淳字不闕。民國六十年華文書局出版之《說文繫傳》即據此影印者。

(二)清光緒元年川東姚覲元重刊道光〈通釋〉四十卷附〈校勘記〉三卷

國立故宮博物院圖書館藏

八冊,線裝。此本之行格敘跋均同於前清道光十九年壽陽祁氏江陰刊本。于敘前「道光十九年依景宋鈔本重雕」下別有「光緒元年川東重刻」八字。全書〈通釋〉四十卷,上象鼻間有刻工之計字符號以刻記一葉之字數。每卷卷末有「二品頂戴希政使銜四川分巡川東兵備道歸安姚覲元重棸」題署。紙質潔白,然殘損多而未補。書根載有書名及冊數。避諱字較前江陰刊本又多玙淳二者。「宜都楊氏藏書記」、「飛青閣藏書印」、「楊印守敬」三枚陰文方形朱印見諸前敘首葉。何澄一編成之《觀海堂書目》,云「《說文繫傳》四十卷,南唐徐鍇撰,附〈校勘記〉三卷,重刊道光年影宋本,八冊」,即此故宮所藏者也。

(三)清道光十九年影印本〈通釋〉四十卷 師範大學圖書館藏

藍色書函,八冊,每半葉七行,行大字十四,小字二十二,左右雙欄,小黑口,單魚尾,板心刻卷葉之次。前敘,祁寯藻重刊影宋本《說文繫傳·敘》居先,陳鑾

敘次之。全書僅前二敘之上象鼻間有計字符號，既無木記，亦無〈校勘記〉。此影印本未知源於何時，然由敘跋所言，知為祖祁氏刊本也。避諱字淳作涫，疑為同治後本。書根亦載有書名冊數。

（四）中華書局四部備要本《繫傳》四十卷附〈校勘記〉三卷　臺灣大學文聯圖書館藏

書前木記云：「四部備要，經部，上海中華書局據《小學彙函》本校刊，桐鄉陸費逵總勘，杭縣高時顯、吳汝霖輯校，杭縣丁輔之監造」。四冊，每半葉十三行，行大字十八，小字二十四，花口，上象鼻書「《說文繫傳》」，板心下則作「中華書局聚珍倣宋版印」，單魚尾，卷數、葉次載于上魚尾與橫線間。卷一前有祁敘、無陳敘，書末尤袤題置諸李兆洛跋語之後。

臺灣中華書局于民國五十五年三月印行臺一版四部備要，朱色書衣，精裝，其《繫傳》行格一如此線裝，惟木記無「上海」二字。

（五）商務印書館《叢書集成初編》本《繫傳》四十卷〈附錄〉一卷　臺灣大學文聯圖書館藏

七冊，木記云：「本館叢書集成初編所選《龍威秘書》及《小學彙函》，皆收有此書。《小學彙函》本乃覆刊祁寯藻重刻景宋足本，故據以影印，並附龍威秘書本附錄一卷於後」。《繫傳》每半葉十行，行大字二十二，小字亦二十二，〈附錄〉則每半葉九行，行大字二十。書無板心。

祁寯藻〈敘〉置木記後。「說文解字通釋第一」行末有「小學彙函之七」六小字，又每卷末題「番禺陶福祥南海廖廷相校字」，李兆洛跋末行署「富文齋發兌」。〈附錄〉一卷，載錄馬令《南唐書》、陸游《南唐書》、《宋史‧文苑傳》、吳氏任臣《十國春秋》、江氏少虞《皇朝事實類苑》、《宋景文筆記》、葉氏夢得《石林燕語》、魏氏了翁《渠陽雜鈔》、李氏燾《說文解字五音韻譜‧序》、樓氏鑰《復古編‧序》、陳氏振孫《直齋書錄題解》、王氏應麟《玉海》、《困學紀聞》、虞氏集《六書存古辯誤韻譜‧序》、吾邱氏衍《學古編》、劉氏有定《衍極注》、周氏伯琦《六書正譌‧序》、戴氏侗《六書故》、陶氏宗儀《書史會要》、宋氏濂《篆韻集鈔‧序》、吳氏當《六書正譌‧後敘》、趙氏宧光《說文長箋》、胡氏震亨《唐音統籤》、陳氏瑚《王子石隱說文論正‧序》、凌氏迪知《萬姓統譜》、錢氏曾《讀書敏求記》、王氏士正《古夫于亭雜錄》、徐氏堅《重鈔說文繫傳‧序》諸文。乾隆壬寅汪啓淑〈跋語〉殿末。玄、鉉、胤、丘、禛、弘、曆、顒、琰、旻、寧闕筆。

此中華民國二十五年六月初版之《叢書集成初編》本《繫傳》。臺灣師範大學圖

書館亦有藏本，見存參考室。新文豐出版社印行之《叢書集成新編》，精裝，所收錄《說文解字繫傳》即此本，惟祁敍前無《叢書集成初編》之木記。

（六）民國間涵芬樓影印本《繫傳通釋》四十卷　臺灣大學文聯圖書館、師範大學圖書館、中央圖書館臺灣分館藏

臺灣分館藏涵芬樓影印本，共八冊，木記云：「上海涵芬樓借烏程張氏適園藏述古堂景宋寫本景印，原書版匡高營造尺六寸五分，寬四寸八分。」每半葉七行，行大字十四，小字二十二，板心書名、卷葉次下有「虞山錢遵王述古堂藏書」十字。又卷首及子容題末，皆有「泰峰借讀」、「田耕堂藏」二小方印記。「說文解字繫傳」題之諸冊書根，且載冊次于旁。恒、殷、溝、匡等字闕筆。卷二十二標題下作「奇書」二字。子容題雖後無尤袤題，然附葉德輝跋云：

> 南唐徐鍇《說文繫傳》，近所傳本有三：一乾隆壬寅汪啓淑刻本，一馬氏《龍威秘書》巾箱刻本，一道光己亥祁寯藻刻本。汪馬本行世已久，人雖知其謬誤，恨無善本代之。乾嘉諸儒亦頗援引以校徐鉉本，迨祁本出，人人知汪馬之非，而益信祁本之足貴矣。祁本出自影宋抄本，歷經黃蕘圃、顧千里鑒藏，其善處已詳祁序及後附〈校勘記〉中。然其本出自何人，傳之誰氏，顧氏《思適齋文集》、黃氏《士禮居藏書題跋記》，曾未一言及之。祁序所稱汪士鐘藏宋槧殘本，則出自明趙宦光舊藏，亦經黃氏藏過其書，每半葉七行，行大字十四字，小字雙行二十二字，祇存〈通釋〉第三十至末，凡十一卷，語詳莫友芝知見傳本書目。今汪祁二本，行字與此同，相校則互有迻易。汪本譌奪亦同馬本，祁刻〈校勘記〉時舉正之。就三本互勘，祁本之善自無可議，惟不見宋刻或影宋原抄本，終無以釋人疑問也。曩閱錢曾《讀書敏求記》，載有此書四十卷，云「流傳絕少，世罕有覯之者，當李巽巖時，蒐訪歲久，僅得七八，闕卷誤字，又無是正，何況後之學人，年代浸遠，何從覯其全本。此等書應有神物呵護，留心籍氏者，莫謂述古書庫中無驚人祕笈也」。曾之推重是書，余固未敢深信。述古藏書散後，此書歸上海郁泰峰宜稼堂。郁書於同治初元，半歸揭陽丁禹生中丞持靜齋。丁書於癸丑年散落滬市間，余在繆藝風先生坐中，有書估持書來見之，余出即尾追，估人已渺如黃鶴，顧揣其書必不出滬上也。時屬張菊生同年訪之，乃知果在南潯張石銘孝廉家，今已借得影印，先以示余。因取汪祁二本勘之，知其同出一原，行字皆有迻改。汪本迻改尤多，木部心部闕至數十字，紊部脫去部首字，尚嵜𦡧歠次冗虐象等部通部俱脫，馬本亦然。至祁刻〈校勘記〉所舉原抄及汪馬各本誤處，此本並同。其汪刻異

者，諦審行字，均刻後改之，如一部上篆下「任器」，此本任作仕，汪本作「禮器」是也。顧細按汪刻，禮字微偏，其為刻後校改痕跡可驗也。示部槷篆下「讀若春麥為麰」之麰，此本與祁本同，汪本兩麰字均作槷，而槷字略小，其必刻後據鉉本校改，而原見之本必作麰字，亦痕跡可驗也。玉部璍篆下「相帶縈帶」，汪本無此四字，此本祁本有之，則汪本之譌奪也。玭篆下「玭珠之有聲者」，祁本無者字，〈校勘記〉云「當依汪本作玭珠之有聲者」，此本正有者字，則又知此本勝於祁所據之抄本也。略舉前一二篇以見大凡，餘非別作校記不能詳也。又二十五卷，據祁刻云「舊闕此卷，宋鈔本以大徐所校定本補之」，故祁本此卷前結銜題名祇徐鉉一行，此本與汪馬兩刻仍題「徐鍇傳釋，朱翱反切」兩行，則所據之原本又似與祁刻所據者微有不同。但鉉本用孫愐切音，鍇本用朱翱反切，此本雖題朱翱反切，書中仍用孫愐切音，則此本又不如祁刻所見原本之審慎矣。此本篆字出自抄胥，不無描寫之失。然近世鉉、鍇二書亦已家絃戶誦，昔邢子才有云「誤書思之，亦是一適」，此在深通小學之儒，必不以此為病。若論此抄本之吉，則在顧、黃以前，亦較顧、黃本為有來歷。余誠不意二百數十年所傳驚人祕笈，至今化身千億流布人間。論菊生同年表章之功，他日當於說文統系圖中增一坐位矣。辛酉八月中秋葉德輝跋

臺大、師大所藏涵芬樓影印本《繫傳》，木記云：「上海涵芬樓借烏程張氏藏述古堂景宋寫本、古里瞿氏藏宋刊本合印。原書板心高營造尺六寸半強，寬四寸八分。」異于臺灣分館之本。此書前二十九卷采述古堂景宋寫本，後十一卷則為瞿氏殘宋刊本。藍色書套，八冊。凡屬述古堂景宋寫本，其板口之書名、卷數、葉次下端，均有「虞山錢遵王述古堂藏書」十字，又首卷篇名下有「泰峰借讀」、「田耕堂藏」二方印。至若瞿氏之宋刊本，板心為白口，單魚尾，篇名、卷葉次之下復有顧昌、顧祐、許才、才、昌、文、許成之、陳礼、支、礼、佑、祐等刻工姓名。慎、殷、胤、貞、恒、桓闕筆。每卷有「吳郡趙頤光家經籍」白文大方印，卷三十首及尤表題末亦見「鐵琴銅劍樓」白文小長方印。卷三十復鈐有「沈氏雪矦」、「沈伯宏父」二白文方印，「顧千里經眼記」朱文印，「子雝金石」白文方印。卷三十四有「伯」、「宏」二朱文小方印。「汪士鐘藏」白文長方印。見諸卷三十、三十四、三十七首葉，「沈邦謨印」白文方印則鈐記于卷三十四、三十七矣。卷三十七「沈邦謨印」上有一小方印，因印漬難顯其字，故闕疑之。每半葉七行，行大字十四，小字二十二。書末有二跋，其一即臺灣分館藏涵芬樓本所載葉德輝跋語，另一則為張元濟跋語，云：

右天水槧《說文解字繫傳》，卷三十至卷四十，凡十一卷，趙宋第二刻也。此書元明兩世未有刊傳，乾嘉以來，汪氏馬氏祁氏始先後板行。三刻之中，祁本爲最。當時，嘗從富民汪氏借校宋本未得者，即此十一卷也。今夏，重觀唔里瞿氏鐵琴銅劍樓藏書，幸獲寓目，半璧之珍，世所未見。首有趙凡夫手補敍目一卷，故志載十二卷。舊爲寒山堂故物，冊中汪士鐘印爛然照眼，蓋即相國祁公所稱富民汪氏也。會當重印叢刊，請於良士兄，借得宋刊諸卷，與述古景本配合印行。既彌祁氏當年之缺憾，且釋近世治楚金書者不見宋本之惑，其欣快爲何如耶。戊辰中元海鹽張元濟謹識。

楚金書宋刊見於著錄者，故有陳氏帶經堂目中嘉祐足本，蔣香生時已傳帶往台灣，存於中土者，唯茲述古景本與殘宋十一卷而已。今搜求所及，並入叢刊，二難併合，寧非佳話。惜奐彬同年北歸道山，不獲相與考訂，共此欣賞。重覽舊跋，爲之黯然。元濟再識

民國間涵芬樓影印本，先後二版，所據底本有異。民國十年首印錢遵王述古堂影宋鈔本，即今臺灣分館所藏者，依葉德輝跋語，時未見汪士鐘之殘宋本。逮民國十七年，張元濟始獲觀瞿鏞藏殘宋十一卷本，乃併刊之，臺大文聯圖書館與師大圖書館所藏影印本即此本也。今臺灣商務印書館大本原式精印《四部叢刊》，其《說文繫傳通釋》，乃錢遵王、瞿鏞二藏本之合印也。

（七）清乾隆五十九年《龍威祕書》本《繫傳》四十卷　中央圖書館臺灣分館、
中央研究院傅斯年圖書館、臺灣大學文聯圖書館藏

《龍威祕書》，清乾隆五十九年石門馬氏大酉山房刊本，全書十集，每集八冊，第十集刊刻《說文繫傳》。《龍威祕書》癸集序語：「龍威前五集玩物適情，後五集詞章考訂。始於《小爾雅》，訖於《說文繫傳》，皆游藝資也，而道存焉矣。幸大雅教之。浙江石門馬俊良嶽山氏識。嘉興載時林鳳彰、分水高基孟載參訂。男珮思、愉、惢，姪有珣、珵美，姪孫徐蕃全校。」板匡左右雙欄，黑口，中縫刻記書名、卷次、葉數，每半葉九行，行大小字皆二十字。除禛、玄、胤、弘等闕筆，恒字或闕筆或否，胤或作允，曆作歷，丘作邱。又弘字之篆文闕而作「御名」二字，乃避高宗諱也。尤表題記末，汪啓淑跋續之，云：

「南唐內史徐鍇楚金，以博洽著名江左，與兄鉉並稱。其後鼎臣歸宋，名乃過於小徐耳。內史精小學，最有功於許氏《說文》，著《韻譜》及《繫傳》。《韻譜》以聲韻區分，便檢閱，鼎臣爲之序。《通釋繫傳》凡四十卷，考據尤盡精核，然在宋時已多殘闕，較《韻譜》之顯於學官者，大不侔矣。淑慕想有年，幸逢聖朝文治光昭，館開四庫。淑得與諸賢士大夫游，獲見

　　《繫傳》槀本。爰而欲廣其傳，因合舊鈔數本，校錄付梓。其相沿傳寫既
　　久，無善本可稽者，不敢以臆改也。刻既竣工，爰贅數語於後。時乾隆壬
　　寅巧月古歙汪啓淑跋。」

附錄歷代論述《繫傳》及鉉鍇二兄弟事略者，自馬令《南唐書》至徐氏堅《重鈔說文繫傳・序》，凡二十八家語。商務印書館《叢書集成初編》本《繫傳》，其末〈附錄〉一卷，即采自此本。

　　民國五十八年二月，新興書局假臺灣大學圖書館藏《龍威祕書》本付梓，新一版，精裝，此清乾隆甲寅年刻本《繫傳》收錄第四冊末，綠色書衣。

三、普通本

　　舊籍已詳載數本依善本或普通舊籍影印之普通本《繫傳》，若新文豐《叢書集成新編》本、臺灣中華書局《四部備要》本、臺灣商務印書館景印《文淵閣欽定四庫全書》本，新興書局《龍威祕書》本、臺灣商務印書館《四部叢刊》本、華文書局本皆是也。

　　民國五十一年文海出版社、民國五十七年臺聯國風出版社影印之清道光十九年壽陽祁氏重刊本，〈通釋〉四十卷附〈校勘記〉三卷，為舊籍所未見者。其印記有四：重刊影宋本《說文繫傳・敘》之「視恩過目」白文小方印、「孔生重籀」方印，卷一標題末之「黃視恩印」白文方印、「思補山房」陽文印，每半葉七行，行大字十四，小字二十二，板心白口，單魚尾。陳敘置諸祁敘後，〈校勘記〉先之李兆洛跋。諱字有燁、炫、玄、胤、禛、弘、曆、琰、旻、寧，桓、恒、貞，愼則或闕筆或否，淳字或作湻。由避諱字推之，此本當是同治以後之重刊本。〔註40〕

〔註40〕案《觀海堂書目・序》詳述其由。

第五章 《說文繫傳》板本源流綜述

　　徐鍇去宋未遠，然依宋代書目著錄，《繫傳》一書于宋時已殘闕。《崇文總目》、《通志》皆載《繫傳》三十八卷，然據〈系述〉，徐鍇《繫傳》當爲四十卷，是北宋時已殘二卷矣。復考蘇頌熙寧己酉題跋稱「司農南齊再看，舊闕二十五、三十，共二卷」，則與《崇文總目》、《通志》之三十八卷本同爲殘本焉。南宋尤袤乾道癸巳題記，謂三館所見《繫傳》「一半斷爛不可讀」，故從葉夢得借蘇頌本傳錄，訛舛尚多，雖未言卷數，蓋與頌本無異。今據王應麟《玉海》卷四十四所引孝宗淳熙館閣書目，云「今亡第二十五卷」，則館閣書目言四十卷者，實僅三十九卷耳。又觀《百宋一廛賦注》宋刊十一卷殘本《繫傳》存〈通釋〉第三十，與書目相符，是孝宗時之《繫傳》本已補卷三十矣。至若何人所補，以何本補之，無可攷也。要之，宋時《繫傳》既已殘闕，北宋僅見三十八卷之著錄，南宋則有三十九卷。《直齋書錄解題》、《宋史・藝文志》、《中興館閣書目》、《玉海》之稱四十卷，實依〈系述〉所載徐鍇《繫傳》四十卷之作而云，然非有四十卷全本之存也。今所見《繫傳》第二十五卷，亦以大徐《說文》補之者，非小徐本固有。

　　《繫傳》末題記云：「熙寧己酉冬傳監察王聖美本，翰林祇候劉允恭等篆，子容題。」《四庫總目提要》云：「此書本出蘇頌所傳，篆文爲監察王聖美、翰林祇候劉允恭所書。卷末題子容者，即頌字也。」考王聖美者，王子韶也，居監察時，當神宗熙寧二年〔註1〕。又考有宋一朝凡歷五己酉年，一爲眞宗大中祥符二年（1009），一爲神宗熙寧二年（1069），一爲高宗建炎三年（1129），一爲孝宗淳熙十六年（1189），一爲理宗淳祐九年（1249）。蘇頌乃眞宗天禧四年（1020）至徽宗建中靖國元年（1102）時人，則其題記己酉十二月十五日，與王聖美爲監

〔註1〕《宋史》卷三百二十九列傳第八十八：「王子韶，字聖美，太原人。…王安石引入條例司，擢監察御史裏行。」

察之年相符，亦當神宗熙寧二年也。故或以今世流傳之本，出於宋熙寧時之蘇頌，而頌本又出王聖美〔註2〕。復考劉允恭者，哲宗紹聖元年（1094）生，孝宗淳熙二年（1175）卒〔註3〕，其生既未及神宗之世，奈何有與王聖美同篆書之事哉！若劉允恭有所篆，自非熙寧時也。《百宋一廛賦注》之十一卷殘本《繫傳》，依避諱字推爲南宋孝宗後之刊本，又其〈系述〉第四十末有「翰林祇候劉允恭等篆」數文，據劉允恭生卒年推之，此南宋刊本亦或刻於孝宗淳熙二年前，亦或資孝宗淳熙二年前之劉允恭等篆刊本復刊。總之，劉允恭等所篆，應晚於王聖美本、子容所校理者。《四庫提要》將二事混而一之，非是。

今人王獻唐以尤袤跋爲《繫傳》抄刻流傳分支，其言曰：「以述古本出於葉石林，殘宋本、四庫本、汪本，出於尤袤也。《困學紀聞》謂浙東所刻，得於石林葉氏，爲蘇魏公本。尤氏鈔本，雖傳自石林，而別有尤跋在後。今汪本刻有尤跋，知其所據之四庫本，出於尤氏。殘宋本亦有尤跋，則殘宋本亦必出於尤氏，皆非浙東所刻之本也。浙東本既出葉石林，則在尤本之前，不附尤跋。述古堂鈔本，正無尤跋，知其所出，非浙東刻本，必爲石林本矣。」

刻書題記每爲鑑藏者所取信，然若有抽除剜補，則題記亦易誤導板本源流之分判。據考，殘宋本之尤跋，正如瞿鏞《鐵琴銅劍樓藏書目錄》所云，係經後人鈔補之，並非殘宋本原有刊刻者，而王氏直言「殘宋本亦有尤跋，則殘宋本亦必出於尤氏」，實不足憑。

茲依書目著錄暨見存《繫傳》，復參照文獻所徵引者，就諸傳本，溯源推衍，釐析涇渭，綜述其傳本源流如后：

一、宋刊殘本源流

《繫傳》十一卷殘本，首見於黃丕烈《百宋一廛賦注》，汪士鐘「藝芸書舍」、古里瞿鏞「鐵琴銅劍樓」，均先後藏有此書。清學部圖書館書目載錄之十二卷本，爲宋葆淳影汪氏宋鈔本，殆此宋刊殘本之流也。涵芬樓據古里瞿鏞「鐵琴銅劍樓」藏殘宋十一卷，與述古景本併入《四部叢刊》。

《百宋一廛賦注》言：「寒山趙頤光舊物」，《鐵琴銅劍樓書目》載：「卷首有吳郡趙宧光家經籍朱記」，是舊爲趙宧光藏本。復考趙氏《說文長箋》言：

> 徐氏《繫傳》各篇，其〈通釋〉已亡，惟存其目。或者即叔重十五篇釐爲二十八，并敍爲三十卷似矣。其〈部敍〉則敍卦之法，以五百四十部

為母珠，中多彊說，又闕漏三十餘字，顛倒二三節，余為悉考說文元本，補竄且省其詞，不為勉通，以傳疑焉。詳其文勢，當通篇勻寫後之淺夫截作，大小篆真二體，遂譌不成讀。曾覓宋本，相同此失，知錯亂已久。其〈通論〉亦同前失。其〈袪妄〉先已言之，不贅。若〈類聚〉、〈錯綜〉、〈疑義〉三篇，可毋闕也。

是則趙宧光所見《繫傳》，已為殘本矣。瞿鏞書目詳載殘本：「今存〈敘目〉一卷，〈通釋〉一卷，〈部敘〉二卷，〈通論〉三卷，〈袪妄〉一卷，〈類聚〉一卷，〈錯綜〉一卷，〈疑義〉一卷，〈系述〉一卷」。又《四部叢刊》合印本，卷三十至四十采古里瞿氏藏宋刊本，惟未見瞿目云之〈敘目〉一卷，餘者均同。此十一卷，板心有刻工姓名，卷中愼、胤、恒、貞等字率皆缺筆，瞿目謂「是孝宗以後刻本也」，然書末題跋二葉，板心既與前十一卷異，且無刻工姓名，自蘇頌題云：「祕書皆以文字訂正」句下，亦為鈔寫者，瞿目以「其敘目一卷，題跋二葉，趙氏鈔補」。誠然，則趙氏舊藏所見非一也。

　　此為見存《繫傳》最早之刻本，顧廣圻、祁寯藻校刊《繫傳》之所由出。

二、述古堂本源流

　　「述古堂」所藏《繫傳》，乃據宋本影鈔，復歸上海郁泰峰「宜稼堂」。逮同治初元，宜稼書散，此述古舊藏為豐順丁禹生購之，歸諸「持靜齋」。據葉德輝《四部叢刊》本《說文繫傳・跋》云：「丁書於癸丑年散落滬市間，余在繆藝風先生坐中，有書估持此書來見之，余出即尾追，估人已渺如黃鶴，顧揣其書必不出滬上也。時屬張菊生同年訪之，乃知果在南潯張石銘孝廉家。」則此「述古堂」藏本後轉入吳興張氏，分見載《適園藏書志》、《莚圃善本書目》。民國間「涵芬樓」曾借以影印。

　　黃丕烈《百宋一廛賦注》，有云又藏虞山錢楚殷家鈔本。顧廣圻校鈔《繫傳》，於其木部所缺七十五篆與解說，題云：「借常熟錢楚殷家鈔本補之〔註4〕。」李富孫《繫傳》跋亦謂閱假於吳門汪氏藏鈔本，板口有「虞山錢楚殷藏書」字。錢楚殷，錢曾子也，其鈔本同屬「述古堂」系統。

三、汪刊本源流

　　乾隆四十七年，汪啓淑校刻《說文繫傳》訖。汪刊《繫傳》之原因，其跋云：「淑

〔註4〕胡焯校補〈說文解字繫傳自序〉，《說文解字詁林》，頁1～150，鼎文書局。

慕想有年，幸逢聖朝文治光昭，館開四庫。淑得與諸賢士大夫游，獲見《繫傳》槀本，愛而欲廣其傳，因合舊鈔數本，校錄付梓。」所言舊鈔數本為何，跋文語焉未詳。雖考之朱文藻《重校說文繫傳考異‧跋》云：「其後錢塘汪戶曹訒庵，從全書館錄出《繫傳》，刻於京師，而以〈附錄〉一卷附於後，其〈考異〉則不附焉。」又云：「今歲館寓青浦王少寇述庵家，見塾中藏有汪刻《繫傳》一書，亟取閱之，并檢索行篋，攜有〈考異〉原槀一冊，復取毛刻《說文》互勘，見余舊所錄譌字，汪刻皆已改正，間有存者，而因仍大誤之處不少。」王筠校祁刻本卷末尤跋後嘗記言：「汪氏啓淑刻《說文繫傳》，其篆文皆刻自汲古閣本，多失小徐之舊。繼又見朱文藻《繫傳考異》，知其篆例之大凡，而闕部闕篆，以及說解中譌脫，與汪本同〔註5〕。」以是推之，汪刻蓋嘗參校四庫本、汲古閣本〔註6〕，暨〈考異〉之論也。翁方綱《復初齋文集》言《說文繫傳》有云：「歙人汪秀峰啓淑頗喜刊書，予因勸其出貲刻此書。刻成，汪君欲予附名於末，予笑而不應也〔註7〕。」殆翁氏鈔本亦入汪啓淑舊鈔數本之列歟！

　　石門馬俊良于乾隆五十九年刊刻《龍威秘書》小字本《繫傳》，據王筠《說文繫傳校錄》自記曰：「乙未八月在都，借馬氏《龍威秘書》讀之。是書蓋以汪本付刊，而頗有校正〔註8〕。」又於致祁寯藻書云：「夫《繫傳》，汪氏刻之矣，而其篆刻自汲古，不盡如小徐，是篆不足信，注尚可信也。馬氏又刻之矣，而一用汪氏本，其中改正數字，亦是憑臆，是篆說皆不足信也〔註9〕。」汪本脫誤處，馬本亦然，故莫友芝《邵亭知見書目》注謂：「馬出于汪，並多錯脫。」李富孫亦評之曰：「石門馬氏《龍威秘書》中，所栞尤多脫誤〔註10〕。」

　　盧文弨與〈翁覃溪論說文繫傳書〉云：「《說文繫傳》一書，向無力傳錄，未得細閱。今承以汪啓淑新雕本見貽，乃始受而卒業，惜乎殘闕之已多也〔註11〕。」梁山舟《頻羅庵遺集》卷十二〈跋汪氏說文繫傳〉曰：「初校閱一過，繼得盧抱經、孫頤谷手校本，復補錄之，為頤谷索去。」又山舟校汪刊本卷末記云：「此余所校第二次過本，嚴君願迻寫一本相易，遂以奉贈〔註12〕。」嚴元照奉〈梁山舟先生

〔註5〕王獻唐〈說文繫傳三家校語抉錄〉，三、王萊友校祁刻本。
〔註6〕此汲古閣本，究為大徐本或小徐本，無以為斷。
〔註7〕翁方綱《復初齋文集》說文六，文海出版社《清代稿本百種彙刊》。
〔註8〕王筠〈說文繫傳校錄序〉，廣文書局《說文叢刊》。
〔註9〕見王獻唐〈說文繫傳三家校語抉錄〉，三、王萊友校祁刻本。
〔註10〕李富孫〈說文繫傳跋〉，《說文解字詁林》，頁1～148，鼎文書局。
〔註11〕盧文弨《抱經堂文集》，卷二十一，頁291，《叢書集成新編》七七，新文豐出版公司。
〔註12〕趙吉士《盧抱經先生手校本拾遺》，《說文繫傳》殘存前八卷，臺灣書局。

書〉云：「蒙以手校本《說文繫傳》見賜，喜快何如。伏閱閣下校勘精到無比，復備錄盧學士、孫監察校語，不愧爲叔重之功臣、楚金之諍友矣〔註13〕。」是盧文弨、梁山舟、孫星衍諸人均曾校汪刊本〔註14〕。至若丁丙《善本書室藏書志》所載《繫傳》，即前八卷爲盧校竹紙印本；九之二十卷，二十一之二十四卷，二十九之四十卷爲梁校白紙印本；十三之二十卷，二十五之二十八卷以汪刻白紙印本配全之配補本也〔註15〕。餘之校汪刊本者，尚有顧廣圻、桂馥、陳鱣、張成孫等人〔註16〕。

　　汪啓淑雕刊《繫傳》，乃洎元明以降之首本。段玉裁〈汲古閣說文訂敘〉云：「《繫傳》四十卷，僅有傳鈔本至難得，近杭州汪部曹啓淑雕版亦盛行。」李兆洛《繫傳》跋〉云：「此時通行者，惟歙汪氏啓淑本。」又張之洞光緒二年〈敘說文解字考異〉云：「今案此編所稱大徐即汲古剜改本，小徐即汪本。所以不分析諸本者，止就時世通行，人所易見者言之，渻煩惑也。」是有清一朝，汪刊《繫傳》廣行焉。因校讎不佳，訛漏不足憑，故貶多於褒。黃丕烈〈百宋一廛賦注〉云：「今歙人有刊行之者，正文尚脫落數百字，又經不學之徒以大徐本點竄殆遍，眞有不如不刻之歎。」嚴元照〈蕙櫋雜記〉云：「《說文繫傳》，自宋時已尠善本，近杭州汪氏新刻本全不校讎，致多舛錯。」徐灝《說文繫傳‧跋》云：「徐楚金《說文繫傳》，今世所行者，歙汪氏、石門馬氏二本，脫誤極多。」李富孫〈《繫傳》跋〉云：「乾隆間，汪氏啓淑栞本，奪落繆誤，不可枚舉。」其甚者，張之洞《書目答問》乃明載「汪本馬本不善」，是皆非難之辭也。至若翁方綱則反其說，認爲：「蓋以書之體式，則《繫傳》不爲完書，可以不刻。然而，小徐不可復作，安所得宋以前江左完足之寫本而後刻之。且其中爲後人所移竄之處，讀是書者必非童蒙無識者，無難辨之。則與其日久湮沒不傳，自不若如就今宋殘闕之本，刻以傳之。」故汪刊雖非善本，然功在存餼羊也。

四、祁刊本源流

　　汪啓淑、馬俊良，雖先後刊刻《繫傳》，然譌脫錯亂，閱者苦之。祁寯藻遂于道光十九年，視學江蘇時，因李兆洛假顧廣圻影宋鈔足本，竝校汪士鐘所藏南宋殘帙，依寫開雕〔註17〕。

〔註13〕嚴元照〈奉梁山舟先生書〉，《說文解字詁林》，頁1～148，鼎文書局。
〔註14〕此孫星衍校汪刊本，疑爲《孫氏祠堂書目》著錄之《繫傳》四十卷者。
〔註15〕趙吉士《盧抱經先生手校本拾遺》，《說文繫傳》殘存前八卷云：「八千卷樓主人丁松生氏抱殘守闕，搜輯遺文，合二本以存，洵爲海內珍本也。」
〔註16〕參見本文第三章「《說文繫傳》板本考」，第一節「歷代書目著錄考徵」。
〔註17〕參見祁寯藻重刊影宋本《說文繫傳‧敘》、陳鱣《說文繫傳‧敘》、及李兆洛《說文解

顧廣圻校鈔本《繫傳》，依《楹書隅錄》載記顧氏卷三十末校語云：「此新刻《繫傳》校舊鈔本十一至二十，凡十卷，多脫誤。癸亥七月艸艸錄一過。」又顧廣圻序汪士鐘書目云：「壬午閏月朔，思適居士顧千里書。時將復之揚州爲洪賓華殿撰校刊《說文繫傳》之前一日也。」癸亥，時當嘉慶八年；壬午，時當道光二年，是則，顧廣圻所校《繫傳》似有二本，分別於嘉慶、道光年各一也。據《楹書隅錄》，顧廣圻校《繫傳》，乃參校汲古閣藏鈔本、黃丕烈藏宋槧殘本、《韻會》、大徐諸書。至若祁寯藻借以刊刻之顧氏影宋鈔本，胡焯〈校補說文解字繫傳自序〉云：「觀弟二十九卷所摹印記，知所鈔爲吳縣趙氏之書，即作長箋者之後人也。木部所缺七十五篆，竝解說《繫傳》，顧君千里題云借常熟錢楚殷家鈔本補之」又曰：「顧氏之書，有絑字校改者，有粉塗墨改者，其端有段若膺、鈕匪石諸君題字，竝錄有毛君斧季語。」皆證顧氏參校本之夥焉。惟未知祁寯藻借校本與楊以增所藏本，二者是否相同耳。

祁寯藻所借汪士鐘藏宋刊殘帙，祁敘言：「汪氏僅齎示弟四函三十二卷至四十卷，餘云無有。」李跋則云：「今止借得〈部敘〉〈通論〉等共六卷，復往借則堅拒不肯出矣。」雖二人所言略有參差，而確然可知者，祁氏諸人僅部分見及宋刻殘本《繫傳》。

祁刻既出，海內奉爲圭臬。徐灝〈《繫傳》跋〉云：「徐楚金《說文繫傳》，今世所行者，歙汪氏、石門馬氏二本脫誤極多，惟顧氏千里藏有影鈔宋本，近者祁春浦相國刻之吳中，誠善本也。」楊紹和《楹書隅錄》亦云：「國朝歙汪氏、石門馬氏，雖有刊本，又譌漏殊甚。壽陽相國春圃年丈，督學江蘇時，假潤蒼居士影宋本，並黃蕘翁所藏宋槧殘本，重加校刻。於是，學者於楚金之書，始獲見眞面目矣。」王筠以朱竹君家藏本校祁刻本，屢言顧廣圻私改《繫傳》事，指摘亦力，稱「不可謂顧氏誠見完本也」，然其卷末尤跋後記云：「雖然小徐書未有善於此本者，則取長略短可也。即命爲眞宋本，無不可。」〔註18〕。則王筠之於祁刻本，亦多稱譽焉。後世之重刊祁本者甚夥，若《小學彙函》本、姚覲元刊本、吳寶恕刊本、江蘇書局刊本等，皆爲祁本之流衍。

字繫傳跋》，第三章第二節普通舊籍引之。
〔註18〕見王獻唐〈說文繫傳三家校語抉錄〉，三、王菉友校祁刻本。

第六章　結　論

　　《繫傳》板本源流之考辨，綜括其要，約有如下數端：

　　其一、《宋史・藝文志》分載徐鍇《繫傳通釋》為二，實一書兩名之故也。

　　其二、《崇文總目》、《通志》著錄三十八卷本《繫傳》，即舊闕卷二十五、三十之本。焦竑《國史經籍志》、楊紹和《海源閣藏書目》、傅增湘《藏園群書經眼錄》等均著錄此三十八卷本。

　　其三、《中興館閣書目》、《直齋書錄解題》之《繫傳》四十卷，乃據〈系述〉而云。《玉海》引書目曰：「今亡第二十五卷」，又見存南宋刊本殘帙有卷三十。是南宋時，《繫傳》已補卷三十，而卷二十五仍闕。所稱四十卷本，實乃三十九卷耳。至若今全本《繫傳》，其卷二十五蓋據大徐《說文》摻補。

　　其四、尤袤《遂初堂書目》未言著錄《繫傳》卷別，然依尤袤題記，其《繫傳》傳錄自葉夢得之蘇頌本，李燾亦然。又王應麟《困學紀聞》云：「今浙東所刊，得於石林葉氏蘇魏公本」，則南宋時《繫傳》傳本多祖頌本。

　　其五、〈系述〉卷四十末題跋之「翰林祇候劉允恭等篆」，劉允恭非神宗時人，當與「熙寧己酉多傳王聖美本」暨子容己酉十二月十五日題無涉。而劉允恭等篆刊《繫傳》，當在孝宗淳熙二年之前。

　　其六、陳徵芝《帶經堂書目》著錄宋嘉祐刊本《繫傳》，為書目記載年代最早之傳本，然未見其書。今見存之刊本，以黃丕烈《百宋一廛賦注》之南宋十二卷殘帙最早，汪士鐘《藝芸書舍宋元本書目》、瞿鏞《鐵琴銅劍樓藏書目錄》收載之。民國涵芬樓合併此宋刊殘卷與述古堂景宋鈔本景印、商務印書館《四部叢刊》本即然。

　　其七、清代《繫傳》本以鈔本為眾，其間多相互傳鈔者，如徐堅依吳山夫本傳錄；朱文藻影鈔朱文游鈔本；翁方綱合朱筠、王杰二氏寫本校鈔；顧廣圻參校汪啓淑刊本、汲古閣鈔本、錢楚殷家藏本、南宋刊殘卷本；《四庫全書》據紀昀家藏本；

李方赤借鈔朱筠藏本等。朱文藻〈考異〉謂徐堅鈔本與朱文游本相同，是一系也。

其八、諸鈔本爲清代刊本之所自出，乾隆四十七年汪啓淑刊本合舊鈔數本付梓；乾隆五十一年馬俊良《龍威秘書》本則出於汪刊，而略加校訂；道光十九年祁寯藻刊本據顧廣圻景宋鈔本、汪士鐘藏南宋殘本卷三十二之四十校刻。三刊本以祁刊本爲善，故同治十二年粵東書局刊《小學彙函》本、光緒元年姚覲元刻本、光緒二年吳寶恕刊本、光緒九年江蘇書局刻本、民國五十一年臺灣文海出版社景印本、民國五十七年台聯國風出版社景印本、民國六十年華文書局景印本，皆以此本爲底本翻印重刊。中華書局《四部備要》、商務印書館《叢書集成初編》、新文豐出版公司《叢書集成新編》所收錄之《繫傳》，則依《小學彙函》本覆刊，亦是祁刊之屬。至若《四庫全書》本、翁方綱鈔本、汪啓淑刊本、馬俊良刊本，行字闕篆脫部多同，則係另一支焉。

附　錄

說明：此附錄乃摘錄國立中央圖書館藏，清翁方綱手校舊鈔本繫傳四十卷中，翁氏暨桂馥、沈心醇手校。批於天頭者△；批於地腳者◎；批於夾注行格間者○；其餘之校批則於〔　〕內詳敘之。

卷　二

屮　「木初生也，象丨出形有枝莖也。」

△　往本木上有艸字。（紫）

蒯　「臣鍇曰竹亦毒有南方有竹傷人則死。」〔朱筆改竹亦毒有作竹亦有毒者〕

△　竹亦下脫有字，訛在次行之首，今改。（墨）

苀　「臣鍇曰初出莩甲又葉初生故香，若今採茶皆初生者，弗殷反。」〔朱筆改作初生莩甲也，又香也，葉初生故香，改殷作群〕

△　从韻會改。（墨）

宍　「坴字從此，粟菊反。」

△　粟菊反，粟當作栗。（朱）

熏　「黑非白黑之黑字，四象冘火炎上出礙於艸，故爲熏。」

△　韻會四作四。（墨）

艸　「百芔也，從二屮，凡艸之屬皆從艸。」

△　韻會作百芔。（朱）

蓏　「果在樹上，故田在木上。瓜在蔓，又故𤓰在艸下，在葉下也。」〔紫筆改田作臼，朱筆改臼作田〕

◎　田一改臼。（墨）

芝　「臣鍇曰芝爲瑞，服之神僊，故曰神艸。」

　　　　△　朱云瑞下當有艸字。（朱）

糜　「爾雅注今赤梁穀也，此天所降以與后稷。」
　　　　△　爾雅注作今之赤梁粟。（墨）

莠　「粟下揚，謂禾粟實下播揚而生出於粟秕。」
　　　　△　韻會無實字。（紫）

蓖　「然則蓖麻子也。扶云反。」
　　　　△　扶云反改扶未反。（墨）

菹　「會稽有菹山，王義也采菹處。作覰反。」〔朱筆改義也作義之〕
　　　　△　會稽有菹山，越王采菹處。王上應有越字，義也二字疑。（墨）

蕺　「莘也，似蘇者，從艸，虜聲。臣居反。」〔朱筆改臣作豆〕
　　　　△　臣改巨。（墨）

莐　「周禮有莐葀是。枝隱反。」
　　　　△　枝當作技。（朱）

蘧　「臣鍇曰今謂之蘧麥，其小而華色深者，俗謂石竹。」
　　　　△　蘧當作瞿。（朱）

菊　「大菊蘧麥，從艸匊，居逐反。」
　　　　△　朱云匊下當有聲字。（朱）

蘭　「臣鍇按本草蘭葉皆似澤蘭，方莖，蘭員莖白華紫萼，皆生澤畔，八月
　　　華。楚辭曰浴蘭湯兮沐芳華。」〔紫筆於方莖上增澤蘭二字〕
　　　　△　王本無加出澤蘭二字。（朱）
　　　　◎　朱本莖白一行用紅筆勾去
　　「蓋常人候其華實成，然後刈取之也。勒食反。」
　　　　△　勒食反，食當作餐。（朱）

薰　「又博物志云東方君子圍，薰草華朝朝生華也。」〔朱筆改圍為國，刪草華
　　　之華字〕
　　　　△　从韻會改刪。（朱）

薄　「水篇荋，從水，毒聲。讀若督。臣鍇按郭璞注爾雅竹篇蓄似小藜，赤
　　　莖節，生道旁，可殺蟲。」〔朱筆加艸从二字於從字下，且改篇作蒟〕
　　　　△　爾雅竹蒟蓄注云，似小藜，赤莖節，好生道旁，可食又殺蟲。蒟
　　　字从艸不从竹。（墨）

苺　「臣鍇按爾雅藨麃注曰，藨即苺盆華紫，俗名蠶苺，可食。」〔朱筆改
　　　藨作麃，下者亦然〕

　　　　△　按爾雅注麃即苺也，子似覆盆。擬增。（墨）

蘮　「然則蘇芙之屬，即今刺蘮是，又木一名山蘮，其形相似。」

　　　　△　山蘮即今之白朮。又木，木字改朮。（墨）

菫　「臣鍇字書朔濯芔一名也。利之反。」

　　　　△　朱云字書句有脫悮。（朱）

芨　「菫芔也，從芔，及聲。臣鍇按爾雅注即烏頭也。」

　　　　△　及聲下，毛本有讀若急三字。（紫）

蒛　「臣鍇曰所謂大苺也，子養反。」

　　　　△　大苺改木苺，見前苺字注。（墨）

　　　　△　子養反，養當作眷。（朱）

蒆　「臣鍇按蒆成佳蜀葵也。」

　　　　△　爾雅蒆注曰今荊葵也。（墨）

　　　　◎　王本佳。（朱）〔謂佳字〕

萬　「漢書遊俠有萬草，字子夏。萬，姓也。」〔墨筆改草作章，朱筆書草字於旁〕

　　　　△　韻會作萬章。（朱）

苢　「周禮書所說，臣鍇本草芣苢一名車前。」

　　　　△　毛本無禮字，未詳孰是。（紫）

　　　　△　古本亦然。（墨）

　　　　△　朱同。（朱）

　　　　△　臣鍇按此落去按字。（朱）

蕁　「味苦寒，一名堤母。田南反。」

　　　　△　堤母，爾雅注作蝭母。（墨）

蒏　「臣鍇按爾雅似酋，一名蔓于。」

　　　　△　朱云爾雅似酋芝，似疑作字之訛。元按此酋作酋，無芝字，又與
　　　　　　朱本不同。（朱）

　　「故曰蒏□也。延秋反。」

　　　　△　从韻會補游字。（紫）

覆　「臣鍇按爾雅盜庚旋獲藥也。戒六反。」〔紫筆改獲作覆，朱筆作覆〕

　　　　△　爾雅盜庚注旋覆如菊。（墨）

　　　　◎　旋覆藥也。（墨）

　　　　△　朱云戒六反，戒字訛。克元按戒字乃伐字之訛，以字形相似而誤。
　　　　　　（朱）

蓨　「苗也，從艸，修聲。徒聊切，又湯雕切。」

苗　「蓨也，從艸，由聲。臣鍇曰苗音迪，爾雅釋草有之，注云未詳。徒歷
　　切，又他六反。」
　　　△　脩苗反切俱與徐鉉本同。（墨）

艾　「臣鍇曰即今炙艾也。五蓋反。」〔朱筆改炙作灸〕
　　　△　韻會作今灸艾也。（朱）

檮　「蔦或從木。臣鍇曰附子木，故從木。」
　　　△　附子木，子當作于。（朱）

芸　「漢種之於蘭臺石室藏書之所。」
　　　△　韻會所作府。（墨）

葑　「蘋蓯也，從艸，封聲。」
　　　△　按爾雅蘋葑蓯，蘋蓯當作葑蓯。（墨）

莿　「臣鍇曰此爲草木之莿，爲砍刺之刺。」
　　　△　朱云砍刺之刺，一作剩刺之刺，俱未詳。（朱）

董　「蕭董也，從艸，童聲。杜林曰藕根。」
　　　△　藕，毛本作滿。（紫）
　「今人以織履。符動反。」
　　　△　朱云符字訛。（朱）

薮　「爾雅云䔃兔薮，注乃云未詳也。留琰反。」
　　　△　爾雅蒋菟薮，注曰未詳。（墨）

藘　「爾雅別有蘇莒決光，注云決光明也。」
　　　△　爾雅作芅芫。（紫）
　　　△　陸德明音釋曰芅芫，一本作決光　　（墨）
　　「則決明之榮，非水中芰審蔆矣、祭不同，故去之。」
　　　△　朱改爲非水中蔆審矣，芰祭不用，故去之。（朱）

芰　「蔆也，從艸，支聲。臣記反。」
　　　△　臣改巨。（朱）

莩　「臣按此即今茅華未放者也。」
　　　△　臣下脫鍇字。（墨）

茨　「爾雅釋言云茨雛下注云茨草色如雛。」
　　　△　茨雛也。从馬不从鳥，據爾雅釋言改。（墨）

蘋　「青蘋似莎者，從艸，煩聲。」

△　青蘋，毛本韻會俱作青蘋。（紫）

芀　「其類皆芀莠，醜即類也。」〔紫筆書有於皆下〕

　　◎　王無有字。（朱）

蔽　「臣鍇按爾雅注，今謂青蒿香餡者爲蔽，袪胤反。」

　　△　爾雅蒿蔽注曰，今人呼青蒿香中炙葉者爲蔽。楚金所引似有脫文。

　　　　（墨）〔朱筆改中作可〕

芌　「臣鍇曰今人所食芺芘也，堅鳥反。」〔朱筆改芺作芺〕

　　△　烏改鳥。（墨）

　　○　賢鳥。（朱）

菡　「本草云，具母一名菡根彩，如聚其子，安五藏，治目眩，項直不得返

　　顧。」〔紫筆改具作貝，朱筆改彩作形，其作貝〕

　　△　彩字衍文，其改貝，從韻會。（墨）

蘢　「艸也，從艸罷。臣鍇按爾雅茈謂之蘢。」

　　△　毛本罷下有聲字。（紫）

芘　「臣鍇按茷蚍芣蘢亦或作此。」〔朱筆改芣作茉〕

　　△　朱云蚍芣，毛傳作芘芣。（朱）

蕣　「木菫，朝華暮落者，從艸，舜聲省。」

　　△　毛本無省字。（紫）

茉　「臣鍇按爾雅茉椵醜，其實茉。」〔朱筆改芣作茉〕

　　△　據爾雅改。（墨）

萌　「艸也，從艸，明聲。」〔紫聲增芽於也上〕

　　△　毛本有牙字。（紫）

茁　「艸初生地皃，從艸，出聲。」〔朱筆增出字於生下〕

　　△　茁字注，草初生出地皃。古本及毛本皆有出字，應增。（墨）

芛　「臣鍇按爾雅蕍芛葟華榮，注云華葟也。」〔朱筆將華葟二字倒乙〕

　　△　從爾雅改。（墨）

薲　「又爾雅注陵苕一名陵時，故曰黃華蔈白華茇也。」〔朱筆改茇作芰〕

　　△　從爾雅改。（墨）

藚　「爾雅注芛音循，今字書以此字當之。」〔朱筆改循作獮〕

　　△　攷爾雅改正。（墨）

荄　「臣鍇曰荄，草木枯莖也。荀孩反。」

　　△　朱云枯當作根。（朱）

芃　「艸盛也，從艸，凡聲。詩曰芃芃黍苗。」
　　　△　韻會艸盛皃。（朱）
蔽　「周禮曰轂雖蔽不蔽。」
　　　△　从毛本作獘，周禮作敝。（紫）
莦　「惡艸皃，從艸，肖聲，彊菓反。」
　　　△　菓改巢。（墨）
蒼　「艸覆也，從艸，倉聲。切陽反。」
　　　△　毛本及韻會俱作色也。（紫）
落　「木曰落而從艸者也，但葉落耳。」
　　　△　韻會但上有木字。（朱）
　　　△　朱云也當作木。（朱）
　　　△　王無木字。（朱）
蘀　「艸木以葉落墮地爲蘀，從艸，擇聲。」〔紫筆改以作皮〕
　　　△　古本說文蘀字注曰艸木凡皮葉云云，毛本同。（墨）
　　　○　韻會作皮。（朱）
菑　「不耕田也，從艸甾。」〔紫筆改甾作𪭲〕
　　　△　朱云據傳云此當作从艸𪭲聲。（朱）
　　　△　舊解從艸甾，甾當作𪭲，下竝同。惟東楚名缶曰甾及名缶之甾，
　　　　　在第二十四卷也，而甾字不作𪭲。（朱）
　　「舊解從艸甾，傳寫誤以𪯗田合爲甾。」〔紫筆改𪯗作巛，甾作𪭲〕
　　　△　傳寫誤以𪯗曰合爲甾，曰當作田。（朱）
　　「後人不曉，誤以巛田人成甾字，因誤加聲字耳。」〔紫筆改𪯗作巛，改人
　　　作合〕
　　　△　誤以巛田人成甾字，人當作合。（朱）
茉　「耕名，從艸耒，耒亦聲。魯內反。」
　　　△　茉耕名，毛本作耕多艸，廣韻同。竊疑毛本爲是，此本誤多爲名，
　　　　　又脫去草字耳。（紫）
　　　◎　王本無多草二字。（朱）
蓆　「臣鍇按爾雅席大也，尙書丕冒海隅蒼生，蒼生草木也。辭尺反。」
　　　△　所引尙書十三字，疑是蒼字注。（墨）
苫　「臣鍇曰編茅也，春秋左傳曰披苫蓋。設炙反。」〔朱筆改炙作炎〕
　　　△　披苫蓋，披當作被，見左傳。（朱）

蘱　「煎茱萸，從艸，頪聲。」〔朱筆改茱作茉，紫筆改頪作毅〕

　　　◎　韻會蘱煎茱萸，是誤以蘱爲蘱也。說文無蘱字。（朱）

莘　「臣鍇按字書辛茱也。莊里及，阻史反。」〔朱筆改及作反〕

　　　△　阻史反與毛本同，既有莊里反，則此三字衍文。（墨）

茜　「以草補缺，從艸，丙聲。讀若俠。」〔朱筆俠旁作埶〕

　　　△　讀若俠，諸本皆同，唯古本說文作讀若陸。（墨）

蓂　「按張衡南都賦森蓂蓂而刺天。祖木反。」〔朱筆改木作本〕

　　　△　祖木反，木字疑寸。（墨）

莜　「艸田器，從艸，條省聲。」

　　　△　艸田器，此與毛本同。惟韻會作芸田器，於理爲長，當从之。（紫）

萆　「雨衣，一曰蓑衣，從艸，卑聲，一曰萆歷。」

　　　△　蘼訛歷，今改。（墨）

茭　「乾芻，從艸，交聲，一曰蘄艸。」〔紫筆增牛字於蘄上〕

　　　△　毛本韻會俱有牛字。（紫）

茹　「豐馬也，從艸，如聲。臣鍇曰似餒也。」

　　　△　飤訛似，今改。（墨）

蒸　「潘兵西征賦注菆并即長安賣麻蒸市也。振承反。」〔朱筆改兵作岳〕

　　　△　菆并，韻會作菆并。（墨）

菡　「臣鍇曰今作矢，假借也。式七反。」〔朱筆改七作匕〕

　　　△　式七反應改式士反。（墨）

薪　「古之葬者，厚衣之以薪。閨皆反。」〔朱筆於閨旁作悶〕

　　　△　閨皆反，閨當作門。（朱）

芓　「麻母也，從艸，子聲。一曰芓即枲。」〔朱筆增也字於枲下〕

　　　◎　王無也字。（朱）

蘿　「艸，從艸，崔聲。融六反。」〔朱筆增也字於艸下〕

　　　△　蘿字下，毛本引詩六月食鬱及蘿句，韻會不載。蘿字，經典釋文作薁，惟五經文字有蘿字，未詳孰是。（紫）

苟　「艸也，從艸，句聲。講孔反。」

　　　△　講孔反，孔當作吼。（朱）

莎　「爾雅本草莎一名鎬，一名侯莎。宣說反。」

　　　△　宣說反改宣訛反。（墨）

葭　「葦之未秀者，從艸，叚聲。間巴反。」

△　毛本葭字在萊字之前，以類从爲長。（紫）〔此葭居萊之後〕

苆　「篇筑也，從艸，苆省聲。臣鍇按今人呼篇竹是也。陟祝反。」〔朱筆改篇作葍，墨筆於苆省聲之苆旁作筑〕

　　△　苆字，毛本在葍字之下。（紫）〔此苆在葍范間〕

茗　「故江淹云青茗日夜黃也。留遼反。」〔朱筆改留作笛〕

　　△　留遼反，留當作田。（朱）

茶　「荊楚歲時引犍爲舍人曰，杏華如茶，可耕白沙。」

　　△　歲時下似脫記字。（墨）

藋　「薺食實也，從艸，歸聲。」

　　△　毛本無食字，與爾雅合，从之。（紫）

蓄　「臣鍇曰蓄穀米刟茭蔬菜以爲備也。」

　　○　韻會以爲下有歲字。（朱）

萅　「推也，從艸從日，艸春時生也，屯聲。臣鍇曰春陽也，故從日。屯，草生之難也。故云亦聲。川勻反。」

　　△　鍇云故云亦聲，則屯下本有亦字，傳寫脫也。（紫）

　　△　朱說同。（朱）

菰　「江夏平春有菰亭。古孤反。」

　　△　古孤反，孤當作狐。（朱）

薅　「披田草也，從蓐，好省聲。治牢反。」〔朱筆改治作咍〕

　　△　毛本韻會竝作拔去田艸也，今从之。（紫）

　　◎　王本云拔田草也。（朱）

　　△　治改洽。（墨）

茻　「臣鍇按春秋傳曰，莽之中，不足以蓐從者。」

　　△　朱云傳曰下脫艸字。（朱）

　　△　不足以蓐從者，蓐當作辱。（朱）

莫　「臣鍇曰平野中望，日且莫將落，如在草中也。」

　　△　韻會艸下有茻字。（朱）

卷　三

小　「臣鍇曰小始見也，八分也，始可分別也。」

　　△　小，韻會作丨。（朱）

八　「臣鍇曰數之八，兩兩相偶，背之是別也。北技反。」〔朱筆改技作拔〕

　　◎　韻會作兩兩相背是別也。（墨）

分　「臣鍇曰天地始分，高下相背，若有刀刑以制之也。」〔朱筆改刑作形〕
　　◎　王本刑。（朱）

尙　「尙克知之，庶幾知之也，曾尙气皆分散也。時快反。」
　　◎　韻會散也下有故从八三字。（朱）

柔　「一余也，讀與余同。」〔墨筆於一上多一短畫成二〕
　　△　一，毛本作二。（紫）

采　部

「重四」
　　△　朱改重五。（朱）

㸶　「臣鍇曰特一牛也，一牲牛也。格康反。」
　　△　一牛，疑當作一牲，寫者脫其半也。（紫）

特　「特牛也，從牛，寺聲。頭墨反。」
　　△　特，朴特牛父也。古本毛本皆同，應从。（墨）

牽　「引前也，從牛，象引牛之縻也，玄聲。」〔墨筆於象上增冂字〕
　　△　從牛二字當在玄聲之上。（朱）

牝　「畜母也，從牛，匕聲。易曰畜牝牛吉。毗忍切。」
　　△　牝字，毛本在特字之下，類从爲是。（紫）〔此牝在牽字下〕

牿　「周書曰今惟淫牿牛馬。骨僕反。」
　　△　朱云淫下當有舍字。（朱）

犀　「南徼外牛，一角在鼻，一角在項，似豕。」
　　△　一角在頂，頂譌項，應改。古本毛本皆同。（墨）

犖　「臣鍇曰犖，火之反，夢梢反。」

犛　「臣鍇曰其牛曰犖，其尾曰犛，以飾物曰旄。利之反。」
　　△　此處反切錯簡，如犖字火之切，與徐鉉本同，非係傳原文。至夢
　　　　梢反，則犖字从無此音。又下文犛字，古本韻譜及毛本皆作莫交
　　　　切，而係傳作利之反，必無是理。○竊謂夢梢反與利之反必互寫，
　　　　火之反乃衍文，但諸本皆然，未知是否。（墨）

嗌　「臣鍇按爾雅麋鹿曰齸，注云田江東呼咽曰嗌。」〔朱筆改田作今〕
　　△　案爾雅注田字衍字。（墨）

呱　「從口瓜聲，詩曰后稷呱矣。古呼反。」〔紫筆於從口上增小兒嗁聲四字〕
　　△　四字从毛本，韻會亦有。（紫）

　　　　○　　王本無。（朱）

哴　「秦晉謂兒泣下不止曰哴。」

喑　「宋齊謂兒泣下不止曰喑。」

　　　　△　　毛本無下字，當刪。韻會亦無。喑字同。（紫）

嘪　「小歠也，從口，率聲。讀若刷。師子反。」

　　　　△　　子應改子。（墨）

喟　「大息，從口，胃聲。區師反。」

　　　　△　　師改帥。（墨）

名　「臣鍇按古人云命世者名是是也，此會意。」

　　　　△　　朱云名是當作名世。（朱）

問　「訊也，從口，門聲。亡遲反。」

　　　　△　　遲應作運。（墨）

呷　「吸呷兒，從口，甲聲，乎甲反。」〔朱筆改乎作呼〕

　　　　△　　兒，毛本作也，似是。（紫）

咸　「皆也，悉也，從口，戌聲。」

　　　　△　　毛本韻會並作从戌，戌悉也。今从之。（紫）

喝　「誰也，從口弓，又聲。臣鍇曰口問爲誰也。」

　　　　△　　从口弓，又聲。下脫去疇古文疇四字，諸本同，應从。（墨）

哽　「語爲舌所介礙也，從口，更聲。」

　　　　△　　毛本韻會俱無礙字。（紫）

咎　「語相訶相距也，從口辛，辛惡聲也，讀若櫱。顏過反。」〔紫筆改辛作

　辛，朱筆增距字於口下，改過作遏〕

　　　　◎　　王本無距字。（朱）

　　　　△　　過改遏。（墨）

吒　「蜀書諸葛亮奏，彭羕舉頭視屋，噴吒作聲是也。」

　　　　○　　韻會作漾。（朱）〔謂羕字〕

嘮　「嘮呶讙也，從口，勞聲。丑交反。」

　　　　△　　毛本嘮字在呶字之上，類从爲是。（紫）〔此嘮在噭下，上距呶字六篆〕

嗷　「詩曰鴻鴈于飛，哀鳴嗷嗷，鴈鳴聲象也。」〔墨筆於家旁作眾〕

　　　　△　　聲象下應增愁字。（墨）

呎　「唸呎呻也，從口，尸聲，忻直反。」

　　　　△　　直改宜。（墨）

喝　「渴也，從口，曷聲。」

　　△　渴也，毛本作漱，韻會云噎聲，大抵渴字悞也。（紫）

否　「不也，從口，不聲。臣鍇曰不本音缶，侯又反，又府丑反。」

　　△　韻會否，从口不，不亦聲，徐曰不者不可意見於言也。按韻會引

　　　　說文皆從繫傳，徐曰云云爲鍇語無疑，今本脫。又按不者之不當

　　　　作否。（紫）

哀　「閔也，從口，衣聲。遏間反。」

　　△　哀字，遏間反，間改開。（墨）

凸　「臣鍇曰口以象山間也，凡半水也。」

　　○　韻會作門。韻會作儿。（朱）〔前謂間字後言凡字〕

　　◎　王本八。（墨）

口　部

　　「文一百八十二，重二十一」

　　◎　王本作文一百八十。（朱）

毆　「亂也，從爻工交叩，一曰窒毆讀若穰。」〔紫筆改叩作吅，墨筆於窒旁作窖〕

　　△　玉篇作一曰窒穰。（墨）

喪　「云也，從哭，云聲。」〔紫筆改云作亡〕

　　△　毛本作从哭从亡，亡亦聲。據此，亡下當有亦字，傳寫脫誤。然

　　　　韻會亦無亦字。喪字下注。（紫）

趁　「臣鍇曰自後反之也，丑僨反。」

　　△　反之疑作及之。（紫）

趲　「趁也，從走亶，茶連反。」

　　△　亶下毛本有聲字。（紫）

趫　「走意，從走，喬省聲。辟涓反。」

　　△　喬不得云省，毛本無省字。（紫）

　　△　朱說同。（朱）

趌　「趌趌，從走，曷聲。鳩歌反。」

　　△　歌改歇。（墨）

趉　「從走，出聲，讀若無尾之屈。瞿弗反。」

　　△　從走出上脫走也二字，各本皆有，應增。（墨）

越　「蹇行趔越也，從走，虖聲。」

　　△　趔越，毛本作越越。（紫）

趮 「行趮趨也，從走，蘽聲，一日行曲春。」〔紫筆改春作脊，朱紫作脊兒〕

　　△　曲脊下脫兒字。（墨）

　　◎　王本作行曲脊，無兒字。（朱）

趀 「行速趀趀，從走，夋聲。七賓反。」〔朱筆改速趀趀作趀趀也〕

　　△　趀趀改趀也。（墨）

趉 「僵也，從走音聲。朋北反。」

　　△　趉注脫讀若匐三字，各本皆有，應增。（墨）

赾 「距也，從走，斤聲。」〔朱筆增省字於斤下〕

　　◎　王本無省字。（朱）

峙 「躇也，從止，寺聲。臣鍇曰猶躊躇也。直里反。」

　　△　躇訛躇，據古本毛本改。玩傳中猶字，自應作躇。（墨）

歫 「又曰超歫，搶頭撞也。永許反。」〔朱筆於歫旁作歫，改永作求〕

　　△　韻會搶頭撞下有地字，今本脫，或也字即地字之訛。（朱）

前 「臣鍇曰莊子曰生而至越者，舟也。」〔朱筆改生作坐〕

　　△　韻會坐而至下無越字。（紫）

肀 「疾也，從又，又手也，從止，屮聲。」

　　△　據古本毛本說文乙之。（墨）

　　「故疾也，從定從此。疾按反。」〔朱筆於從定之從旁作肀字，改按作接〕

　　△　從定乃健捷二字之譌。（墨）

　　△　王本作捷定。（朱）

歰 「機下足所履者，疾從止從又，入聲。」

　　△　毛本無疾字，衍文。（紫）

　　△　古本同毛本。（墨）

屮 「臣鍇曰蹈行也，止爲行也。他刮反。」

　　△　止爲行也，疑止上脫反字。（紫）

此 「此也，從止從匕，能相比次也。」

　　△　能，毛本作匕，未詳孰是。（紫）

　　△　毛本是也。（墨）

　　△　說文匕也，以止從匕，匕相比次也。（朱）

卷　四

正 「臣鍇曰中一以正也。真性反。」

　　　　△　　毛本作守一以止也，宜从之。（紫）

正　「古文正，從二上。」

　　　　△　　上改止。（墨）

尟　「臣鍇曰是正也，正者少則尟也。恩典反。」〔朱筆於尟旁作尠，且於尟也下
　　　增今人借用鮮字六字〕

　　　　◎　　今人六字，王本無。（朱）

巡　「延行皃，從辵，巛聲。繪倫反。」〔朱筆改繪作續〕

　　　　△　　延行，毛本韻會俱作視行。（紫）

邀　「恭謹行也，從辵，叚聲。讀若九。幾都反。」

　　　　△　　都字乃桺字訛，改。（墨）

遵　「循也，從辵，尊聲。蹤氏反。」

　　　　△　　氏改民。（墨）

造　「臣鍇按禮有造士也。雌軟反。」

　　　　△　　雌軟反，軟字疑是較字。（墨）

遭　「跡遭也，從辵，昔聲。操各反。」

　　　　◎　　王本跡道也。（朱）

遭　「若物市相值也，祖叨反。」〔紫筆改市作帀〕

　　　　△　　物市，韻會作行復。（紫）

征　「徙或從彳。臣鍇曰從有所之也。」

　　　　△　　從當作徙。（紫）

遷　「臣鍇曰身隨遷移，故從辵。□先。」〔紫筆於先上補作七〕

　　　　△　　先下當有反字。（紫）

返　「臣鍇曰人行還也。府曉反。」

　　　　△　　曉應改晚。（墨）

邌　「徐也，從辵，黎省聲。」

　　　　△　　朱云黎省。省字衍。（朱）

避　「回也，從辵，辟聲。便書反。」〔朱筆改書作罟〕

　　　　○　　韻會廻也。（朱）

逜　「怒不進也，一曰騖也。」

　　　　△　　朱云騖當作驚。（紫）

　　　　△　　一曰騖也四字，毛本及古本皆無。（墨）

迭　「更迭也，從辵，失聲，一曰迭。」

◎　或改一曰达。（朱）

逐　「臣鍇曰遯者走也。」
　　　○　韻會作从辵走也。（朱）

逎　「追也，從辵，酉聲。」〔紫筆改追作迫〕
　　　△　迫從毛本韻會改。（紫）

遷　「臣鍇曰鼍音刄。而告反。」〔朱筆改刄作日〕
　　　△　告應作吉。（墨）

遏　「微止也，從辵，曷聲。」
　　　○　韻會作徵止也。（紫）

遮　「遏也，從辵，庶聲。之已反。」〔朱筆改已作巳〕
　　　△　已改它，即蛇。（墨）

迊　「前頓也，從辵，市聲。□侍中說一曰讀若拾，又若郅。比末反。」〔紫
　　　筆書賈字於侍上，朱筆於比旁作北〕
　　　△　帀，此字必應是匝字也，在玉篇上卷九十八頁下末。（朱）

越　「若王襃聖主得賢臣頌云，過都越國也。此越與物相等相有踰也。易巇
　　　字文今播越字。」
　　　△　朱云此越句疑訛。（朱）

邊　「高平之野人所登，從辵备彔，闕原。」
　　　△　毛本及韻會俱無原字。（紫）

遽　「臣鍇曰傳駉車也，故禮曰大夫稱傳遽之言。」
　　　○　韻會無故字。（朱）

远　「獸跡也，從辵，亢聲。臣鍇按爾雅逸跡爲亢也。」
　　　△　逸應改兔。（墨）

徐　「伯益之後，分封爲徐，在東海却東方仁方也，有君子國，故孔子欲居
　　　九夷。至偃王，一曰隱王。王仁，諸侯歸之，王不能距，遂君之。周
　　　穆王聞而自西荒逃歸，王不忍開，以大王之義而去之。徒周穆不失國。
　　　隱王之力也。」〔紫筆改隱作偃〕
　　　△　却當作即。（紫）似是郡字。（墨）
　　　◎　隱改偃，紫筆誤。（朱）
　　　△　開當作聞。徒當作使。（紫）

徥　「行平易也，從彳，夷聲。臣鍇曰老子曰大道具夷，此字也。寅之反。」
　　　〔朱筆改具作其〕

　　　　　△　　具改甚。（墨）

徯　「待也，從彳，奚聲。臣鍇按漢書曰徯予后是也，亦啓反。」

　　　　　△　　漢，韻會作尙。（朱）

復　「卻也，從彳日夂，是過也遲。臣鍇曰日見夂是過也。土姝反。」〔紫
　　　筆改作「却也從彳日夂一日行遲也，臣鍇曰日夕乞出是遲也，土姝反」，又於末，朱
　　　筆改作「臣鍇曰日日見夂是退也，土姝反」〕

　　　　　△　　從毛本及韻會。（紫）

　　　　　◎　　却也，從彳日夂，一日行遲。臣鍇曰日日見又，是過也。土姝反。
　　　　　　　　（朱）

後　「遲也，從彳幺夂老後也。」〔紫筆改老爲者〕

　　　　　△　　韻會夂者後也，係徐氏語。（朱）

徇　「臣鍇曰且斬且行，以令于聚也。」

　　　　　△　　聚疑眾。（墨）

衝　「臣鍇曰謂南北東西各有道相衝。赤重反。」

　　　　　○　　韻會引此句下有今文作衝四字。（朱）

齟　「臣鍇曰亦齒參差聲。側己反。」〔朱筆改己作巴〕

　　　　　△　　己改加。（墨）

觭　「武牙也，從牙奇，奇亦聲。牽宜反。」

　　　　　△　　武，毛本作虎。（紫）

足　「人之足也在下，從止口。凡足之屬皆從足。臣鍇曰口象股□也。」〔紫
　　　筆於股下作脛字〕

　　　　　○　　韻會無在下二字。（朱）

　　　　　○　　韻會在下從止。（朱）

蹻　「春秋左傳曰舉趾高心不固矣。其省反。」

　　　　　△　　雀訛省，今改。（墨）

踣　「春秋傳曰晉人踣之。用北反。」

　　　　　△　　用改蒲。（墨）

躧　「臣鍇躧履謂足根不正納履也。」

　　　　　◎　　臣鍇下脫曰字。（朱）

跀　「臣鍇曰足見斷爲跀，其刑名則則也。元伐反。」〔朱筆改則則作則刖〕

　　　　　△　　則改刖。（墨）

疏　「門戶疏窗也，從疋囪。囪象疏形，讀若疏。」〔朱筆於從疋下增疋亦聲三

字〕

迬 「通也，從辵，㞢亦聲。」〔朱筆於㞢上增从，亦聲上增㞢〕

　　△　从古本及毛本說文增。（墨）

龠 「管樂也，□孔，從龠，虎聲。臣鍇按爾雅竹爲之，大者長尺四寸，圍
　　三寸，一孔上出，寸三分，名翹，橫吹之。陳知反。」〔朱筆於管樂也
　　下作七孔二字〕

　　△　朱云孔上當有七字。（朱）

　　△　橫吹之下，韻會有八孔小者尺二寸七孔共九字。（紫）

扁 「署也，從戶，冊者署門戶之文也。」

　　○　韻會作从戶冊，冊者。（朱）

卷　五

舌 「在口所以言也，別味也。」〔朱筆書者字在別味下〕

　　△　韻會有者字。（朱）

冏 「臣鍇曰論語云，其言冏冏然如不出諸其口也。」

　　△　朱云其言句今見禮記。（朱）

商 「臣鍇曰商略之也，以內知外，言不出也。」

　　△　朱云從內知外當依許氏作從外知內也，克元按此則以內以字，別
　　　　本作从。（朱）

笱 「□□爾雅檾婦之笱謂之䍡，注謂以簿爲魚笱。」

　　△　曲竹捕魚笱也，從句竹，句亦聲。臣鍇曰。（紫）〔朱筆改句竹作竹
　　　　句〕

糾 「臣鍇曰謂三股繩，史曰禍福若糾纏也。緊黝反。」

　　△　謂，韻會作調。（朱）

丈 「十尺也，從千持十。」〔朱筆改千作又〕

　　◎　從手持十。（朱）

廿 「臣鍇曰自古來書二十字從省多併爲此字也。」

　　○　韻會作廿。（朱）〔謂此字之此〕

諾 「按古省大夫多言唯，而衛出公及諸侯應其臣下皆曰諾，又南朝有鳳尾
　　語爲尊者之言也。」

　　○　韻會作者。韻會作諾。（朱）〔前謂省字，後謂語字〕

膺 「以言對也，從言，雍聲。於證反。」

△　從言，雍聲。（朱）

諷　「臣鍇按諸經注背文曰諷。付宋反。」
　　　○　韻會引此直曰諫刺也五字。（朱）

誾　「臣鍇按論語曰冉有誾誾如也。」
　　　△　朱云徐引論語與今論語異，一本作爾雅。（朱）

誥　「告也，從言，告聲。」
　　　○　韻會無聲字。（朱）

諫　「證也，欲言，束聲。溝鴈反。」〔朱筆改欲作從，束作柬〕
　　　△　韻會徐曰閒也，君所謂否，臣獻其可以間隔之于文。言柬爲諫，
　　　　　柬者分別善惡以陳于君。諫字。（朱）

誼　「人所宜也，從言宜亦聲。鍇按史記仁義字亦或作此。魚智反。」
　　　○　宜亦聲臣。（朱）〔此四字書於從言宜三字下〕

設　「此會意。施子反。」
　　　△　子改子。（紫）

譒　「敷也，從言，番聲。商書曰王譒告之。」
　　　◎　韻會作王譒告之脩。（朱）

謺　「當此作謺讋字。三接反。」
　　　△　三改之。（墨）

詔　「言謂讋也，從言，習聲。」
　　　△　謂應改詔。（墨）

詿　「誤也，從言，圭聲。」
　　　◎　韻會作絓也，訛。詿注。（朱）

譬　「臣鍇曰畏忘之也。健待反。」〔紫筆改忘作忌〕
　　　△　待疑作侍。（墨）

諆　「欺也，從言，其聲。臣鍇曰謾書也。」
　　　○　韻會引徐曰謾言也。（朱）

詆　「苛也，從言，氏聲。」
　　　○　苟。（紫）韻會作詞（朱）

訛　「臣鍇曰怨言於言也。焉秋反。」
　　　△　朱云怨言句有譌。（朱）
　　　△　怨言改怨見。（墨）

竟　「樂曲盡竟，從音從人。」

○ 韻會曲盡下有爲字。沈本亦然。（朱）

丵 「所謂據形聯繫，引而申之也。」

　　○ 方綱按，此一語是盡五百四十部偏旁次弟之理，而徐氏之〈部敘〉
　　　不作可焉。（朱）

業 「大版也，所以飾縣鐘鼓，捷業如鋸齒，以白畫之，象其鋪鐸相承也。
　　從丵從巾，巾象版，詩曰臣業維樅。臣鍇曰謂筍虡上橫板，鋸齒刻之，
　　鎛鍾是一屬齒縫桂八鐘兩層，故云相承。巾下版也。疑怯反。」

　　△ 俱依韻會改。（朱）

　　◎ 巨，韻會作簴。（朱）〔紫筆改銘作鋸，畫作晝，鋪鐸作鉏鋙，朱筆丵作丵，
　　　臣作巨，虡作虡，鎛作鎛，鍾下多一「凡」字，桂作挂，此巨當即臣字所改之
　　　者〕

叢 「聚也，從丵，取聲。臣鍇曰此凡物叢萃也。」

　　○ 韻會引此云，从丵从取，徐曰此凡物萃也。（朱）

弁 「虞書曰嶽曰异哉。余更反。」

　　△ 更應作吏，與下頁異字反切同。（墨）

弄 「玩也，從廾王。臣鍇曰詩曰載弄之璋。」〔朱筆改廾王作廾玉〕

　　△ 弄字注，毛本古本俱作以手持玉，此脫持字。（墨）

𦥑 「古文共。臣鍇曰兩手共也。」

　　○ 韻會共下有之字。（朱）

戴 「分物得增益曰戴，從異，𢦏聲。」〔朱筆改異𢦏作異𢦏〕

　　△ 韻會作从異。（朱）

卷　六

農 「𦦓亦古文農。」

　　○ 𦦓、王本。（朱）

鞅 「鞿鞅沙也，從革從夾，夾亦聲。苟拍反。」

　　△ 拍字應作㩉。（墨）

鞠 「臣鍇按蹴鞠，以革爲圓囊、實以毛，蹴蹋爲戲。」

　　○ 韻會毛下有髮字。（朱）

鞘 「注云刀削^音_肖也。邊弭反。」

　　△ ^音_肖二字分注。（朱）

鞼 「車衡三束也，曲轅鞼縛，直轅箽縛，從革，靉聲。」

韉　　「韉或從革贊。」
　　　　△　朱云韀韉二文倒互。（朱）

鞊　　「臣鍇曰蓋車蓋也，杜柄反，絲其繫系也。戰媚反。」
　　　　△　杜柄反三字應改杠柄也。（墨）

靳　　「臣鍇曰靳固也，靳制其行也。」
　　　　△　韻會作靳固也。（朱）

靷　　「臣鍇曰所以前引也。矣引反。」〔朱筆改矣作矢〕
　　　　◎　克元按矢字悞，當依此作矣。今說文作余引反。（朱）
　　　　◎　又一本係傳作余忍反。（墨）

鞙　　「從以縣縛軛也，作靬字非也。徼本反。」
　　　　△　本字發作犬。（墨）

韇　　「弓矢韇也，從革，賣聲。」
　　　　○　韻會作賣聲。（朱）

鬲　　「秦名曰土釜鬲，從鬲，牛聲。」
　　　　△　秦名土釜曰鬲，毛本如此。（墨）

鬴　　「臣鍇曰量六十四升曰鬴。分武反。」〔朱筆改十作斗〕
　　　　○　韻會作斗。（朱）

融　　「炊气上出也，從鬲，蟲省聲。」
　　　　◎　韻會引此作从鬲蟲省聲。（朱）

鬵　　「春秋左傳曰以鬸其口，本當作此鬵。魂徒反。」
　　　　△　鬸應作鬵。（墨）

鬶　　「鬵或省鬲。」
　　　　○　朱云當增从美。（朱）

鬷　　「鼎實惟葦及蒲，陳普謂餴為鬷，從鬲，速聲。」
　　　　△　鬷應改鬷。（墨）

餗　　「鬷或從食束。」〔紫筆增聲字於束下〕
　　　　△　束下無聲字。（朱）

爪　　「臣鍇曰覆手曰爪，謂以予抓為物抓也。側狡反。」
　　　　△　韻會作謂以手抓也。（朱）

孚　　「謂以力栢倚角儌要極而受屈也。其雀反。」
　　　　△　栢應作相。（墨）

鬥　　「兩士相對，兵杖在後，象鬥之形。」〔紫筆改鬥作鬥〕

　　○　韻會作鬪。（朱）

鬮　「臣鍇按孟子曰鬮小□也。當豆反。」

　　△　朱云孟子曰鬩小鬮也，此語當是別本。（朱）

又　「三指者，手之列多略不過三也。」

　　○　韻會列作別。（朱）

曼　「臣鍇曰古士樂有曼聲，是長之聲也。舞飯反。」

　　○　韻會作古云。（朱）

夬　「分決也，從又卐，象決形。臣鍇曰卐物也。」

　　◎　韻會从又下有手也二字。（朱）

秉　「禾束也，從又持禾。臣鍇按春秋左傳曰或取一秉秆焉，詩曰彼有遺秉。
　　　鄙永反。」

　　△　韻會云徐引論語，禾數百二十斤爲秅，二石爲秉，四秉爲筥。冉
　　　子與之粟五秉，爲禾十石也。十筥曰稯，十稯曰秅。秅，四百秉
　　　也。（朱）

度　「法制，從又，庶省聲。臣鍇曰布指知尺，舒肱知尋，故從手。特路反。」

　　△　韻會臣鍇曰下有又手也三字，知尋下有五度分寸尺丈周禮明堂度
　　　九尺筵十四字。（朱）

肄　「肄習也，從聿，彖聲。」〔朱筆改彖作帚〕

　　△　肄，從聿，彖聲。（朱）

豎　「堅立也，從臤，豆聲。臣鍇曰豆器也，故爲堅立。韶乳反。」

　　◎　二堅字，韻會竝作豎。（朱）

役　「臣鍇按馮翊有役詡縣。」

　　○　韻會作一曰。（朱）

　　△　詡，韻會作祤。（朱）

毅　「春秋左傳，殺敵爲果，致果爲毅。辛豕毅怒也。」

　　△　韻會豙豕怒毛堅也，按堅疑作豎。（朱）

殺　部

「重四」

　　○　朱云多說文籀文一字。（朱）〔此多籀文殺〕

皰　「面生氣也，從皮，包聲。臣鍇曰面瘡也。皮豹皮。」

　　○　韻會同。（朱）

皼　「柔韋也。從北，皮省，夐省。」

　　　　　△　韻會作柔革皮也。（朱）

徹　「通也，從彳從攴，育聲。一曰相。」
　　　　◎　一曰相三字，毛本無。（朱）

敵　「史記韓信行營高敝地。會意。赤攴反。」
　　　　△　攴改丈。（朱）

故　「合會也，從攴，合聲。苟會反。」〔朱筆於苟會之會旁作合〕
　　　　△　會改合。（墨）

攻　「繫也，從攴，工聲。昆戈反。」
　　　　△　戈疑戎。（墨）

甯　「今俗人言寧如此爲審可如此。年徑反。」
　　　　△　韻會作甯。（朱）〔謂審字〕

卷　七

夐　「臣鍇曰人與目隔穴與人寄也，目經營而見之。」〔朱筆改與作勹，改寄作字〕
　　　　△　朱云與人之與本勹字，訛作勺，又轉與。（朱）
　　　　◎　韻會小補無與人寄也目五字。（朱）
　　　　○　韻會作得之。（朱）

瞯　「楊雄甘泉賦曰玉女所眺其清盧是也。預大反。」
　　　　△　預大反應作預犬。（墨）

盼　「詩曰美目盼兮，從目，分聲。」
　　　　○　韻會無聲字。（朱）

睒　「暫視貌，從目，炎聲。若白，蓋謂之苦相似。」
　　　　△　目炎聲下應增讀字，諸本同。（墨）

瞁　「失意視也，從目，脩聲。臣鍇曰左思魏都賦曰瞁焉失所。他狄反。」
　　〔朱筆改瞁作瞁〕
　　　　○　韻會作从目條聲。（朱）
　　　　○　韻會作睺。（朱）

眢　「目無明也，從目，夗聲。讀若委。」
　　　　△　朱云讀若宛委。（朱）

矆　「大視也，從目，蒦聲也。鍇曰驚視也。吁釄反。」〔朱筆改也作臣〕
　　　　◎　鍇曰上脫臣字，兩本同。（朱）

－111－

眷　「詩曰乃眷西顧。便俱反。」
　　　△　便俱反當作俱便。（墨）
瞑　「尙書曰若藥勿瞑眩。」
　　　○　韻會勿作弗。（朱）
　　「使人目閑而瞑眩之也。民卑反。」
　　　○　韻會作閉，無瞑字。（朱）
眚　「日月之眚，謂日月有蝕，若月有翳也。怠永反。」〔朱筆改怠作枲〕
　　　◎　若月應作若目。（朱）
睞　「臣鍇曰眄睞，睞者目光聲也。」
　　　△　朱云光聲，聲字譌。（朱）
脩　「眹也，從目，攸聲。臣鍇曰脩目失也。尹脩反。」〔朱筆改脩作脩，目作自〕
　　　△　朱云尹脩當作尺脩。（朱）
眹　「目不從正也，從目，失聲。」
　　　◎　韻會無從字。（朱）〔謂從正之從〕
眇　「一目小也，從目少，少亦聲。臣鍇曰會意。彌少聲。」
　　　△　聲應作反。（紫）
瞽　「臣鍇按說尙書者言目漫若鼓反也。」〔朱筆書皮於反旁〕
　　　△　從韻會改皮。（朱）
瞚　「臣鍇曰目□也。失閏反。」
　　　△　韻會無徐氏此句，引廣韻目動也，此闕處或當作動字。（朱）

羽部末

　　　△　韻會㹠字下引說文，上飛，從羽，中聲。（朱）〔此本無㹠字，故校補之〕
雅　「楚鳥也，一名卑居，一名鸒，秦謂之雅。」
　　　○　一名卑，一名譽居。（朱）
離　「又名商庚，古有九雇官，夏雇其一，蔡邕曰夏雇趣民蠶麥。爾雅雇竊玄，此云雛累而黃，疑之，此即夏雇。鄰之反。」
　　　△　古有九雇下八句應是下文雇字注，此錯簡。○雛累而黃乃雛黑而黃之訛文也。（紫）
　　　△　朱云雛累而黃有脫悞。（朱）
雇　「春雇鳻盾，夏雇竊玄，秋雇竊藍，冬雇竊黃。」

○　韻會作鴟。（朱）〔謂盾字〕

奮　「臣鍇按爾雅鷹隼醜，其飛也翬。」

　　△　韻會作其飛也奞。（朱）

萑　「注木兔也，似鴟鵂頭而小，頭有角毛，夜飛好食雉。」

　　△　按爾雅作似鴟鵂而小，兔頭有角，毛腳，夜飛云云。（墨）

舊　「鴟舊舊留也，從萑，臼聲。」

　　△　鴟舊留也。（朱）

羯　「羊羖犗也，從羊，曷聲。」

　　◎　犗，王作犢。（朱）

羳　「羊名，蹢皮可以割麥，從羊，此聲。」

　　△　麥改黍。（紫）

美　「甘也，從羊大。羊在六畜主給膳也。美與善同。」〔墨筆於同下添意字〕

　　◎　王無意字。（墨）

羴　「羊臭也，從三羊也，凡羴之屬皆從羴。相羵則臭，禮月令曰其臭羶，會意。賒延反。」

　　○　自相羵以下皆鍇語，傳寫者脫臣鍇曰三字。（朱）

瞿　「鷹隼之視也，從隹䀠，䀠亦聲，凡瞿之屬皆從瞿。讀若章句之句，又音衢。臣鍇曰驚視也，禮曰見似目瞿，會意。九遇反。」

　　△　從隹，䀠亦聲。（朱）

　　○　吳云又音衢當在九遇反之下，傳寫之訛。（朱）

靃　「飛聲也，雨而雙飛者，其聲霍然。臣鍇曰其聲霍忽絕也，會意，呼郭反。」〔紫筆改霍然之霍作靃〕

　　○　韻會作靃。（朱）

　　○　韻會作飛忽靃疾也。（朱）

鳳　「文曰首戴德，項倡義，背負仁，心抱忠，翼狹信，足履正，尾聲繫武，小音金，大音鼓。」〔翼狹信，朱筆改狹作挾〕

　　△　朱云此文見太平御覽，項倡義作頸揭義，尾聲擊武作尾繫武。（朱）

「見則有視，仁聖皆眼得鳳象之。」

　　△　服訛作眼。（朱）

鴉　「臣鍇按詩曰相彼鴉鴉，尚或惡之，夜鳴意且也。」

　　△　韻會作鳴急且也，無夜字。（朱）

鷓　「鷓鴣也，從鳥，辟聲。」

◎ 鵝，王本作鳥。（墨）

鵜 「鵜胡汚澤也，從鳥，夷聲。献反。」

　　△ 敵□反。（朱）

鳴 「鳥聲也，從鳥以口聲」〔墨筆改以作从〕

　　△ 從鳥，口聲。（朱）

焉 「臣鍇曰借爲詞助也，此二字雖各象形，文體皆出於鳥字也。」〔朱筆改鳥作鳥〕

　　△ 此二字疑作此四字。朋鳥焉燕。（墨）

卷　八

畢 「所以掩□張衡西京賦曰，華蓋承辰，天畢前驅。」

　　△ 張上缺字，韻會作兔。（紫）

糞 「棄除也，從廾甲，棄采也。官溥說佀米而非采者矢字。臣鍇曰此佀米糞除也，廾豆恭，反兩手，佀米字音辦。方問反。」〔墨筆改豆作居〕

　　△ 韻會采作米。（朱）

　　△ 韻會作廾音拱，反兩手，米音瓣。（朱）

棄 「臣鍇曰逆故推之也。奰利反。」

　　○ 朱云譌。（朱）〔謂奰利反三字〕

冓 「小也，象交積材也，象對交之形。凡冓之屬皆從冓。」

　　△ 今本無小也象三字。案冓不訓小，下言象對交之形，不宜先言象交積材，蓋因後幺字注而悞。（黑籤）

　　○ 韻會無此三字。（朱）〔謂小也象三字〕

爯 「并舉也，從爪冓省。臣鍇曰一言舉一也。處陵反。」〔朱筆改舉一之一爲二〕

　　△ 朱云粿字下鍇語似誤複再字語，無反切，說文作處陵切。（朱）

冓　部

「重一」

　　○ 朱云誤。（朱）

玄 「一染謂之縓，再染謂之䞓。尺玄色緅緇之間，其六入者是墨而有赤色也。」

　　△ 尺字疑是凡。（紫）

叡 「溝也，從㕚從谷，讀若郝。臣鍇曰殘穿也爲叡也。」

△　韻會作殘穿地。（朱）

殂　「往死也，從歺，且聲。虞書曰放勛乃殂落。」

　　△　朱云繫傳作勛乃殂，與今說文本異，五音韻譜亦無放落二字。克元按此本類後人增入者，朱說近是。（朱）

殖　「臣鍇曰脂膏久則浸潤。神身反。」〔朱筆改身作直〕

　　◎　神身反似悮，韻會丞職反。（朱）

髕　「臣鍇曰古臏刑去膝也。脾閔反。」

　　△　朱云去膝下當有蓋字。（朱）

肌　「肉也，從肉，几聲。母斤離反。」〔紫筆圈去母字〕

　　◎　朱本亦有母字。（朱）

臚　「皮也，從肉，盧省。臣鍇按此字亦音閭。」

　　△　韻會作盧省聲。（朱）

膽　「連肝之府也，從肉，詹聲。」

　　◎　從肉詹下無聲字。（朱）

　　△　朱云詹下說文有聲字。（朱）

　「仁者必有勇，人怒無不色青，是其故也。」

　　○　故，韻會作效。（朱）

胃　「穀府也，從肉囚，象形。」

　　△　韻會从囚从肉，象形。（朱）

腸　「臣鍇按白虎通，心之府也，膀爲胃紀也，心爲肢體，心故有兩府。」

〔朱筆於肢旁作支〕

　　△　朱云膀爲二句有譌。（朱）

肒　「胥肉也，從肉，乙聲。臣鍇按乙音乾，作芭反。」〔墨筆改乾作軋，芭作色〕

　　△　乙音乾有訛，毛本肒字於力切，此依芭反，芭字或是色字。（紫）

肋　「脅骨也，從肉，力聲。郎成反。」

　　△　郎成反疑是郎戍反。（紫）

胳　「臣鍇曰按禮或作格。莫反。」

　　△　朱云格下脫一字。（朱）

齎　「肶齎也，從肉，齊聲。自弓反。」

　　△　弓改兮。（墨）

脴　「臣鍇曰按史記龜策傳曰壯士斬其脯之。閑橫反。」

　　　　　　△　朱云脯上脫胕字。（朱）

肌　「文子曰天有四時五行九解三百三十六日。」
　　　　　　△　朱云三當作六。（朱）〔謂三十之三〕

肎　「振肎也，從肉，入聲。」
　　　　　　◎　振下無肎字。（朱）

腄　「瘢胝也，從肉，坙聲。」
　　　　　　△　朱云繫傳作跟胝也。（朱）

臘　「臣鍇按蔡邕獨斷，殷曰清祀，周曰蜡，秦曰嘉平，漢曰臘。臣以爲臘
　　　合也，合祭祀諸神也。」
　　　　　　△　朱云御覽引風俗通與此異。（朱）
　　　　　　○　韻會無祀字。（朱）〔謂合祭祀之祀〕

臘　「楚俗以二月祭飲食，從肉，婁聲。一曰祈穀食新曰離臘。」
　　　　　　◎　臘上無離字。（朱）

腬　「臣鍇按國語舅犯曰，毋亦柔嘉是食，犯肉胜臊之也，安可食。然尤反。」
　　　　　　△　朱云國語無之也二字。（朱）

膗　「臣鍇按楚詞曰鵠酸膗鳧鴻鶬。醉鳧反。」
　　　　　　△　此本脫煎字，韻會有煎字無鳧字，今據楚詞增，又楚詞鵠作鶴，
　　　　　　　　恐此別有所據不必改。（朱）

脛　「鳥胃也，從肉，至聲。一曰脛五藏總名也。」
　　　　　　△　脛，元按當作胵。（朱）

剹　「籀文劉，從㓞各。」
　　　　　　△　元按劉當作劉。（朱）

利　「銛也，從刀和然後利，從和省。易曰利者義之和也。」
　　　　　　○　韻會引作刀和然後利，從刀和省。（朱）

則　「臣鍇曰則節也，取用有節，刀所以裁製也。」
　　　　　　○　韻會作制。（朱）〔謂製字〕

剴　「臣鍇按史匈奴聲而不哀。利之反。」
　　　　　　△　聲字應作剴。（朱）

刷　「刮也，從刀，㕞省聲。禮布刷巾。師子反。」
　　　　　　△　子應作子。（墨）

刖　「挑取也，從刀，肙聲，一曰窒也。於旋反。」
　　　　　　△　朱云刖字未詳。（朱）

劓　「刑鼻也，從刀，臬聲。易曰天且劓。魚致反。」
　　　○　朱云繫傳作刵劓也。（朱）

券　「契也，從刀，关聲。券別之書以刀判契其旁，故曰契券。」
　　　◎　契下無券字。（朱）

刃　「臣鍇曰若合刀瑱皆別鑄剛鐵也，故從一。爾吝反。」
　　　△　若合，韻會作若今。（朱）

創　「刃或從倉。臣鍇按史此正刀創字也。」
　　　△　朱云从倉下脫刀字。（朱）

耒　「臣鍇曰振猶起發之也。魯肉反。」
　　　△　肉應作內。（墨）

耤　「臣鍇曰謂天子親耕籍田以供祭祀。」
　　「禮月令曰藏帝籍於神倉。」
　　　○　韻會作耤。（朱）〔謂二籍字〕

耞　「耞又可以劃麥，河內用之，從耒，圭聲。涓弓反。」
　　　△　弓應作兮。（墨）

觟　「撝角貌，從角，雚聲。」
　　　○　玉篇廣韻俱作撝角，與今本同。（朱）

觬　「角觬曲也，從角，兒聲。」
　　　○　朱云繫傳無曲字。（朱）
　　　◎　角觬下無曲字。（朱）

觭　「臣鍇按爾雅，牛角一俯一仰，觭皆躍觭。」
　　　△　爾雅躍作踊。（墨）

觠　「角長貌也，從角，卝聲。讀若租腏。士岳反。」〔朱筆改租腏作粗牾〕
　　　○　朱云未詳。（朱）〔謂讀若租腏句〕

觷　「治角也，從角，學省聲。胡角切。」
　　　◎　切應作反。（朱）

觟　「如今御史。臣以爲冠奚冠，有角故曰豸冠。」〔朱筆圈去臣以爲三字，改奚作豸〕
　　　◎　韻會無臣以爲三字，或當在如今之上。（朱）
　　　△　據韻會改。（朱）

觼　「臣鍇曰言其環形玦，詩曰觼軜，今俗呼觼舌。」
　　　△　韻會形下有象字。（朱）

－117－

卷　九

筤　「竹膚也，從竹，民聲。臣鍇曰竹青也。迷肥反。」〔朱筆於曰下增一筤字〕

△　肥改牝。

篸　「差也，從竹，參聲。曰今無復用此字。師今反。」

△　曰上疑有臣鍇字。（墨）

篁　「竹田，從竹，皇聲。按漢書皇竹之區。戶荒反。」〔朱筆於竹田下增也字〕

△　按漢書句說文無，應是楚金語。（墨）

籥　「書僮竹笘也，從竹，龠聲。」〔紫筆於笘字旁作笘〕

△　韻會作笘。（朱）

筮　「𢍰，古文巫字。臣鍇曰楚辭曰，帝告巫陽，有人在下，我欲輔之，魂魄離散，汝筮與之。」

◎　楚詞曰脫臣鍇曰三字。（朱）

笄　「臣鍇曰女子十五而笄，許嫁而笄也。其端刻雞形。吉弓反。」

△　弓改兮。（墨）

篣　「栝答也，從竹，夆聲。或曰盛箸籠。卷控反。」

◎　或下無曰字。（朱）

笭　「車笭也，從竹，令聲。一曰答籯也。」〔紫筆改答作笭，朱筆改籯作籯〕

◎　籯下無也字。（朱）

簧　「葛洪神仙傳，仙人王遙篋中取竹簧與人對鼓之也。戶篞反。」〔朱筆改篞作光〕

△　篞字譌。（墨）

筑　「以竹曲五絃之樂也，從竹從巩，巩持之也，竹亦聲。」〔朱筆添從於竹亦聲上〕

◎　朱筆添從字，不知何據，疑當刪。（朱）

簺　「行基相塞謂之簺，從竹塞，塞亦聲。」

〇　韻會作棊。（朱）〔言基字〕

篽　「謂於水邊作小屋落啗魚鳥，臣以爲篽禁苑之遮衛。」

△　鄗，韻會作鄗。（朱）

箕　「簸也，從竹，甘象形，下其丌也。」

△　從竹，𠀠象形。（朱）

𠥱　「皆古文。臣鍇曰象舌刑𦥑手時之。」

△　象舌句疑是象舌形兩手持之。（墨）

簸　「臣鍇按詩曰，惟南有箕，不可簸揚。布火切。」
　　　◎　切應作反。（朱）

工　「巧飾也，象人有規榘也，與巫同意。」
　　　○　韻會徐曰會意。（朱）

武　「臣鍇曰尙□百將承式規榘也。申力反。」〔紫筆於闕處補書字〕
　　　◎　韻會有書字。（朱）

巨　「臣鍇曰今猶音矩，指事。水許反。」〔朱筆於矩旁作炬，改永作求〕
　　　△　韻會作本獨音矩。（朱）

甚　「尤安樂也，從甘甘，匹耦也。」
　　　△　韻會作从甘匹。（朱）

鼓　「臣次立曰當從說文云鼓从賁省聲。」
　　　◎　鼓从賁下無省字。（朱）

豈　「臣鍇曰周禮師大捷獻愷作愷，今惜此爲詞也。丘里反。」
　　　△　韻會詞上有語字。（朱）

豐　「豆之豐滿者也，從豆，象形，一曰鄉飲酒有豐侯者，凡豐之屬皆從豐。
　　　臣鍇曰拜象豆中所盛也，禮豐豊禮音豐，從此。孚弓反。」〔紫筆改豐作
　　　豊〕
　　　○　韻會引說文豐，豆之豐滿者，从豆从豐，象形，一曰器名，鄉飲
　　　　　酒有豐矦，亦謂之廢禁。（朱）
　　　◎　音豐二字旁注。（朱）

豔　「好而長也，從豐，豐大也，盍聲。」〔朱筆改豐作豊〕
　　　△　韻會作好而美也。（朱）

虙　「臣鍇曰古者或用爲伏羲之伏字，又洛水之神曰虙妃。」
　　　○　以其能訓虙犧牲也。（朱）
　　　△　韻會伏字下有此八字。（朱）

虐　「殘也，從虎足反爪人也。」〔紫筆增虍於虎下〕
　　　◎　從下無虍字。（朱）

虡　「鐘鼓之柎也，飾爲猛獸，從虍，異象形其下足。」
　　　△　異象形其下足，韻會無其無足三字，今本無形字，按此當作異象
　　　　　其下足形。（朱）

鐻　「虡或從金，豦聲。」
　　　◎　金豦下無聲字。（朱）

盛　「黍稷在器中以祀者，從皿，成聲。」
　　　　△　黍稷在器中也，從皿成。（朱）

盥　「澡乎也，從臼水臨皿。春秋傳曰奉匜沃盥。」〔紫筆改乎作手〕
　　　　◎　澡下無乎字。（朱）

衉　「羊凝血也，從血，臽聲。」〔朱筆改臽作肜〕
　　　　○　韻會羊血凝也。（朱）

卷　十

丶　「臣鍇曰猶斲柱之柱。」〔朱筆改斲作點，二桂作挂〕
　　　　△　从韻會改。（朱）

主　「臣鍇曰即脂燭也，鐙瓦豆也。」
　　　　△　韻會鐙瓦豆上有按爾雅三字，此脫。（朱）
　　「令人作炷，蘭膏明燭華燈。拙庾反。」〔紫筆改令作今〕
　　　　△　蘭膏明燭華容備乃楚詞之文，此不言楚辭，上下亦有闕文焉。（朱）

鬯　「周人尚臭，灌用鬱鬯，㐅臼象中秬及鬱形。」
　　　　○　韻會無中字。（朱）

鬱　「臣鍇曰築舂也。周禮宗伯屬。」〔紫筆改舂作春〕
　　　　△　韻會舂也下有故从臼三字。（朱）

食　「一米也，從皀亼，或說亼皀也。」
　　　　○　韻會作亼聲，今本同。（朱）

餼　「晝食也，從食，象聲。式文反。」
　　　　△　文應作支。（朱）

餲　「臣鍇曰餲猶嗛也，又少也。速鹽反。」〔朱筆於速鹽旁作連鹽〕
　　　　△　鹽應作鹽。（墨）

餗　「臣鍇曰詩曰如食宜餗，於據反。」
　　　　△　橡改據。（墨）

餒　「飢也，從食，尻聲，讀若楚人言恚人。晏草反。」〔朱筆改尻作戹〕
　　　　△　草改革。（墨）

合　「臣鍇曰亼口合口也，會意。後闔反。」〔朱筆於闔旁作閤〕
　　　　○　韻會作亼口爲合。（朱）

匋　「臣鍇曰古者昆吾作匋，昆吾夏桀諸侯，後漢書南山有漢武舊陶，燒瓦
　　　處也。陶匋字從此，史篇讀與缶同。」〔朱筆於匋旁作匋〕

　　　　△　史篇讀與缶同，此六字許氏文也，今溷入傳，應从毛本改正，移
　　　　　　在臣鍇曰之上。（墨）

罃　「小口罌也，從缶，𡨄聲。」
　　　◎　𡨄下無聲字。（朱）

缸　「㽅也，從缶，工聲。臣鍇曰今謂鐙爲缸，本作此字。候邦反。」
　　　◎　韻會釭字下引說文唐人用銀釭字，徐曰俗謂鐙爲釭，作此缸字誤。
　　　　（朱）

矢　「臣鍇曰矢气直疾。」
　　　○　韻會引此作矢者直疾。（朱）
「今試言矢，則曰出气直而疾也。」
　　　○　又韻會引此句無曰字。（朱）

　「古文覃。」
　「篆文覃省。」
　　　◎　抄本一云，古文覃，存攷；篆文覃省，亦存攷。（墨）

麥　「臣鍇曰麥之言幕也，理之意夂若穗自後躐之也。」
　　　△　理當作埋。（朱）

麩　「臣鍇按劉熹釋名曰，麧麥曰麩，麩之言霶也。麧熟□壞。遣舉反。」
〔朱筆於闕處補麟〕
　　　◎　按劉熹，今釋名本俱作劉熙。（朱）
　　　○　韻會作麟。（朱）
　　　△　韻會有麟字。（朱）

夒　「臣鍇曰夂其手足。臣鍇曰爾雅之言也。稷夒從此。」
　　　○　韻會引此云夂斂其手足也，聲兼意。（朱）

韠　「韍也，所㠯蔽前，㠯韋，下廣二尺，上廣一尺，其頸五寸，一命緼韠，
　　　再命赤韠，從韋，畢聲。」
　　　△　韻會其頸五寸下作肩革帶博二寸，無一命二句。（朱）

韎　「茅蒐染韋也，一曰日韎，從韋，末聲。」
　　　○　韻會作一入。（朱）

韋　「古文弟，從古文韋省，丿聲。臣鍇曰丿音曳。」
　　　◎　古文弟，從韋省，古文韋聲。（朱）

久　「炙㥯疢從此。幾柳反。」〔朱筆改炙作灸羑〕
　　　◎　㥯字不从久，此㥯字或羑字之訛。（朱）

－121－

桀　「臣鍇曰周禮謂磔爲罷辜。」

　　　　○　　韻會作罷。（朱）

卷十一

木　「故木從屮，木之性，上枝旁引一尺，下根亦引一尺，故於丈末上下均
　　也。」

　　　　◎　　韻會於文木上下均也。（朱）

楷　「臣鍇按史記注，孔子卒，弟子各持其鄉上之樹來種，魯人世世無能名
　　其樹者，又曰孔子冢上多楷樹。」

　　　　△　　韻會作土。（朱）〔謂鄉上之上〕

梛　「臣鍇按爾雅楥柜柳，注曰未詳。」〔朱筆改楥作椴〕

　　　　△　　爾雅作楥柜柳。（墨）

樸　「臣鍇按書字揆木名也，尚書曰納于百揆，揆度也。」

　　　　△　　書字疑作字書。（朱）

檽　「或從㝱省。㝱，籀文㝱。」

　　　　◎　　籀文上下無㝱㝱二字。（朱）

楷　「注似棟細葉，葉新生可餉牛，材中車輞，關西呼杻子，一名土橿姜。」

　　　　○　　姜，此字旁注。（朱）

樧　「木也，從木，黏聲。臣鍇曰即今書杉字。所街切。」

　　　　△　　街應作銜。（墨）

櫄　「或從熏，臣鍇曰熏聲。」

　　　　◎　　或從熏下無臣鍇曰熏四字。（朱）

楛　「臣鍇按周禮，楛可爲矢，周武王克商，肅慎氏獻來楛矢、石砮。桓土
　　反。」

　　　　△　　韻會作來獻，砮作砮。（朱）

枌　「木也，從木，芬聲。」〔朱筆改芬作岕〕

　　　　○　　韻會作香木也。（朱）

楓　「木也厚葉弱枝，善搖，一名攝，從木，風聲。」

　　　　○　　無也字。（朱）

柜　「木也，從木，巨聲。臣鍇按爾雅楥柜柳，注未詳。」

　　　　○　　韻會作木名。（朱）

　　　　◎　　韻會徐曰柜柳也。（朱）

柠　「或從宁字。」

　　　○　王本無。（朱）〔謂字字〕

檵　「臣鍇按爾雅枸杞繼注，今枸杞也，已惠反。」〔朱筆改繼作檵〕

　　　△　爾雅作杞枸檵注今枸杞也。（墨）

　　　◎　爾雅下無枸字，杞檵下無注今枸杞四字。（朱）

枒　「左思吳都賦所謂枒葉無陰，又車軸會記車輪外輞也謂之牙。」

　　　△　韻會記下有所謂二字。（朱）

棟　「木也，從木，束聲。」

　　　△　束改柬。（墨）

柏　「臣鍇按爾雅柏椈注曰，禮記鬯臼以椈也。」

　　　△　禮雜記鬯臼以椈，謂以柏爲臼以擣鬱也。汲古閣爾雅疏脫臼字，
　　　　　引禮記曰鬯以椈，孔氏爾雅有臼字，與石經同。（墨）

某　「酸果，從木甘闕。」

　　　◎　從下無木字。（朱）

琹　「槎識也，從木，秖聲，闕。」

　　　○　韻會無聲字。（朱）

槙　「木也，從木，眞聲。」

　　　△　韻會作木頂也。（朱）

枎　「枎疏曰布也，從木，夫聲。」〔紫筆改曰作四〕

　　　◎　枎下無疏字。（朱）

構　「臣鍇曰盖凡盖皆名也。」

　　　○　韻會無此盖字。（朱）

櫳　「臣鍇曰疏即窻也，櫳者言若禽獸之籠然。」

　　　○　韻會作若鳥獸之籠也。（朱）

梱　「梱猶欥也，欥如也，謂人物出入多觸扣之也。」〔朱筆改如作扣〕

　　　△　从韻會改扣。（朱）

橦　「帳極也，從木，童聲。臣鍇曰亦謂旌旗之幹也。」

　　　◎　韻會引此作帳柱也，从木，童聲，徐曰亦謂旌旗之幹。（朱）

牀　「春秋左傳曰，蓮子馮諰病掘地下冰而牀焉，至今恭坐則榻也。」

　　　△　韻會亦作今，惟今本作于。（紫）

杵　「臣以爲午者直舂之意，此當從言午，午亦聲，無亦字，脫誤也。嗔仲
　　　反。」〔朱筆從言二字乙之，且於仲旁作伍〕

　　　　△　　仲應作佇。（墨）

楪　「臣鍇曰扢戞摩之也，此即斗斛量楪也。」

　　　　△　　韻會扢从手作扢。（朱）

枓　「臣鍇按字書，料斗有柄，所以斟木。」

　　　　△　　韻會作木有柄。（朱）

欙　「龜目酒樽，刻木作雲雷象，象施不窮也。」

　　　　◎　　象字不重。（朱）

槌　「關東謂之槌，關西謂之持，從木，追聲。」

　　　　△　　關西謂之持，韻會作持，毛本作持，韻會小補作植，此依毛本改。
　　　　　　（朱）

梲　「木杖也，從木，兌聲。他活切，又之說切。」

　　　　◎　　切應作反。（朱）

柿　「削木札樸也，從木，宋聲。陳楚謂之札枇。臣鍇曰札即木牘也，後漢
　　書方術楊方傳云，風吹札□是也。」〔紫筆改方作由，札□作札柿，墨筆改
　　枇作柿，朱筆於宋旁作朮，枇作柿，□作柿〕

　　　　◯　　韻會市聲。（朱）

　　　　△　　韻會作札柿。（朱）

　　　　△　　後漢書方技楊由傳。風吹削哺，賢注哺當作柿，音孚廢反。顏氏
　　　　家訓削則札也。據此，則札柿當作削哺，然觀鍇所引即札柿，
　　　　取其易解，非有悮也。（紫）

木部末

　　　　△　　韻會棊字條下，說文博棊，从木，其聲。徐曰其者，方正之名，
　　　　古通謂博奕之子爲棊，故樗蒲之子用木爲之。（朱）

　　　　△　　此部較說文共缺八十一字。（紫）

楚　「臣鍇曰荊性亦叢生聲。謝朓詩曰平楚正蒼然。」〔朱筆改聲作齊〕

　　　　◎　　按叢生聲，聲字疑悮，或有闕文焉。（朱）

卷十二

叒　「日初出東方暘谷所登榑桑木也，象形。」

　　　　△　　桑下毛本有叒字。（墨）

之　「出也，象艸過屮枝莖屬大有所之，一者地也。」

　　　　◯　　韻會作枝莖漸益大。（朱）

𠦬　「臣鍇曰𠦬字𠦬盛四散之皃，故𢶡𠦬聲相近，穌各反。」

△　四散之皃，皃字疑皃字之訛。穌各反亦疑譌。（墨）

乇　「草葉也，穗上貫下有根，象形字。」

△　穗上脫从垂二字，下上脫一。一字各本皆有，應增。（墨）

𠂹　「臣鍇曰從人人入入，皆葉之低垂也，非出入之字。」

△　與人字不同，人人人人。（朱）

𩏂　「臣鍇曰華葉之盛也，故曰棠棣之華，鄂不𩏂𩏂，于鬼反。」

○　盛也從㩻韋聲。（紫）詩曰萼不𩏂𩏂。（朱）

㝌　「巢高則易傾覆也，韓讀曰□□託於葦茗，折而巢覆也。」〔朱筆改讀作詩，茗作苕〕

△　空格疑鷦鷯。（墨）

囚　「擊也，從口，人在口，似求反。」〔紫筆改擊作繫，朱筆增中字於人在口下〕

△　王無中字。（朱）

固　「淮南子謂九州之險爲九州之塞，大汾也，黽阸也，荊阮也，方城也，殽阪也，井陘也，令庇也，句注也，居庸也。」

△　韻會作皖。（朱）〔謂阮字〕

貝　「海介蟲也，居陸名猋，在水名蜬，象形也。古者貨貝而寶龜，周而有泉，到秦廢貝行錢也，凡貝之屬皆從貝。」

△　猋韻會作賆，古者以下十八字俱作徐鍇語。（朱）

貨　「臣鍇曰可以交易曰貨化質也。」

△　韻會徐曰貨化也。（朱）

賸　「以物相增加也，從貝，朕聲。一曰送也副也。」

○　韻會無以字。（朱）

贛　「臣鍇曰故端木賜字子贛也。」

○　韻會作端木賜故字子贛也。（朱）

賚　「周書賚爾秬鬯也。臣鍇曰天下罔不欣賴也。」

◎　鬯下無也字。（朱）

賴　「贏也，從具，刺□聲。」

△　韻會作从貝刺省聲，誤也。（朱）

負　「會意，得岳反。」〔朱筆改得岳作復缶〕

△　岳改缶。（墨）

質　「以物相贅，從貝，所聲。」

　　　△　从貝所闕，闕字誤聲。（墨）

賤　「賈少也，從貝，戔聲。臣鍇曰賤之言賤輕也。」

　　　△　韻會作踐輕也。（朱）

酇　「五酇為都，五百家也，五鄙為縣，二千五百家也。」

　　　△　據周禮改鄙。（墨）〔謂都字〕

郛　「郛郭也，郛猶衭也，草木華房為樹，在外苞裹之也。」

　　　△　衭改柎，下樹改柎。（墨）

郪　「臣鍇按今讀書多作萴字，古諸反。」〔朱筆改讀作諸〕

　　　△　萴應作薊。（墨）

　　　△　古諸反應作古詣。（墨）

邿　「臣鍇按顏之推家部本音奇。」

　　　△　家訓訛家部。（墨）

扈　「夏后同姓所封，戰于甘者在酆有扈國也，有甘亭。」〔紫筆改酆作鄠〕

　　　△　按毛本及古本說文皆作在鄠有扈谷甘亭。（墨）

郃　「在馮翊郃陽縣，從邑，合聲。」〔朱筆於郃旁作部〕

　　　◎　郃部皆訛，當作部。（朱）

郖　「河東聞喜邑，從邑，虔聲。其延反。」

　　　△　郖字注聞喜邑，古本及毛本皆作聞喜聚。（墨）

鄢　「在郾犍為縣，從邑，馬聲。」〔紫筆於在旁作郁〕

　　　△　鄢字注，毛本作郁鄢犍為縣，古本說文作郁鄢，○郁之與郁，傳寫偶訛，鄢字則各本皆同，應改。（墨）

郫　「城名也，從邑，包聲。伯茅反。」

　　　△　郫字注，諸本皆作地名，此作城名應改。（墨）

耒　「今桂陽耒陽，從邑，耒聲。臣鍇按字書，縣有郴水下入郴也。魯會反。」

　　　△　耒陽下脫縣字，郴水改涞水，各本同。（墨）

邛　「邛地在濟陰縣，從邑，工聲。」

　　　○　韻會地名在濟陰。（朱）

郕　「杜預闕之也，故杜預云秦地，此云鄭地，傳寫誤。」

　　　○　王無此字。（朱）〔謂故字〕

邿　「春秋傳曰取邿下。」

　　　△　韻會無下字。（紫）

鄿　「下邑也，從邑，蓳聲。」

△　酇字注，各本皆作魯下邑，此脫魯字。（墨）

郲　「齊地也，從邑，來聲。此誤反。」

　　△　此誤反改此詰反。（墨）

郣　「郣地，從邑，孛聲。」

　　△　今本郣下有海字，未知是否。（紫）

　　△　古本說文亦有海字。（墨）

鄉　「臣鍇曰當許慎其時音皀音香。」

　　○　王無此字。（朱）〔謂音皀之音字〕

卷十三

日　「實也，太陽之精不虧，從口一，凡日之屬皆從日。」〔朱筆於一下添象形二字〕

　　△　據韻會添。（朱）

暴　「姦諂之人，競溼穀以要利，然則將糶必先日暴之也。」

　　○　韻會無然則二字，（朱）

曬　「色介反，暴也，從日，麗聲。所智反。」

　　△　所智反三字衍，色介反三字錯寫在上文。（墨）

昔　「指事。思益反。」〔朱筆於思旁作忍〕

　　△　朱筆忍字悮。（朱）

倝　「闕，且從三日在𠦝中。臣鍇按李陽冰云，從三日且在於中，蓋籀文許慎闕義，且字下後人加，同上反。」〔朱筆改且作旦，改於作𣃸〕

　　△　同上反，反字衍文。（墨）

𣃸　「故有九斿士斿，象其兩斿皆下垂，從風偃蹇透迤之狀。」

　　△　士應作七。（墨）

旂　「臣鍇按周禮注，龜蛇象其扞難辟害也。」

　　△　韻會引徐語與此小異，今錄于旁。（朱）

　　○　龜有甲象其捍難，蛇無甲見人避，象其辟害也。（朱）

旝　「詩曰其旝如林，臣鍇按諸書旝旌旗也，唯許慎言，潘岳閑居賦謂之駁。古最反。」

　　△　韻會旝旌旗也下引詩云云，此悮以鍇語為慎語也（朱）

　　△　駁，韻會作駁。（朱）

斾　「注謂以□練為斾，因其文章不復畫也。遮延反。」

　　　△　練上是帛字，从爾雅注帛練爲旒，爾雅各本皆然，此訛旒爲旃。（墨）

遊　「古文游。」

　　　◎　古文游，朱本闕。（朱）

旋　「故放㐱爲旋，人足隨旌旗也。」

　　　△　旗下脫以周旋三字，各本皆有，今增。（墨）

旅　「軍之五百人，從㐱，從从。旅俱也，故從从。」〔朱筆改旅作从〕

　　　△　百人下脫爲旅二字，下文从字又訛旅，據各本改。（墨）

族　「矢鋒也，束之旅旅也，从㐱从矢，昨木切。」

　　　◎　切當作反，此族字朱本闕。（朱）

甌　「左傳曰一人門于句鼆是也。」

　　　△　鼆，左傳作甌。（墨）

脄　「臣鍇曰本無聲字，有者誤也，刻海反。」〔朱筆於刻旁作剖〕

　　　△　海應作悔。（墨）

霸　「齊桓晉文之類，雖音霸，猶作伯字爾，後人作字。」

　　　△　後人作下脫霸字。（墨）

冏　「古文從日，臣鍇曰丌古其字。」

　　　○　此是古文期字，應歸□□內。（朱）

期　「會也，从月，勘聲。渠之切」〔朱筆改勘作其〕

　　　○　韻會期字下引此條从月其聲句下，徐曰日行遲月行疾，似與日期會也。（朱）

　　　◎　期字，朱本闕。（朱）

𣎵　「翌也，从朙，亡聲。呼光切。」

　　　◎　𣎵字，朱本闕。（朱）

夕　「暮也，從月半見，凡夕之屬皆從夕。」

　　　○　韻會無見字。（朱）

夜　「舍也，天下休舍，從夕，亦省。羊舍反。」

　　　○　韻會亦省聲。（朱）

佅　「□□□□」

　　　○　亦古文。（紫）

　　　◎　佅字，朱本闕。（朱）

貫　「錢貝之貫，從毋，貝聲。」

　　　○　韻會無聲字。（朱）

丂　「嘾也，草木之華未發，凡丂之屬皆從丂。」

　　△　脫甹然象形四字，今增。（墨）

丂部末

　　△　此無丂字并注。（朱）

㚒　「籀文。」

　　◎　㚒字，朱本闕。

棗　「羊棗也，從重束聲。」

　　○　韻會無聲字。（朱）

牖　「故云甫聲也。古有一室一窗一戶也。」

　　△　韻會有作者。（朱）

　　△　韻會窗作牖。（朱）

鼏　「以木橫貫鼎耳舉之，從鼎，冂聲。民的反。」

　　△　從鼎冂聲下，許慎尚有周禮廟門容大鼏七箇，即易玉鉉大吉也十
　　　　六字，係傳脫。（墨）

克　「肩也，象屋下刻木之形，凡克之屬皆從克。臣鍇曰肩者任也。尚書曰
　　朕不肩好貨，不委任好貨也，任者又負荷之名也。懍黑反。」

　　○　韻會與肩膊義通，故此字下亦微象肩字之上也，能勝此物謂之克
　　　　也。（朱）

禾　「得時之中和，故謂之禾也，禾木王而生，金王而死。」

　　△　謂之禾也下脫禾木也三字，各本皆有，玩鍇傳亦應增。（墨）

「麥金也，故麥秋生夏死，火王而死也，薺水也。戶哥反。」

　　◎　薺水也下當有脫簡。（朱）

稼　「禾之秀實為稼，莖節為禾，從禾家聲。稼家也。」〔朱筆增一曰二字於聲
　　下〕

　　△　稼家也，古本作稼家事也。（墨）

稙　「早穜也，從禾，直聲。詩曰稙稚菽麥。常職切。」

種　「先種後熟也，從禾，重聲。直容切。」

　　◎　稙種二字，朱本闕。（朱）

秜　「臣鍇曰黏者柔懦也，尤者象其休柔撓八其米也。」

　　△　韻會作其體柔撓。（朱）

□　「□□□□」

　　○　𥝆，秜或省禾。（紫）

◎　，朱本闕。（朱）

秔　「稻也，從禾，亢聲。」

○　韻會作稻屬。（朱）

𥝩　「禾成秀，從禾，𢊁聲。春秋傳曰是穮是衮。甫嬌切。」

○　韻會無聲字。（朱）

穮　「耕禾間也，从禾，𢊁聲。春秋傳曰是穮是衮。甫嬌切。」

◎　穮字，朱本闕。（朱）

稞　「穀之善者，從禾，果聲。臣鍇曰今人言稞，會聲若裏。」〔紫筆圈去會聲若裏四字〕

△　四字因稽字注而悞。（紫）

稾　「臣鍇曰比于桿又彌𪓔乩，古之時罪者□稾飲水也。」

○　韻會作浼。（朱）〔謂比字〕

○　韻會作亂。（朱）〔謂乩字〕

△　韻會有席字。（朱）〔謂古之時罪者下之闕字〕

稔　「穀熟也，從禾，念聲。春秋傳曰不五稔是。臣鍇按春秋傳曰五稔惡之日也，言積惡成熟也。」〔朱筆於春秋傳曰下添鮮字〕

△　王本有鮮字。（朱）

△　王本臣鍇按春秋傳曰昆吾稔惡之日也。（朱）

稱穌稍龝[illegible][illegible]秦𥢶秏程

△　此下有闕文。（紫）

△　韻會徐曰周禮謂群臣之祿食爲稍食，稍稍給之也。（朱）〔此接「禾，肖聲」之下，釋稍字也〕

◎　銖，故謂程品皆從禾。臣鍇曰此又去聲，即權衡之稱，故曰銓也。夏至，日極北，故曰晷。景可度，禾有秀實，則芒生。芒，秒也。秋萬物成定之時，物皆揫縮，故曰秒。定律皆以分寸數十二秒爲一分長短也。齒仍反。（朱）〔接稱字「十二分爲一」下至「長短也齒仍反」間之缺也〕

◎　程，程品也，十髮爲程，一程爲分，十分爲。（朱）〔此者接程字訓解之闕〕

稯　「布之八十縷，從禾，㚇聲。臣鍇曰此即十筥稯也。」

△　韻會稯字下云案說文稯布八十縷，徐鍇正之曰此即十筥稯也，盖言非八十縷布也，諸韻書皆釋爲八十縷布，誤也。（朱）

秏　　「從二禾聲。臣鍇曰適者宜也。」

　　　　△　　此注脫十四字。（紫）

　　　　○　　稀疏適也，從二禾，凡秏之屬皆從秏，讀若歷。（朱）

䴽　　「黍屬，从黍，卑聲。并弭切。」

黏　　「相著也，从黍，占聲。如廉切。」

　　　　◎　　䴽黏二字，朱本闕。（朱）

䵒　　「从黍，尼聲。敕其反。」

　　　　◎　　䵒字，朱本闕。（朱）

釋　　「臣鍇曰釋猶散也，漢書曰振兵釋旅，振整也。」

　　　　△　　釋釋叟叟，從米，注引釋字似誤。（朱）

糳　　「臣鍇按爾雅，飯中有胜米曰糳，胜先定反。」

　　　　△　　胜，爾雅作腥，音星。（朱）

麋　　「糝也，從米，麻聲。臣鍇曰麋即粥。羮及反。」〔朱筆於羮及旁作美皮〕

　　　　△　　羮及反誤，一本作眠皮反。（墨）

糗　　「熬米麥也，从米，臭聲。去九切。」

　　　　△　　徐曰熷乾米麥也。（朱）

臬　　「舂糗也，从米臼。其九切。」

　　　　◎　　糗臬二字，朱本闕。（朱）

糶　　「穀也，从米，翟聲。他吊切。」

　　　　◎　　糶字闕。（朱）

臽　　「臣鍇曰會意也，杵何下取之也。」

　　　　○　　韻會作抒向下取之也。（朱）

臽　　「小阱也，從此。寒蘸反。」〔朱筆改阱作阱，圈去從此二字〕

　　　　△　　從此上疑有缺文，蓋陷諂之類音近臽者皆從此也。（紫）

　　　　○　　從人在臼上。（紫）舂地坎可臽人。臣鍇按若今人作穴以臽虎也，
　　　　　　　　會意。陷萏唅從此。（朱）

凶　　「惡也，象地穿交陷其中，凡凶之屬皆從□□□不可居，象地之塹也。
　　　　惡可以陷人也，易□□也。吁封反。」〔從下，紫筆補從凶臣鍇曰惡六字，
　　　　易下，朱筆補易曰入坎窞凶六字。〕

　　　　△　　從凶下據韻會補。（紫）

兇　　「擾恐也，從人在凶下，會意。」

　　　　△　　兇，韻會引此注有眾亂而懼也五字。（朱）

枲　「麻子也，從朮台者，從辭省聲。」

　　○　韻會从木，辝省聲。（朱）

𣏟　「葩之惣名也，𣏟之爲言微也，微纖爲切象形，凡麻之屬皆從麻。臣鍇
　　曰葩即麻也，猶言派也，派亦水分微也，匹賣反。」〔紫筆改麻作𣏟〕

　　△　𣏟字，今本說文爲部首，據許氏所說，則此本傳寫悞也。（紫）

　　△　𣏟當另起。（朱）

朮部末

　　△　今本此下有𣐕字及注。（墨）

麻部末

　　△　此下缺𪓆𪓾二字及注。（墨）

𪓆　「未練治繀也，从麻，後聲。臣鉉等曰後非聲，疑復字誤，當从復省乃
　　得聲。空谷切。」

𪓾　「麻藍也，从麻，取聲。側鳩切。」〔此二篆書于說文解字通釋卷第十三之末
　　當後加者〕

　　△　此二字似從今本說文鈔出，當在此頁前第七行。（紫）

　　◎　此二字，朱本無。（朱）

卷十四

尗　「豆也，象尗豆生形，凡尗之屬皆從尗。臣鍇曰尗也，故春秋穀梁傳曰
　　齊桓公伐山戎，出其山葱敘菽是也。式六反。」

　　○　韻會作从尗生形。（朱）

　　○　徐曰豆性引蔓，故从丨有歧枝，非從上下之上也，故曰從尗生形，
　　　　川象根也。（朱）

韭　「臣鍇曰一地也，故曰與帯同意，韭刈之復生也，象形。」

　　○　韻會復生下有異于常艸故自爲字八字。（朱）

向　「北出牖也，從口從宀。詩文反。」〔紫筆改詩文作許丈〕

　　△　依韻會補。（朱）

　　○　詩曰塞向瑾戶，臣鍇按塞向，避北風也。牖所以通人氣，故從口
　　　　會意。（朱）

宷　「臣鍇曰宛深也，故從采，古審字也。人所居，故從宀，會意也。乙告
　　反。」

　　○　韻會作作采。（朱）〔謂宷字〕

　　　　　○　韻會有俗作奧三字。（朱）

宊　「屋宇也，從宀辰。」

　　　　　○　辰下，會有聲字。（朱）

宋　「無人聲，從宀，未聲。前歷反。」

　　　　　○　韻會徐曰此宋寞字，今人作寂。（朱）

　　　　　◎　宋字，朱本闕。（朱）

容　「盛也，從宀，谷聲。」

　　　　　○　韻會从宀从谷。（朱）

寫　「置物也，從宀，舄聲。悉也切。」

宵　「夜也，從宀宀下宀也省聲。相邀切。」

宿　「止也，從宀，佰聲，佰古文夙。息逐切。」

　　　　　◎　切應作反。（朱）

害　　△　此下有索字。（紫）

㝵　「亦古文宄」

　　　　　◎　㝵字，朱本闕。（朱）

宋　「居也，從宀，木聲。」

　　　　　○　韻會無聲字。（朱）

窨　「臣鍇曰今書京謂地窖臧酒爲窨。乙沁反。」

　　　　　◎　韻會無書京二字。（朱）

竈　「炊竈也，从穴，黿省聲，則到切。」

　　　　　◎　竈字，朱本闕。（朱）

竈　「或不省作。臣鍇曰竈，子兵反。」

　　　　　△　子兵應作子奧。（墨）

寮　「穿也，从穴，尞聲。論語有公伯寮。洛蕭切。」

　　　　　◎　寮字，朱本闕。（朱）

空　△此下當有窠字。（紫）

窠　「一曰鳥巢也，一曰在穴曰窠，在樹曰巢。」

　　　　　○　此二字韻會無。（朱）〔謂一曰二字〕

窌　「臣鍇按周禮書地窖字從此。」

　　　　　△　韻會徐按周禮囷窌倉城逆牆六分，今作窖。（朱）

窣　「臣鍇按魯靈光殿賦曰緣房紫的窣吒垂珠也。」〔朱筆改緣作綠〕

　　　　　△　的窣吒，賦作菂窊窡，當載窊下。（朱）

突　「臣鍇曰犬匿子穴中狛人，人不意之，突然而出也。」
　　　○　韻會作于。（朱）〔謂子字〕
　　　○　韻會作伺。（朱）〔謂狛字〕
窔　「窅窔深篠貌，從穴，交聲。」
　　　○　韻會作窅窔深也。（朱）
究　「窮也，從穴，九聲，己又反。」
　　　△　依韻會補。（朱）
　　　○　徐曰九亦究極之意，當言九亦聲。（朱）
寤　「寐覺而省信曰寤，从夢省，吾聲。一曰晝見而夜夢也。五故切。」
　　　◎　切應作反。（朱）
寱　「臥驚也，一曰小兒號寱寱，一曰河內相評也，从寢省从言。火滑切。」
　　　◎　寱字，朱本闕。（朱）
疾　「病也，从疒，矢聲。慈悉反。」
　　　△　徐曰病來急，故从矢。矢，急疾也。（朱）
痛　「病也，从疒，甫聲。詩曰我僕痛矣。普胡切。」
瘒　「□□□」
瘵　「□□□」
　　　◎　痛瘒瘵三字，朱本闕。（朱）
瘍　「目病，一曰惡气箸身也，一曰蝕創，从疒，馬聲。莫駕切。」
　　　◎　瘍字，朱本闕。（朱）
瘖　「不能言也，从疒，音聲。於今切。」
　　　◎　瘖字闕。（朱）
託　「从几，託聲。丁故反。尊酒爵也，从几，託聲。周書曰王三宿三祭三
　　　託，當故切。」
　　　△　尊酒爵以下，非繫傳之文，傳寫者以今本說文補之。（紫）朱本無。
　　　　　（朱）
　　　△　依韻會增。（朱）
　　　○　徐曰奠置也，言三進三祭三醆，置爵于地也。爵有冪几冒之也，
　　　　　今文尚書作咤。（朱）
冂　「从几，一聲，莫保反。重覆也，从几一，凡冂之屬皆从冂，讀若艸莓
　　　之莓。」
　　　△　重覆以下，說與上同，皆後人所補。（紫）朱本無。（朱）

冡　　「覆也，从冂从豕。臣鍇曰幪幪字从此。莫公反。」
　　　　○　韻會引此爲地高起差有所包也八字。（朱）

冕　　「臣鍇曰冕冠上加之也，長六寸，前狹圓，後廣方，朱緣塗之，前後邃
　　　　延，斿其前垂珠也。」
　　　　◎　後，韻會作上。（朱）
　　　　◎　斿當作遊。（朱）

冒　　「冡而前也，从冃，目聲。」
　　　　◎　韻會作从冃目。（朱）

最　　「犯取又曰會，從冃，取聲。」
　　　　○　韻會作犯取也。（朱）

网　　「再也，从冂阙，易曰參天网地，凡网之屬皆從网。」
　　　　◎　韻會从冂从从，徐曰从二入也。（朱）

罔　　「网或加亡，臣鍇曰亡聲。」
　　　　△　韻會从网亡聲。（朱）

纙　　「臣鍇曰今人多作窈字。迥茜反。」
　　　　○　韻會作古注反，此迥字疑迴字之訛。（朱）

罻　　「魚网，从网，𡨄聲。臣鍇曰今謂織反爲罻。居例反。」〔朱筆於例旁作
　　　倒〕
　　　　◎　朱本倒字誤，此例字是也，不必錄。（朱）

罬　　「捕魚覆車也，从网，叕聲。」
　　　　○　韻會作鳥。（朱）

置　　「赦也，从网，直聲。从直，與罷同意，非聲。臣鍇曰亦會意，置之則
　　　　去之也。竹記反。」
　　　　◎　臣鍇曰三字當在从直之上，觀非聲二字可見。今本以爲鍇語是也，
　　　　　　韻會亦誤。（朱）

霚　　「□□□□」〔此爲霚字之或體〕
　　　　○　或從雨。（紫）
　　　　◎　霚字，朱本闕。（朱）

巾　　「佩巾也，从冂，丨象系也。己申反。」
　　　　○　凡巾之屬皆從巾。（朱）

帥　　「佩巾也，从巾自。取律切。」
　　　　◎　帥字闕。（朱）

帤 「巾帤也，从巾，如聲也，一曰幣布是。」
　　○　韻會作幣巾。（朱）

幓 「臣鍇曰今謂之袜，亦相複之屬也。」
　　△　相字應作袒。（墨）

幕 「帷在上曰幕，按爾雅从巾莫聲。門落反。」
　　△　从韻會補。（紫）〔紫筆補覆食案亦曰幕六字於从巾上，朱筆點去按爾雅三
　　　　字，補臣鍇按爾雅幕暮也八字於莫聲下〕

幡 「从巾，番聲。臣鍇曰。分軒反。」
　　△　从韻會補。（墨）〔墨筆補之作書兒拭觚布，从巾，番聲。臣鍇曰觚八稜木
　　　　於上學書書已以布拭之，又晉人云不見酒家審布乎用久則爛，分軒反〕

幒 「馬纏鑣扇汗也，从巾，賈聲。」
　　◎　朱本賈下無聲字。（朱）

布 「枲織曰布，从巾，父聲。」
　　○　韻會作枲織也。（朱）

幏 「枲帬蠻夷賨布也，从巾，家聲。」
　　△　枲帬，韻會作枲屬。（朱）
　　△　王本枲郡作南郡。（朱）

帓 「鬃布也，一曰車上衡衣，从巾，敄聲，讀若瑣。莫下切。」
　　◎　帓字，朱本闕。（朱）

韐 「或从韋。」
　　◎　韐字闕。（朱）

白 「西方色，陰用事物色，从入合二，二陰數，凡白之屬皆从白。臣鍇曰
　　物入陰色剝爲白。陪陌反。」
　　△　韻會色下有白字。（朱）〔韻會作物色白〕
　　◎　朱本無从入以下十四字。（朱）

卷十四末
　　△　當補帥帬二部。

卷十五
𣇍 「古文伊，从死，死亦聲。臣鍇曰古文死字。」
　　△　𣇍，古文伊，从古文死。（朱）

僤 「病也，从人，單聲。」

　　　　○　　韻會作疾也。（朱）

倜　「武皃，从人間，詩曰琴兮瑟兮。」

　　　　○　　韻會作倜聲。（朱）

偏　「熾盛也，从人，扇聲，詩曰豔方熾。」

　　　　△　　韻會作豔妻偏方處，與今本同。（朱）

儹　「□也，从人，贊聲。作管切。」〔紫筆於缺處補最字〕

　　　　○　　當作反。（朱）

付　「予也，从寸持物以對人曰付子也，會意。方娶反。」〔朱筆於曰上補臣鍇二字〕

　　　　△　　對人曰付下，韻會無予也二字，韻會小補對人下，作徐曰又手也，會意。（朱）

傛　「俠也，从人，甹聲。臣鍇曰□□也。篇丁反。」

　　　　△　　從韻會添任俠二字。（朱）

僅　「臣鍇曰僅能如此，是財能如此，則纔才裁皆財借為□如字。」〔朱筆改如字之如作始〕

　　　　△　　韻會作僅能是財也，才財皆借為纔字。（朱）

代　「臣鍇曰迭代也，弋音近特，故得以戈為聲也。」

　　　　△　　韻會作故得以弋為聲也。（朱）

倪　「譬論也，一曰聞見。从人，見聲。」

　　　　◎　　韻會作譬諭。（朱）

俗　「臣鍇曰俗之言續也，傳相習也。夕燭反。」

　　　　△　　韻會傳相習也下有上行下效謂之風，眾心安定謂之俗二句。（朱）

但　「袒也，从人，且聲。以虛反。」

　　　　◎　　袒，廣韻作拙。（朱）

只　「情也，从人，只聲。引義反。」

　　　　△　　情也，韻會作惰也，與今本同。（朱）

催　「臣鍇曰擣相迫蹙也。」

　　　　○　　韻會作擣謂相迫蹙也。（朱）

像　「象也，从人象，讀若養子之養。」

　　　　○　　韻會作似也。（朱）

　　「楚辭曰像設君室靜閑，安似而設之也。」

　　　　△　　韻會有謂字。（朱）

「又韓子曰象南方之大獸，中國人不識，但見其畫，故言圖寫似之為象。
　似獎反。」
　　△　韓子云云乃象字注，與此可涉。（朱）
卬　「詩曰高山仰止，曰此匕亦傾首望也，卩亦庶也。」
　　△　曰字上脫臣鍇二字，前後多此類，以乁記之。（紫）
怭　「慎也，从比，必聲。周書曰無怭于卹。兵媚切。」
　　◎　怭字，朱本闕。（朱）
眾　「多也，从乑从目，目眾意。」
　　○　韻會作目亦眾意。（朱）
聚　「臣鍇按漢地理有鄉有聚。寂煦反。」
　　△　地理下當有志字。（朱）
臮　「古文臮」
　　◎　古文臮，朱本闕。（朱）
壬　「臣鍇曰人士□□□一曰所言則从士。他挺反。」
　　○　徐鉉曰人在土上當作壬。（朱）
徵　「召也，从壬，微省。壬為徵於微而文達者即徵也。」
　　○　韻會作聞達者。（朱）

卷十六

袞　「一龍幡阿上卿，从衣，公聲。」
　　△　上卿，韻會作上向。（朱）
褕　「一曰道裾謂之襜。」
　　△　道作直。（朱）
　　「搖狄皆刻而畫，闕狄亦刻而不畫。」
　　△　亦作赤。（朱）
袗　「鄒陽書曰趙人袗服叢臺之下。」
　　△　袗服作袨服。（朱）
襏　「□領，从衣，匽聲。」
　　△　襏作樞。（朱）
袵　「衣裣，从衣，壬聲。而沈反。」
　　△　裣作衿。（朱）
　　△　說文襩下接袵，此多褌襠二字。（朱）

褸　　△說文褸下有裂，此無。（朱）

襲　　「左衽袍，从衣，龍省聲。臣鍇曰衣一襲謂單複稱其也。似集反。」

　　　　△　龍作龖。（朱）

　　　　△　其作具。（朱）

襘　　「臣鍇按楚辭曰襠金襘于禮浦。」〔朱筆於金旁作余〕

　　　　△　禮作澧。（朱）

褧　　「檾也，詩曰衣錦褧兮，反右。」

　　　　△　兮作衣。（朱）

襤　　「裯謂之襤褸襤無緣，从衣，藍聲。」

　　　　△　襤褸下無襤字。（朱）

袪　　「一曰袪襃也，襃者襃也。」

　　　　△　襃作裏。（朱）

襃　　「袂，从衣，采聲。仍又反。」

　　　　△　采作采。（朱）

袂　　「袂，从衣，夬聲。弭例反。」

　　　　△　無袂字。（朱）快改袖。（墨）

褎　　「袖一曰藏，从衣，鬼聲。戶乖反。」

　　　　△　袖一作褎一。（朱）

褢　　「俠也，从衣，褢聲。一曰橐。臣鍇等曰眔非聲，未詳。」

　　　　△　褢作眔，鍇作鉉。（朱）

袉　　「裾也，从衣，它聲。」

　　　　△　裾作裙誤。（朱）

袠　　「博裾，从衣，□聲。」

　　　　△　从衣下有枲字。（朱）

複　　「重衣，從衣，复聲。曰褚衣。芳郁反。」

　　　　△　复聲下有一字。（朱）

襛　　「衣厚皃，从衣，農聲。詩曰何彼襛兮。」

　　　　△　兮，韻會作矣，朱本亦作矣。（朱）

　　　　「臣鍇按詩傳襛〃猶戎〃。」

　　　　○　韻會引此句作襛猶〃也。（朱）

移　　「衣張，从衣，多聲。春秋傳曰公會齊侯于移。臣鍇曰禮言大夫移袂，
　　　謂其袂張天，公會齊侯于移，地名。昌婢反。」

　　△　衣張作衣裾。（朱）

　　△　天作大，移作袳。（朱）

袁　「長衣皃，从衣，叀省聲。」

　　△　叀作曺。（朱）

裋　「短衣，从衣，鳥聲。春秋傳曰有空裋。臣鍇曰今春秋傳無此言，疑注
　　誤也，覩祧丁。了一反。」

　　△　裋作裋。（朱）

　　△　一作二。（朱）

襦　　△　襦下，此多褍字。（朱）〔褍褋也，从衣，耑聲。詩曰載衣之褍。他計反。〕

袷　「史記匈奴傳腸單衣袷。」

　　△　腸作賜。（朱）

襌　「漢書盖寬饒斷其襌衣，皆俗皆借單字，得于反。」

　　△　皆作今。（朱）于作干。（墨）〔皆俗作今俗〕

袇　「日日所常衣，从衣从日，亦亦聲。」

　　△　亦亦聲作亦日聲。（朱）

褻　「私服，从衣，埶聲。詩曰是褻袢也。臣鍇曰埶音午世反。」

　　△　埶作埶。（朱）

衵　「衽，从衣，熨聲。臣鍇曰春秋傳曰裛之以立縹。迂胃反。」

　　△　熨下無聲字。（朱）

　　△　裛字在此。（朱）

襞　「襞得叠衣也，故禮注謂私褶爲襞積也。」

　　△　得作摺。（朱）

　　○　韻會作摺。（朱）

　　△　私作裙。（朱）

　　○　韻會作裙。（朱）

袈　「臣鍇曰裟猶言帛□也。女如反。」

　　△　帛下有臭字。（朱）

褾　「臣鍇按爾雅黹紑也，臣以爲即今刺綉。眂雉反。」〔朱筆於眂旁作胝〕

　　△　紑作紩。（朱）

褫　「奪衣，从衣，虒聲。讀若也。」

　　△　也作池。（朱）

襛　「臣鍇按爾雅曰衱衣上衽于帶謂之襛。」

　　　　△　　韻會作扱。（朱）〔謂扱字〕

褔　「編枲衣，从衣，區聲。一曰頭褔，一曰次裏衣。臣鍇曰編麻爲衣也。
　　　次音疾延反，今小兒次衣，宛撫反。」
　　　◎　　次當作次。（朱）

褐　　△　　褐下褟裺二字，此在前。（朱）

卒　「臣鍇按呂氏春秋即折教鄭人訟一襦火獄卒題。」
　　　△　　即折作鄧析。（朱）

袚　「蠻夷衣，从衣，□聲。一曰蔽膝。北末反。」
　　　△　　从衣下有友字。（朱）

衾　「大被，从衣，今聲。卻林反。」
　　　△　　此多衾字。（朱）〔此衾置被襜間〕

襛　「鬼衣，从衣，熒省聲。諸若詩曰葛藟縈之。」
　　　△　　諸作讀。（朱）

袢　「無色，从衣，半聲。曰詩曰是紲袢也。讀若普。臣鍇按詩傳縐絺當暑
　　　袢紲之服，臣以爲袢煩溽也，近身衣也。復喧反。」
　　　△　　此多袢。（朱）
　　　△　　半下無聲字，有一字。（朱）

褭　「以組帶馬，从衣，馬聲。彌了反。」
　　　○　　韻會作从衣从馬。（朱）
　　　○　　徐按秦衣馬簪褭。（朱）

衣　部

　　「文一百十四　重十」
　　　○　　說文作文一百一十六，重十一，後載袪衫襖新附文三。（朱）
　　　○　　數上字共一百廿七，連重字在內。（朱）

耆　「老，从老省，旨聲。臣鍇按禮八十曰耆。臣支反。」〔朱筆改臣作巨〕
　　　△　　支作支。（朱）

耈　「老人面如點也，从老省，占聲，讀若耿介之耿。」
　　　△　　也作處。（朱）

屢　「大玄經曰天地屢位，注云屢定也，義雖近不若言俆具設也。庭視反。」
　　　△　　具作其。（朱）視應作硯。（墨）

居　「臣鍇按文子曰，聖人泉點而雷聲，尸居而龍興也。疎堅反。」
　　　◎　　點當作默。（朱）

　　　　　△　　疏堅反疑是堅疏反。（墨）

辰　　「伏皃，从尸，辰聲，一曰屋宇。瓃忍反。」

　　　　　△　　瓃作珍。（朱）

屋　　「居也，从尸，尸所主，一曰尸象屋形。」

　　　　　○　　韻會作人所主。（朱）

屋　　「籀文屋，从厂。」

□　　「古文屋。」

□　　「屛蔽也，从尸，并聲。必郢切。」

□　　「重屋也，从尸，曾聲。昨稜反。」

　　　　　△　　古文屋以下三字皆無。（朱）

　　　　　△　　說文屋下有臺屛層。（朱）

　尸　部

　　　　「文二十二　重五」

　　　　　○　　說文作二十三。（朱）

　　　　　○　　說文此後有新附屧字。（朱）

屇　　○說文屇下有蕃。（朱）

履　　「履，从履省，婁聲。一曰緉」〔朱筆改緉作緉〕

　　　　　○　　韻會履也。（朱）

　　　　　○　　韻會作又緉也。（朱）

屬　　○說文屬下有屐。（朱）

船　　「舟，以舟，船省聲。市緣反。」

　　　　　△　　以作从，船作鉛。（朱）

艘　　「船著不从行舟，叟聲，讀若宰。」

　　　　　△　　宰作莘。（朱）

　　　　　○　　韻會引此云船著沙不行。（朱）

般　　「辟也，象舟之旋，从舟从殳，殳所以旋。」

　　　　　△　　殳所以旋，作殳今舟旋。按今當作令。（朱）

服　　「用也，一曰車右騑，所以舟旋，从舟，𤰈聲。伐六反。」

　　　　　○　　臣鍇曰車左右驂，左曰騑，右曰服。（朱）

　　　　　△　　依韻會增。（朱）

□　　「古文服，从人。」

　　　　　△　　無古文服字。（朱）

　　　　　　　○　說文服下有齊。（朱）

舟　部

　　「文十二　重二」

　　　　　　　○　說文作文十二。（朱）

　　　　　　　△　說文附舸艇艅艎四字。（朱）

斻　　「臣鍇曰方並也，方舟今之舫並兩船也，造至也。胡即反。」

　　　　　　　△　無反切，案即字亦誤。（朱）

兒　　「孺子也，从儿，象小兒頭囟未合，然知。」

　　　　　　　△　孺作孩。（朱）

　　　　　　　△　有反字。（朱）

充　　「長也，高也，从儿，育省聲。臣鍇曰厷在人上也，厷音突。昌嵩反。」

　　　　　　　△　無充字。（朱）

競　　「競也，从二兒，二兒競意，从丰聲。機仍反。」

　　　　　　　○　韻會有讀若矜，徐曰競強也，二兒爭長也，一曰敬也。（朱）

兟　　「兟兟銳意也，从二先。子林反。」

　　　　　　　△　無兟字。（朱）

兂　部

　　「文二」

　　　　　　　○　說文有重二。（朱）

兒　　「臣鍇曰頌古容字，白非黑白字，直象人面。沒教反。」

　　　　　　　○　韻會面下有形字。（朱）

見　部

　　「文二，重二」

　　　　　　　○　說文兌下有臾弁，此無。（朱）

　　　　　　　○　說文有重四。（朱）

覼　　　　△　說文覼下有覿。〔此覼字下爲覷字〕

覘　　「內視也，从見，甚聲。丁舍反。」

　　　　　　　△　舍改含。（墨）

覽　　「臣鍇曰覺然視不移也。權雖反。」

　　　　　　　△　覺作覽。（朱）

覓　　　　△　覓，說文在後覾字下。（朱）〔此覓字在覿字下〕

覒　　「病人視，从見，氐聲，讀若迷。民民反。」〔朱筆於下民旁作兮〕

△　民民作民泯。（朱）

覒　「覒覿闚觀，从見，弔聲。七恣反。」

　　△　覒作覒。（朱）

　　△　弔作束。（朱）

覶　「視說，从見，龠聲。異召反。」

　　◎　廣韻玉篇俱作視誤也。（朱）

覒　「擇，从見，毛聲，讀若苗。」

　　△　無擇字。（朱）

見　部

「文四十四　重三」

　　○　說文作四十五，重三，又附覿字。（朱）

欥　　△　說文欥下有吹，此在後。（朱）〔此吹字在欻下〕

款　「臣鍇曰今人言識款也。若暖反。」

　　△　韻會作誠款。（朱）

歔　　△　說文歔下有歇，此在後。（朱）〔此歇字在歐下〕

歊　「歊歊气出皃，从欠高，高亦聲。欣消反。」

　　△　歊字不重。（朱）

歗　「吹，从欠，肅聲。詩曰其歗也謌。」

　　△　吹作吟。（朱）

欨　　△　說文欨下有歐，此在後。（朱）〔此歐字居歐下〕

欱　「臣鍇曰楚辭曰□□際而沈藏。脫甘反。」

　　◎　九辨然欱際而沈藏。（朱）

歙　「一曰口相就。臣鍇按山海經曰相抑之所以歙爲澤。宛都反。」

　　△　抑作柳。（朱）

歔　「且唾聲，一曰小笑，从欠，㰤聲。許璧反」

　　△　唾聲，無聲字。（朱）

欨　「咄欨無惄，一曰無腸意，从欠，出聲。臣鍇曰蹙鼻爲欨，猶今俗人之言。敕密反。」

　　△　臣鍇以下十三字，當在欨字注下。（紫）

欠　部

「文六十五　重五」

　　○　說文附歃，又載歃次兂三部，共十五字。（朱）此下缺歃次气三部，

約少一張。（墨籤）

○　韻會羨字，說文貪欲也，从次，羑省，徐曰詩無，然歆羨欲也，羑訓誘之也，會意。盜私利物，从次欲也，欲皿爲盜，會意。韻會與今本小異。○按从次下當重一㳄字。（朱）

卷十七

顏　「臣鍇按史記漢高祖龍顏是也。言開反。」〔朱筆改開作關〕

△　開應作間。（墨）

頟　「籀文。」

△　說文頌下有㑒。（朱）

領　「項也，从頁，令聲。里井反。」

△　項作頂誤。（朱）

䫀　「面色䫀〃皃，从頁，員聲。讀若隕。」

△　〃字不重。（朱）

頒　△　說文頒下有顒鷁。（朱）〔此顤字居頒下，無顒字〕

頎　△　頎，說文無。（朱）〔此頎字居顤下，頭佳也，从頁，斤聲。讀又若鬢。臣鍇曰碩人其頎。巨希反。〕

贅　「贅顤高也，从頁，敖聲。五號反。」

△　贅顤高也，顤作顟。（朱）

䫉　「頭蔽䫉也，从頁，豕聲。」

△　蔽作蒯。（朱）

頫　「低頭也，从頁，逃省聲。」

△　韻會从頁，兆聲。（朱）

顥　「班固西都賦曰鮮顥气之清英，顥气白气也。候抛反。」

△　抛應作抱。（墨）

◎　候抛非聲，抛字拷字之訛。（朱）

煩　「熱頭痛也，从頁从火，一曰从楚省聲。」

△　楚作焚。（朱）

顡　「臣鍇按楚辭曰形容顦顡，勞苦見于見。夕位反。」〔朱筆於于見之見旁作面〕

△　于見之見當作皃。（朱）

䫌　「臣鍇□靈光殿賦曰，仡嶱㜸以鵰䁎，䫌頭方相四目也。」

　　　　△　有按字。（朱）

　　　　△　瞫作頵。（朱）

籲　「呼也，从頁，籥聲。尚書曰率籲眾戚。云遇反。」

　　　　○　韻會引書無辜籲天。（朱）

頁　部

「文九十一　重八」

　　　　○　說文作文九十二，附預字。（朱）

醮　「面焦枯小也，附預字」

　　　　△　無醮字。（朱）

面　部

「文四　重一」

　　　　○　說文附靨。（朱）

劓　「截也，从首从斷。臣鍇曰，職件反。」

　　　　○　凡人有劓制，若人首一斷不可復續也，今文作劓職。（朱）

　　　　△　據韻會補。（朱）

首部末

　　　　△　缺劓字。（墨）無。（朱）

縣　「臣鍇按顏師古匡謬正俗云古書縣邑皆作寰。」

　　　　△　邑寰疑俱誤。（朱）

顰　「□□半白也，从須，卑聲。賓而反。」

　　　　△　有須髮二字。（朱）

須部末

　　　　△　缺髻字。（墨）無。（朱）

形　「臣鍇曰彡以其幵弱安曲象之也。賢星反。」

　　　　△　安作委。（朱）

彡　「今詩作鬖，又一彡鳥羽也。」

　　　　△　又一彡作又一彡。（朱）

彡部末

　　　　△　缺弱字。（墨）無。（朱）

文　「畫也，象交文，凡文之屬皆从文。」

　　　　△　韻會錯畫也。（朱）

斐　「分別文也，从文，非聲。斧尾反。」

　　　　○　徐曰論語斐然成章，分別之也。（朱）

辯　「駁文也，从文，辡聲。臣鍇曰合作班也。不攀反。」

　　　　△　合作今。（朱）

文部末

　　　　△　缺髦字。（朱）

髝　　△　缺鬕字。（墨）無。（朱）

鬘　　△　缺鬘字。（墨）無。（朱）

髳　　△　缺鬍字。（墨）無。（朱）

髲　「臣鍇按周禮追師掌主后之首服爲副編次。」

　　　　△　主作王。（朱）

「副覆首以爲飾，其遺象若今走搖服之从王祭祀。」

　　　　△　走作步。（朱）

「臣以爲副若今三釵先爲髮口覆首上。」

　　　　△　口作匕。（朱）

「編若今編梳次第，卷髮編列爲之次，即今髮也。劉熙釋名鬄剔刑人爲
　　之髮則以續。」

　　　　△　髮作髮。（朱）

髢　「臣鍇曰此即周禮所謂次令作次，假借。七恣反。」

　　　　△　令作今。（朱）

髽　「喪髻禮，女子髽，表弔則不髽。」

　　　　△　表作衰。（朱）

彡　部

「文三十　重六」

　　　　○　說文作文三十八，重七。（朱）

　　　　○　附髻髻髻鬖四字。（朱）

卮部末

　　　　△　缺𥂇字。（墨）無。（朱）

卩　「臣鍇曰周禮掌守邦節而別其用以輔王令。」

　　　　△　令作命。（朱）

令　「發號也，从亼卩。臣鍇曰號令者，集而爲之卩制，會意。力聘反。」

　　　　○　韻會亼集可號令者也。（朱）

卻　「脛頭卩也，从卩，桼聲。」

　　　　　△　脛頭下無卩字。（朱）

卷　「膝曲也，从卩关。臣鍇曰詩有卷阿曲阿也。」

　　　　　△　关下有聲字。（朱）

卩　部

　　「文十一」

　　　　　○　說文作文十三。（朱）

　　　　　△　今本尚有卻卬字。（墨）無。（朱）

印　「執政所持信也，从爪从卩，凡印之屬皆从印。」

　　　　　△　韻會從卩下有卩象相合之形六字。（朱）

色　部

　　「文二　重一」

　　　　　○　說文作文三。（朱）

　　　　　△　缺艴字。（墨）

　　　　　○　韻會艴縹色也，从色，并聲，徐按神女賦艴薄怒以自持，曾不可
　　　　　　　乎犯干。（朱）

宄　「臣鍇曰今爾雅有此字。」

　　　　　△　爾作尔。（朱）

旬　「徧也，十日為旬，从勹日。」

　　　　　△　徧下無也字。（朱）

匔　「飽也，从勹，叚聲。民祭祀曰厭匔。」

　　　　　△　無聲民二字。（朱）

复　「或省彳。」

冢　「高墳也，从勹，豕聲。知隴反。」

　　　　　△　复冢二字無。（朱）

包　「男左行午次未，凡十二月得寅。」

　　　　　△　十二月應改十月。（墨）

包部末

　　　　　△　缺匏字。（墨）無。（朱）

鬼　「臣鍇按爾雅曰鬼之言歸也。」

　　　　　△　爾作尔。（朱）

　　「魂气升于天，具陰气薄然獨存無所依也。」

　　　　　△　韻會作其。（朱）

魃　「韓詩傳曰鄭交甫逢二女魃。」

△　魃作鬾。（朱）

魋　「神獸也，从鬼，隹聲。杜回反。」

△　無魄字。（朱）

畏　「惡也，从甶，虎省。臣鍇曰會意。迂胃反。」

○　鬼頭而虎爪，可畏也。（朱）

△　依韻會增。（朱）

誘　「□□□」

△　有誘字篆文而無或从言秀四字。（朱）

卷十八

嵎　「封嵎之山在吳楚之間，从山，禺聲。」

△　吳楚之間下，韻會有汪芒之國四字。（朱）

岘　「山也，或曰弱水之所出，从山，凡聲。臣鍇曰山海經曰女凡山。謹美反。」

△　凡作几。（朱）

辥　「巀辥山也，从山，辥聲。」

△　辥作辥。（朱）

嶅　「山多小石，从山，敖聲。偶也反。」〔朱筆於也旁作抛〕

△　也疑毛。（紫）

崒　「崒危高也，从山，卒聲。□□□。」

△　有津宜反三字。（朱）

嵏　「九嵏山在馮翊谷，从山，㚇聲。子紅反。」

○　韻會谷下有口字。（朱）

山部末

△　缺崔字。（紫）按徐鍇雇字注云，雇今俗作崔，省厂，是此部本無崔字，非傳寫闕也。（墨）

岸　「臣鍇按爾雅重厓岸，涯兩崖累者也。」

△　涯作汴。（朱）

○　韻會作汴。（朱）

崖　「臣鍇曰水邊地有垠堮也，無垠堮而平曰汀。」

△　汀作河，恐誤。（朱）

广　「因广爲屋，象對刺高屋之形。」
　　　○　韻會引此作因巖爲屋。（墨）
庭　「官中也，从广，廷聲。田丁反。」
　　　△　官作宫。（朱）
廡　「堂下周廡廜，从广，無聲。」
　　　△　从韻會。（紫）
　　　△　廡廜作廡屋。（朱）
廐　「三乘爲阜，阜一趣馬三匹爲繫。」
　　　△　匹作阜。（朱）
　　「此二百十四傳寫誤。見岫反。」
　　　○　韻會此言十四。（朱）
庾　「水槽倉，从广，臾聲。一曰倉無屋者。」
　　　△　槽當依韻會作漕。（朱）
屏　「呂氏春秋趙簡子立於屏蔽之下。此郢反。」
　　　△　此作比。（朱）
戊　「屋牝瓦下，一曰維綱也，从广，闟省聲。讀若環。」
　　　△　闟作閔。（朱）
　　「臣鍇曰牝瓦仰瓦。戶闟反。」
　　　◎　（闟），關。（朱）
廄　「臣鍇曰階東，四階也。」
　　　△　西作四誤。（朱）
廉　「仄也，从广，兼聲。臣鍇曰廉稜也。」
　　　△　稜作稜。（朱）
庀　「濟陰庀縣，金曰碑所封，今音丁故反，又著巴反。」
　　　△　碑作碑。（朱）
庭　「屋以上傾下，从广，隹聲。都魁反。」
　　　△　以作从。（朱）
廟　「尊先祖鬼也，从广，朝聲。」
　　　△　鬼作皃。（朱）

广　部
　　「文四十七」
　　　○　重三（朱）

屗　「厃出泉也，从厃，臱聲，讀若軌。臣鍇按爾雅汍泉穴出反出，注從旁
　　出也作汍，水醮曰屗如此。俱水反。」
　　　△　臱，韻會注云，徐鍇曰按爾雅汍泉穴出，作此汍字，水醮曰屗下
　　　　　云以明說文舊注之交迮也。（朱）

屝　「臣鍇按楚辭曰隱忠君子屝側。」
　　　△　韻會作隱思君兮屝側。（朱）
　　　◎　今楚詞作隱思君兮俳側。（朱）

磺　「銅鐵朴石也，从石，黃聲。讀若襀。」
　　　△　韻會朴作樸。（朱）
　　　△　襀作礦。（朱）

礜　「毒石也。羊洳反。」
　　　△　此下缺注七字。（墨）

磕　「石聲，从石，去省聲。若盍反。」
　　　△　若作苦。（朱）

磬　「樂石也，从石，殸聲。象縣虛之也。牽審反。」
　　　○　形殳繫之。（墨）〔添之象縣虛之四字下〕
　　　○　古者毋句氏作磬。（墨）

磻　「臣鍇曰亦見吳都賦又磻家山名。補陁反。」
　　　◎　家當作冡。（朱）

肆　「極陳也，从長，隶聲。息利反。」
　　　△　無肆字。（朱）

镻　「地惡毒長也，从長失。臣聲鍇按爾雅镻蝁蝮屬大眼最有毒。」
　　　△　地作蚍。臣聲作聲臣。（墨）

昜　「開也，从日一勿。一曰飛物，一曰長，一曰強者，眾皃」
　　　△　物作揚。（朱）

而　「頰毛也，凡而之屬皆从而。忍伊反。」
　　　○　象毛之形，周禮曰作鱗之而。（朱）〔增之頰毛也下〕
　　　○　徐鍇曰象頰毛連屬而下也，又假借為語助字。（朱）〔增之从而下〕

耐　「或从寸，諸法度字从寸。」
　　　△　諸法以下，韻會以為徐鍇語。（朱）

豬　「輠豕也，从豕，賣聲。扶云反。」

豝　「牡豕也，从豕，叚聲。臣鍇按春秋左傳曰輿豭从巳。間巴反。」

　　　　△　　獝猚二字重出當刪。（墨籤）〔豜字前已有獝猚二字，此又重出於彖字下〕

彖　　「周書曰彖有爪而下敢以撅，讀若桓。」

　　　　◎　　下當作不。（朱）

豨　　「豕走豨豨，从豕，希聲。」

　　　　△　　韻會豨豨下有聲也二字。（朱）

彖　　「豕也，从互从豕。讀若弛。書爾反。」

　　　　△　　韻會有彖字，豕走也，象形。韻會小補豕走也，从互从豕省，徐
　　　　　　　曰象形。（朱）

貐　　「臣鍇按山海經，猰貐，蛇身人面，為二員臣所殺。」

　　　　△　　二疑貳。（墨）

貘　　　△　　缺貗字。（墨籤）

玃　　「注似彌猴而大，蒼黑，能玃持人。」

　　　　△　　玃作攫。（朱）

易　　　○　　此下缺象部。（墨籤）

卷十九

騏　　「馬青驪，文如博棊也，从馬，其聲。」

　　　　○　　韻會引此作馬青驪色。（朱）

駰　　「馬陰墨喙，从馬，因聲。伊倫反。」

　　　　◎　　韻會作馬陰白雜毛。（朱）

駹　　「臣鍇按史記曰匈奴東方皆青駹馬，餘馬名東見詩。」

　　　　△　　東作多。（朱）

騅　　「臣鍇曰所謂白發，言色有淺處，若將起然。隅肝反。」

　　　　△　　肝作肝。（朱）

　　　　◎　　韻會作所謂馬發。（朱）

　　　　△　　駒駁。（墨籤）〔此墨籤所載皆為此本之闕文〕

馵　　「馬後左足白，从馬二其足。讀若注。易曰為馵足，指事。支處反。」

　　　　○　　韻會有徐曰二字。（朱）

駿　　　△　　驍驔駸。（墨籤）

馮　　「馬赤鬣縞身，目若黃金，名曰馮，吉皇之乘。」

　　　　△　　馮作馮。（朱）

　　「臣鍇按山海經，一名吉良乘之，壽十歲。」

△　十作千。（朱）

騯　「馬盛也，从馬，旁聲。詩曰四牡騯匕。臣鍇曰。白亨反。」

　　△　臣鍇曰下有脫簡。（朱）

駕　「□□軛中，从馬，加聲。」〔墨筆於闕處補馬在二字〕

　　△　馬在二字無。（朱）

　　△　牭駢。（墨鐵）

駉　　△　驂駙騢駋。（墨籤）

篤　「馬行□遲，从馬，竹聲。」〔墨筆補頓字於闕處〕

　　△　頓字闕。（朱）

驅　　△　馳騖。（墨籤）

騫　「臣鍇曰腹病騫損，詩曰不騫不戲，古人名損字騫。」

　　△　戲作虧。（朱）

騧　　△　騋駓騷。（墨籤）

駉　「牝馬苑也，从馬、冋聲。」

　　△　牝作牧。（朱）

駃　「臣鍇按史曰燕王食蘇秦从駃騠」

　　△　从作以。（朱）

　　△　羸。（墨籤）

駼　　△　騱。（墨）

廌　「解薦獸，似山牛，一角。」

　　△　薦作廌。（朱）

灋　「刑也，平之如水，廌从水，所以觸不直者去之。」〔墨筆圈去从水上之廌
　　字於从水下書廌〕

　　△　廌从水，與此本同。愚意當从改本。（朱）

　　△　法金。（墨籤）

鹿　「獸也，象角四足之形，鳥鹿足相似，从匕。」

　　○　韻會角上有頭字。（朱）

麟　「大牡鹿也，从鹿，粦聲。」〔墨筆於牡旁作牝〕

　　◎　作牝爲是。（朱）

麎　「臣鍇按爾雅麌，大麋，旄毛，狗足，注旄毛，穠長也。」

　　△　穠作猥。（朱）

麗　「从鹿，丽鹿。禮麗皮納聘益鹿皮也。」

　　　　　△　鹿作聲，益作盖。（朱）

　　　　　△　荕麀麤。（墨籤）

塵　「鹿行陽土也，从麤土」

　　　　　△　陽作揚。（朱）

逸　「失也，从辵兔，兔謾訑善逃失也。」

　　　　　△　韻會兔謾訑善逃也。（朱）

狡　「少狗也，从犬，交聲。匈奴地有狡犬臣口而黑身。」

　　　　　△　狡作狡，臣作巨。（朱）

猲　「詩曰載獫猲獢，爾雅曰短喙犬謂之猲。斬謁反。」

　　　　　○　爾雅短喙犬猲獢。（朱）

猶　「竇中犬吠，从犬从音，音亦聲。」

　　　　　△　犬吠作犬聲。（朱）

獊　「妄猲犬也，从犬，壯聲。在郎反。」〔朱筆改郎作朗〕

　　　　　△　韻會作妄彊犬也，朱本作妄強犬也。（朱）

獒　「犬如人心可使者，从犬，敖聲。顏叨反。」

　　　　　△　韻會有春秋傳公嗾獒，與今本同，徐引爾雅曰四尺為獒。（朱）

狃　「春秋左傳莫敖狃于蒲騷之役。女有反。」

　　　　　△　韻會徐引左傳下有一曰忕驕也五字。（朱）

猍　「大張斷怒也，从犬，來聲。」

　　　　　△　大作犬。（朱）

臭　「臣鍇曰自鼻也，會意，赤狩反。」

　　　　　○　以鼻知臭，故从自。（朱）〔補之會意上〕

　　　　　△　依韻會補。（朱）

狂　「狾犬也，从犬，呈聲。倦压反。」

　　　　　△　压作匡。（朱）

獠　「犬獷獷咳吠也，从犬，翏聲。火色反。」

　　　　　△　色作包。（朱）

狛　「如狼，善驅羊，从犬，白聲。讀若檗。寗嚴讀之淺泊。」〔墨筆書若於
　　　讀之二字下〕

　　　　　△　無若淺若字。（朱）

狐　「妖獸也，鬼所乘之，有三德，其色中秋，小前豐後。」

　　　　　△　秋作和。（朱）

猋　「犬走皃，从三犬。臣鍇曰飆猋从此，會意。必遙反。」
　　　◎　飆猋當作飆猋。（朱）

鼠　「臣鍇曰上象齒，下臼腹爪尾」
　　　△　从韻會改象。（朱）〔謂臼字〕

鼮　「五枝鼠也。」
　　　△　枝作技。（朱）
　　　○　韻會作技。（朱）

焌　「然也，从火，夋聲。」
　　　◎　韻會然火也。（朱）

烝　「火气也，从火，丞聲。」
　　　○　韻會火气上行也。（朱）

爣　「火色，从火，雁聲。讀若鴈。臣鍇曰雁音鴈。迎諫反。」
　　　△　雁作雁。（朱）

熲　「光火也，从火，頃聲。居迥反。」
　　　△　光火作火光。（朱）

焳　「束炭，从火，差省身。讀若薺。楚宜反。」
　　　△　薺作廬。（朱）

炥　「火气也，从火，友聲。步捽反」
　　　△　友作友。（朱）

炙　「炙肉也，从肉在火上。臣鍇曰會意，之射反。又按炙字別有部注云炮
　　　肉也，从肉在火上，凡炙之屬皆从炙，之石反。此疑誤收。」
　　　△　說文不收炙字。（朱）〔此炙居熹字下〕

煎　「敖也，从火，前聲。臣鍇按楚辭曰煎鴻鶬。即然反。」
　　　△　熬作敖誤。（朱）

炮　　△　炆。（墨籤）

煏　「以火焙肉，从火，福聲。臣鍇按周禮注鮑魚於福火室作之，稫音普逼
　　　反。皮抑反。」
　　　△　福作稫。（朱）

焌　「然麻蒸也，从火，忽聲。子莘反。」
　　　△　忽作忽。（朱）

𤈦　「火餘也，从火，□聲。一曰薪也。」〔紫筆於闕處作聿〕
　　　△　聿字亦闕。（朱）

烟　「或从烟。」
　　　△　烟作因。（朱）

煜　「燿也，从火，昱聲。以□反。」
　　　△　六字闕。（朱）

煌　「煌〃也，从火，皇聲。戶光反。」
　　　△　韻會煌輝也。（朱）

焜　　△　光下三字。（墨籤）

燾　「溥覆照也，从火，壽聲。」
　　　△　燾作壽。（朱）

爝　「臣鍇按莊子曰，許由云日月出矣，爝火不息。子妙反。」
　　　◎　莊子日月出矣，此誤作日。（朱）

□　「□□□□」
　　　○　燂，火光也，从炎，舌聲。以冉反。（朱）〔補之燄字下。〕

燅　「大熱也，从又持炎辛。」〔朱筆改熱作熟〕
　　　○　韻會和也，从言又，炎聲。（朱）

燐　「兵死及牛馬之血爲燐〓鬼火也，从炎，舛聲。」
　　　△　韻會作从炎从舛，無聲字，與今本同。（朱）

黑　「火所黑之色也，从炎上出四。」
　　　△　黑作熏。（朱）
　　「臣鍇曰四古蔥字。享勒反。」〔朱筆於享旁作亨〕
　　　△　蔥作窗。（朱）

黶　「臣鍇曰春秋左傳晉史墨字厭。歐減反。」
　　　△　厭作黶。（朱）

點　　△　黷黠。（墨籤）

黪　「臣鍇按陸機漢功臣鍇曰上黪下黷。」〔紫筆改臣鍇曰之鍇作頌，朱筆改頌作贊〕
　　　△　鍇作贊。（朱）

黝　「澤垢也，从黑，尤聲。」
　　　○　韻會作滓垢也。（朱）

黤　「黤黮一色，从黑，般聲。別安反。」〔紫筆改一作下〕
　　　△　下作一。（朱）

黬　「羔裘之縫，以或黑聲。」

　　　△　以或黑作从黑或。（朱）

焱　「火華也，从三焱。」

　　　△　焱作火。（朱）

燎　「臣鍇曰後漢書光武子竈下燎衣，今人作燎。」

　　　△　子作于。（朱）

赤　「南方色也，从火，凡赤之屬皆从赤。」

　　　○　韻會从火从大。（朱）

赧　△　經。（墨籤）〔此書下有「經，赤色也从赤巠聲詩曰魴魚經尾救貞切，赬經或从貞」字墨與前後不一，當後補之者，本無也〕

赫　「火赤皃，从二赤。臣鍇曰會意。歇□反。」

　　　△　有宅字。（朱）

卷二十

大　「天大地大人亦大為象人形，古文人也。」

　　　△　為，韻會作焉。（朱）

奎　「兩髀之間，从大圭。臣鍇按爾雅釋草云，茥蒛盆，奎亦人蒛盆骨。」

　　　△　韻會作从大圭聲。（朱）

　　　△　蒛作蒛。（朱）

戙　「大也，从大，戔聲。讀若詩戙匕大歓。」

　　　△　歓作猷。（朱）

查　「奢食也，从大，亘聲。戶寒反。」

　　　△　食作查。（朱）

夵　「臣鍇曰又地夕，漢公孫賀封南夵侯。」

　　　△　夕作名。（朱）

契　「韓子宋人得契密數其齒，謂以力分之，有相入之齒縫也。」

　　　△　韻會作以刀分之。（朱）

吳　「今寫詩者擅改吳作吳，又音華，甚謬甚矣。」

　　　△　又音下有作字。甚作其。（朱）〔甚謬之甚字〕

夭　「吉而免凶也，从屰从夭。夭死之事，故謂死之不夭。」

　　　△　韻會作死謂之。（朱）

絞　「縊也，从交，糸聲。」

　　　○　韻會無聲字。（朱）

思　「臣鍇曰今皆作憸册，所言象也。」

　　　△　象作眾。（朱）

䳿　「扶風有䳿屋縣。」

　　　◎　屋當作厔。（朱）

報　「當罪也，从㚔从𠬝。」

　　　○　韻會當罪下有人字。（朱）

奔　「疾也，从本，卉聲。」

　　　△　本皆作夲。（朱）

皋　「气皋白之進也，从白从本聲。家豪反。」

　　　○　韻會有禮祝曰皋，登歌曰奏，故皋奏皆从本十四字。（朱）

奰　「驚走也，一曰往來兒，从夰㙘。」

　　　△　兒作皃。（朱）

羸　「痿也，从立，羸聲。魯坐反。」

　　　△　羸作㸡。（朱）

囟　「頭會𡋱蓋也，象形。」

　　　△　𡋱作𦥯。（朱）

意　「志也，察言而知意也，从心，音聲。」

　　　○　韻會無聲字。（朱）

應　「臣鍇曰雁音鷹字，于陵反。」

　　　△　雁下無音字。（朱）

忠　「敬也，从心，中聲。珮蒙反。」

　　　△　珮作珎。（朱）

憲　「敏也，从心自，害省聲。」

　　　△　韻會作从心目。（朱）

慧　「臣鍇曰儇敏也。迴桂反。」

　　　△　迴作迴。（朱）

怪　「謹也，从心，全聲。七松反。」

　　　△　七作七。（朱）

懇　「問也，謹敬也。」

　　　△　謹敬，韻會作慎敬。（朱）

　　「一曰說也，一曰甘也。」

　　　△　甘也作皆也。（朱）

鏖　△　悛。(墨籤)

惟　「思也，从心，隹聲。與追反。」

　○　韻會作凡思也。(朱)

想　「臣鍇曰希冀所思之，故史記司馬遷曰讀其書想見其爲人。」

　○　韻會作而思之也。(朱)

㒸　「深也，从也，豕聲。夕位聲。」

　△　聲作反。(朱)

愯　「懼也，从心，雙聲音，春秋傳曰駟氏愯。臣鍇按漢刑法志曰愯之以思奉□反。」

　△　聲音作音聲。(朱)

　△　奉字下不空，按刑法志作雙之以行，則本闕行字，而誤空于奉字下也。(朱)

忏　△　懽。(墨籤)

懱　△　愚。(墨籤)

像　△　慢怠。(墨籤)

惰　「觿或以自。」

　△　以作省。(朱)

忦　「忽也，从心，介聲。孟子曰孝子之心不若長忦也。臣鍇曰忽略不省也。宜介反。」

　△　長作是。(朱)

　△　忽略不省也疑在心勿聲下。(朱)

憧　「意不定也，从心，憧聲。」

　△　憧作童。(朱)

慊　△　惑恨。(墨籤)

憒　「亂也，从心，責聲。」

　△　責作貴。(朱)

恨　△　懟。(墨籤)

恫　「臣鍇按詩曰神罔時洞。土蒙反。」

　△　洞作恫。(朱)

悲　「□□非聲。府眉反。」

　△　有痛也二字。(朱)

㥏　「臣鍇曰聲之曲引也，今孝經作偯。殷豈反。」

△　韻會注氣竭而息聲委曲也。（朱）

忧　「不動也，从心，宂聲。讀若祐。延救反。」

　　△　宂作尤。（朱）

慊　　△　怂。（墨籤）

悄　「憂也，从心，肖聲，詩曰憂心悄匕。臣鍇曰憂思低下也。于眇反。」

　　△　肖作肖。（朱）

　　○　下，韻會作小。（朱）

悝　「怯也，从心匡，匡亦聲。區王反。」

　　△　厓作匡。（朱）

卷二十末

　　△　韻會恐字下引說文，徐曰恐猶兇也，又惶恐。（朱）

　　△　韻會憙字引說文，悅也，从心喜，喜亦聲，徐曰喜在心，憙見為此事是悅為此事也，會意。（朱）

卷二十一

水　「準也，北方之行，象眾水並流，中有微陽之氣也。凡水之屬皆从水。臣鍇按周禮匠人為國冒埶，以水準地之平也。〈通論〉詳矣。」

　　△　水，韻會注云徐眾屈為水，至柔能攻堅，故一其內也。（朱）

河　「臣鍇按山海經海內，昆侖墟在海內之西方八百里，萬仞，去嵩高五百里。」

　　△　五百作五萬。（朱）

「又南流過五原郡雨，又東流過雲中西河郡東，又南流過上郡河南郡西南出龍門。」

　　△　雨作南，河南作河東。（朱）

涷　「水出發鳩山入河，从水，東聲。得紅反。」

　　△　鳩作鳩。（朱）

潼　「臣鍇按山海經注，發鳩山在上黨長子縣西。田風反。」

　　△　此注當在上涷字之下。（紫）

江　「東至長沙與澧洗湘合，顏延之所謂三湘淪洞庭者也。」

　　△　洗作沅。（朱）

「東會干蠡澤，經蕪湖為中江。」

　　○　韻會作名中江。（朱）

浙　「漢書浙江或作漸江，愼所言或別也。」

　　　△　漸作漸。（朱）

洦　「按漢書洦水出沒江縣徼外，過郡七，行三千三十里。」

　　　△　沒作汶。（朱）

溫　「水出犍爲涪，南入黔水，从水，音聲。」

　　　△　音聲作昷聲。（朱）

灊　「水出也郡宕渠西南入江，从水，鬵聲。」

　　　△　也作巴。（朱）

滇　「臣鍇按史記，漢池水原廣未更狹，似到流，故曰滇池。」〔紫筆改漢作滇，未作末流，到作倒〕

　　　◎　此據史記改也。（朱）

洮　「臣鍇按漢書，洮出臨洮縣西羌中，北至枹^{音膚}四于東入河。」〔紫筆改四于作罕，朱筆改羌作羌〕

　　　◎　據漢書改，此罕字誤分爲二。（朱）

涇　「東南涇新平扶風至京兆高陵縣而入渭。」

　　　△　涇作經，扶作扶。（朱）

渭　「槐里縣南與旁禮二水合。」

　　　△　旁作勞。（朱）

澇　「臣鍇曰相如上林賦所謂蕩七入川。闌刀反。」

　　　△　入作八。（朱）

漆　「詩所謂漆沮既以。狄日反。」

　　　△　以作从。（朱）

洛　「臣鍇按漢書，歸德爲德。」

　　　△　漢書作襄德，爲字下脫襄字。（朱）

汾濕　△　汾下之字與說文不同，說文汾至濕中有五十二字，此在後。（朱）

泡　「臣鍇按漢書，泡出平樂縣東北沛入泗。」

　　　△　沛作冴誤，漢書作沛。（朱）

洹　「洹出沒郡林盧縣東北至信成入張甲河。」

　　　△　沒作汲，盧作慮。（朱）

沂　「臣鍇按漢書，沂出泰山盖縣南至邳入泗，過郡行六百里。」

　　　△　郡下有五字。（朱）

漑　「臣鍇按漢書，漑出北甋山東北至郡昌入海。」

　　　　　△　　郡作都。（朱）

汶　「水出琅邪朱虛東泰山東入濰，从水，文聲。」
　　　　　○　　韻會作水出琅邪至安丘東入濰。（朱）

澮　　△　　澮沁以下，說文在汾下。（朱）

沁　「水出上黨穀遠羊頭山東南入河，从水，心聲。」
　　　　　○　　韻會無穀遠二字。（朱）

沾　「水出上黨有潞縣，从水，路聲。」
　　　　　○　　韻會無上黨二字。（朱）

淇　「水出河內共北山東入河。」
　　　　　○　　至黎陽。（朱）〔添之東下〕
　　　　　◎　　據韻會添。（朱）

漳　「清漳出活山大要谷北入河。」
　　「清漳出活縣東北至邑城入大河。」
　　　　　△　　活作沾。案漢書作沾。又按漢書大要谷作大黽谷，邑城作邑成。（朱）

沇　「臣鍇按漢書，王屋山在垣縣東北流水所山，西至武德入河。」
　　　　　◎　　流，漢書作沇，此誤。（朱）
　　　　　△　　山作出。西作南，漢書亦作南。（朱）

泲　「臣鍇曰今多作齊。」
　　　　　○　　韻會作濟。（朱）

洭　「水出桂陽盧聚山洭浦關爲桂水，郡念洭縣，洭水所出。」
　　　　　△　　洭作洭，下同。（朱）
　　　　　△　　桂水下疑有缺文。（紫）
　　　　　◎　　念洭，漢書作含洭。（朱）

滍　「水在丹陽，从水，箄聲。匹賣反。」
　　　　　○　　箄作筭。（朱）

潭　「水山武陵溧咸玉山東入鬱林，从水，覃聲。」〔紫筆於溧咸旁作鐔成〕
　　　　　△　　溧咸作潭成。（朱）

湞　「水出南海龍川西入，从水，貞聲。」
　　　　　△　　西入下有溱字。（朱）

灈　「水出河南蜜縣東入潁，从水，翼聲。臣鍇按漢書出蜜縣大騩山南至臨潁。以即反。」
　　　　　△　　蜜作密，漢書同。（朱）

◎　據漢書臨潁下當會入潁二字。（朱）

溵　「水出汝南弋陽垂山東入淮，从水，昇聲。」

　　◎　漢書汝南有弋陽縣。（朱）

　　△　昇作畀。（朱）

洵　「臣鍇按漢書，汝南細陽縣在洵水之陽淮，洵本出新郪，新郪亦汝南屬縣。」

　　◎　洵，漢書並作細，淮字衍文。（朱）

灈　「水出汝南吳房入瀙，从水，瞿聲。臣鍇曰在汝南灈陽界東入瀙也。群吁反。」

　　△　瀙作親亦誤，按漢書作瀙是也。（朱）

洧　「水出潁川陽城山東南入淮，从水，有聲。」

　　△　淮作潁。（朱）

淨　△　淨以上五十二字，說文在濕上。（朱）

灅　△　灅沽以下，說文在濡下。（朱）

浿　「臣鍇按漢書水自樂浪浿水縣西至增地鏤方縣皆屬樂浪。」

　　◎　漢書作浿水縣。（朱）

淶　「外起此地廣昌東入河，从水，來聲。」

　　△　外作水，此作北。（朱）

淁　「水出北囂山入印澤，从水，舍聲。」

　　△　卬作卭。（朱）

滔　「水漫天皃，从水，舀聲。偷刀反。」

　　○　韻會作水漫〃大皃。（朱）

漦　「臣鍇按爾雅又漦涑七出次洙也。」

　　△　洙作沫。（朱）

汭　「臣鍇按春秋左傳館于浴汭。」

　　△　浴作洛。（朱）

沖　「涌繇也，从水，中聲。讀若動。臣鍇曰繇也，橫而搖動也。潘岳曰泳之彌沖。直東反。」

　　△　韻會引此作涌搖也，徐曰搖動也。（朱）

潏　「一曰潏水在京兆杜陵。臣鍇按漢書潏在鄠縣。」

　　○　韻會潏水下有名字。（朱）

　　◎　漢書潏在扶風鄠縣，舊作酆誤。（朱）

漣　「水波，从漣。」
　　　○　韻會小波，从水，連聲。（朱）

濫　「氾也，从水，監聲。一曰需上及下也。詩曰渾沸濫泉。」
　　　△　需作濡，渾作渾。（朱）
　　　◎　韻會一曰濡以下皆鍇語。（朱）

渻　「一曰水出丘前爲消息水反。」
　　　○　韻會作水出丘前謂之渻丘。（朱）

沙　「水散石，从水，少聲。」
　　　○　韻會無聲字。（朱）

浦　「臣鍇按楚辭送美兮南浦，送至于水濱也。」
　　　△　韻會美下有人字。（朱）
　　　◎　今楚詞作送美人兮南浦。（朱）

湀　「臣鍇按爾雅湀門流川云通川也。」〔紫筆門作闢，云作注，川作流〕
　　　◎　从爾雅改。（朱）

窪　「清水也，从水，窐聲。一曰宖也。」
　　　△　宖作窊。（朱）

渠　「水所居也，从水，杲聲。臣鍇曰杲即柜字。」
　　　△　杲作旱尤悮。（朱）

沿　「臣鍇曰台音兖。與川反。」
　　　△　兖作㳂。（朱）

溯　「逆流而上曰溯，洄溯向也，水欲不違之而上也。」
　　　◎　不當作下。（朱）

淦　「臣鍇按漢書，淦水出豫章新淦西八湖。」
　　　△　八作入。（朱）

湮　「湮，沒也，从水，垔聲。伊倫反。」
　　　◎　湮。（朱）

湑　「一曰汝南請飲酒醟之不醉爲湑。」〔紫筆於請旁作謂〕
　　　△　韻會作謂。（朱）

浞　「小濡皃也，从水，足聲。士角反。」
　　　○　韻會作濡也。（朱）

灝　「水裂去也，从水虢」
　　　△　灝下亦無聲字。（朱）

涃　　△　　（圖），涃亦从水鹵舟。（朱）

湮　「幽湮也，從一覆也，覆土而有水，故湮也。」
　　　△　　湮作湮。（朱）

潢　「馮翊邵陽縣又有一潢，相去放里」
　　　△　　邵作郃，放作數。（朱）

減　「瀎戉也，从水，戉聲。」
　　　△　　戉作減。（朱）

洏　「安也，从水，而聲。一曰煑熟也。忍伊反。」
　　　△　　安作洝。（朱）

瀝　「凡言滴瀝者，皆謂漉出而餘滴也。」
　　　○　　韻會作去。（朱）〔謂出字〕

湑　「詩曰有酒湑我，又曰零露湑兮。」〔朱筆改湑作湑〕
　　　○　　韻會作湑。（朱）

澣　「臣鍇曰澣音浣。胡旱反。」
　　　△　　澣作澣。（朱）

潎　「于水中擊絮也，从水，敝聲。臣鍇曰莊子所謂汧澼絖，史記所謂諸母
　　　漂也，絖與纊同。片滯反。」
　　　△　　絮作絮，絖作絖。（朱）

染　「曰繒染為□也，从水，杂聲。柔撿反。」〔紫筆改繒作繪，於闕處作色字〕
　　　△　　為下有色字，無也字。（朱）

泣　「無聲出涕者泣，立聲。羌邑反。」
　　　△　　徐曰泣哭之細也，微子過于殷墟，欲哭則不可，欲泣則以其似婦
　　　人。（朱）

瀗　「議罪也，从水，獻聲。與注同意。」
　　　△　　注作法。（朱）

潰　「臣鍇按淮南子曰正土之气御于埃大。埃天五百歲生缺。」
　　　△　　大作天。（朱）

萍　「草水艸也，从水草，苹亦聲。臣鍇曰苹音平。」〔紫筆草作苹〕
　　　△　　草作草亦愓。（朱）

汩　「臣鍇曰尚書曰作汩作。」
　　　◎　　按尚書序作汩作。（朱）

水　部

「文四百六十五　重二十三」

　　△　說文附廿三字。（朱）

顰　「瀕水顰蹙也，从頻，卑聲。婢民反。」

　　△　韻會瀕作涉。（朱）

卷二十二

巟　「易曰包巟用馮河。臣鍇曰荒慌統从此。忽光反。」〔紫筆馮作馮〕

　　△　朱本亦作馮。（朱）

　　△　統應作統。（朱）

灊　「臣鍇按郭璞江賦測灊灊湞也。況邑反。」

　　△　測灊，今文選作㴇灊。（墨）

侃　「論語曰子貢侃侃如也。」〔紫筆貢作路〕

　　△　朱本亦作子貢。（朱）

永　「水長也，象水巠理之長水也。」〔紫筆圈去長水之水字〕

　　△　朱本亦作長水。（朱）

覛　「籀文覗。」

　　△　朱本籀下無文字。（朱）

谷　「幽谷無私，有至斯響，鏗裕中谷聲也。混耕反。」〔紫筆裕作谷〕

　　△　朱本亦作裕。（朱）

谷　「望山谷俗俗青也，从谷，千聲。七縣反。」〔紫筆俗俗作谷谷〕

　　△　朱本亦作俗俗。（朱）

仌　「臣鍇曰冰初凝文理如此也。」

　　△　朱本作冰初疑。（朱）

凍　「仌也，从仌，東聲。得貢反。」

　　△　東聲，朱本作柬聲。（朱）

冬　「四時盡也，从仌从夂，古文終。」

　　△　朱本从仌空一格，夂古文終。（朱）

冬　「古文冬从，臣鍇曰冬者月之終也，曰窮于紀也。」

　　△　朱本古文冬从下空日字。（朱）

靁　「籀文靁，偶有回回，靁聲也。」〔紫筆偶作間〕

　　△　朱本作間。（朱）

電　「陰陽激燿也，从雨，申聲。庭硯反。」

　　　　　△　朱本从雨中聲。（朱）

震　「春秋傳曰震夷狛之廟。」〔紫筆狛作伯〕

　　　　　△　朱本亦作夷狛。（朱）

霻　「凝物說物者也，从雨，彗聲。」

　　　　　△　朱本作凝雨。（朱）

「臣鍇以謂雪之著物，積欠而不流。」

　　　　　△　朱本作積久。（朱）

霰　「稷霄也，从雨，散聲。」

　　　　　○　韻會作稷雪也。（朱）

雹　「臣鍇按西京雜記，陰气育陽爲雹。別車反」〔朱筆車作卓〕

　　　　　○　韻會作脅。（朱）〔謂育字〕

　　　　　△　車疑作角。（墨）

霝　「雨零也，以雨口口□象零形。」

　　　　　△　雨口口下增聲字。（墨）

零　「雨下零也，从雨，各聲。勒記反。」

　　　　　△　記改託。（墨）

霢　「臣鍇曰詩曰潤之以霢霂。」

　　　　　○　韻會作益。（朱）〔謂潤字〕

霃　「微雨也，从雨，㡭聲。讀若芟。精廉反。」〔紫筆㡭作㣇〕

　　　　　△　朱本亦作㡭。（朱）

霤　「久雨也，从雨，畐聲。□甘反。」

　　　　　△　朱本胡字空。（朱）

霖　「凡雨三日以上爲霖，从雨，林聲。力尋反。」

　　　　　○　韻會作凡雨三日已往爲霖。（朱）

霻　「雨皃也，方語，从雨，禹聲。讀若瑀。于角反。」

　　　　　△　子角反，丁本作子矩反。（墨）

霑　「雨築也，从雨，沾聲。陟潛反。」〔紫筆築作𥷚〕

　　　　　△　朱本亦作雨築也。（朱）

霤　「臣鍇曰屋檐滴處。」

　　　　　○　韻會屋簷滴處爲霤。（朱）

需　「臣鍇按春秋左傳，需事之下也。」

　　　　　△　事之下也，下字作賊，韻會。（墨）

雲　「山川气也，从雨，云聲，象雲回轉形。」

　○　韻會作云亦聲。（朱）

𠕦　「古文霒省。」〔紫筆霒作雲〕

𩃬　「古文霒」〔紫筆霒作雲〕

　△　朱本亦作霒，二處。（朱）

鱅　「魚子已生者也，从魚，憜省。」

　○　韻會作憜省聲。（朱）

魼　「臣鍇按相如賦，禺禺魼鰨。去魚反。」

　△　案相如賦及郭注，魼鰨應改魼鰨。（墨）

鱒　「臣鍇按爾雅注，泌鱒似彈，赤目鯶鮀也。」〔紫筆鯶作鯶子，朱筆鮀作鯢，又作鯇〕

　△　朱本鮅鱒似鯶，無子字。（朱）

　△　赤目鯶鮀作赤眼鯶鯇，按爾雅注作似鯶子赤眼。（朱）

鱄　「魚也，从魚，專聲。臣鍇按鱄曰赤魚。殊剸反。」〔紫筆曰作目〕

　△　朱本亦作曰。（墨）

鯉　「魚也，从魚，巠聲，岐或反。」

　△　或應改成。（墨）

鯢　「□□也，从魚，兒聲。擬西反。」〔紫筆於闕處添刺魚二字〕

　△　朱本刺魚二字空。（朱）

鮆　「臣鍇按爾雅，鮤魚刀，注鮆也。」〔紫筆魚作鱴〕

　◎　爾雅鮤鱴刀。（朱）

　△　朱本亦作鮤魚。（朱）

鰋　「鮀也，从魚，□聲。依遠反。」

　△　朱本从魚下晏字空。（朱）

鰸　「从魚，區聲。器方反。」〔紫筆方作俱〕

　△　朱本亦作器方反。（朱）

　△　器方反疑是器於反。（墨）

鰅　「神爵四年，初捕取輸考工。」

　○　韻會作捕收。（朱）

鱳　「鮏臭也，从魚，樂聲。」〔紫筆樂作喿〕

　△　樂聲與此同悞也。（朱）

鮨　「臣鍇曰「脂肉也，山雅注鮺。眞夷反。」

　　　　△　　案爾雅鮨字注曰古作鮺，山雅乃爾雅之譌。（墨）

鮥　「當氒也，从魚，各聲。臣鍇按爾雅注海魚似鯾大，驒肥美多鯁。溝曰
　　　反。」

　　　　△　　今本作互，爾雅作鮔。（紫）

　　　　△　　朱本亦作當氒。（朱）

　　　　◎　　按爾雅鮥當鮔。（朱）

　　　　△　　曰字應作臼。（墨）

鰍　「丞然鰍鰍，从魚，卓聲。」

　　　　△　　丞作烝。（朱）

鰤　「無似鼈無甲，有尾無足，口在腹下，从魚，納聲。」

　　　　◎　　無似鼈之無，當依今本作魚。（朱）

□　「□□□□□」

　　　　○　　𩽖，篆文𩽔，從魚。（朱）〔補之𩽔字下〕

燕　「臣鍇曰爾音晶，小鍇也。于甸反。」〔紫筆鍇作鉗〕

　　　　△　　朱本亦作小鍇。（朱）

　　　　○　　韻會此下有其名自呼曰䴏，作巢避戊巳。（朱）

龍　「鱗蟲之長，能南能明，能短能長，春分而登天，秋分而潛淵，从肉飛
　　　之形，童省，凡龍之屬皆從龍。」〔紫筆南作幽，童省下加聲字〕

　　　　△　　朱本亦作能南。（朱）

　　　　○　　韻會引此條鱗蟲之長句下，云從肉，𢓜肉飛之形，童省聲。（朱）

　　　　△　　朱本無聲字。（朱）

龖　「龍鬐脊上龖龖也，从龍，并聲。」〔紫筆鬐作鬕〕

　　　　△　　朱本亦作鬐。（朱）

非　「違也，从飛下翅，取其相背也。」〔紫筆違作違〕

　　　　△　　朱本亦作違。（朱）

靠　「□□相違也，从非，告聲。古奧反。」〔紫筆違作違〕

　　　　△　　朱本亦作違。（朱）

卷二十三

䴏　「乙或从鳥。臣鍇曰小雅作此字。」

　　　　△　　小雅應改爾雅。（墨）

孔　「乙，請子之俟鳥也，乙至而得子，嘉美之子。」〔紫筆俟作候，子作也〕

　　　　△　　俟亦作候誤。子作也。（朱）

乳　　「乳者化之信也，□朝有高禖石，以石爲主。」〔朱筆於闕處補南字〕
　　　　△　　韻會信也下有故从字三字。（朱）

不　　「鳥飛上翔不下來也，从一，一猶天也，吊象形。」
　　　　◎　　按吊當作帀。（朱）

至　　「人至之屬皆从至。臣鍇按禮曰，玄鳥言之也。」〔紫筆人作凡，言作至，
　　　　也作曰〕
　　　　△　　朱本人字言字也字俱同。（朱）

鹵　　「臣鍇按史記曰大抵東方食鹽，西方食鹽鹵。」
　　　　△　　東方食鹽下，韻會有㢆字，此脫。（朱）

鹹　　「沛人言若虛。臣鍇按禮鹽曰蘦。」〔紫筆虛作盧，蘦作鹹醯〕
　　　　△　　朱本亦作若虛。（朱）
　　　　△　　朱本亦作鹽曰蘦。（朱）

扇　　「扉也，从戶翅省。」
　　　　○　　韻會作从戶羽。（朱）

扃　　「外閉之開也，从戶，冋聲。臣鍇曰古人言外戶是也。古屛也。」〔紫筆
　　　　開作關，朱筆改古作居〕
　　　　△　　朱本亦作開。（朱）
　　　　△　　屛也應改屛反。（墾）

扅　　「始開也，从戶，聿聲。臣鍇曰聲字从此。」〔紫筆聲字之聲作肇〕
　　　　△　　朱本亦作聲字。（朱）

閈　　「門也，从門，干聲。汝南平與里門曰閈。」〔紫筆與作興〕
　　　　△　　朱本亦作與。（朱）
　　　　◎　　後漢郡國志汝南有平輿。（朱）

閭　　「閭，侶也，十五家相群侶也。」〔紫筆於十五上添二字〕
　　　　△　　朱本亦無二字。（朱）

闕　　「門觀也，从門，𣕮省聲。臣鍇按中央闕而爲道，又古今注，人臣至此
　　　　則思其所闕，蓋爲二臺于門外，人君作樓觀于上，上員下方，以其闕
　　　　然爲道謂之闕，以其上可遠觀，以其縣法謂之象魏，書名也。區越反。」
　　　　○　　韻會無人君二字。（朱）
　　　　△　　韻會上員下方下，作以其縣法謂之象。象，治象也。魏者，言其
　　　　狀魏魏然大也。使民觀之，因謂之觀，兩觀雙植中不爲門。（朱）

□　「門阿聲。惡可反。」

　　　　△　闁，門傾也，從。（朱）

闗　「開閉門戶利也，從門，利也，從門，絲聲。或曰縷十絃也。職沇反。」
　　〔紫筆絲作絲〕

　　　　△　利也從門四字應衍。（墨）

　　　　△　絃改紘。（墨）

闔　「開下牡也，從門，龠聲。」〔紫筆開作關〕

閹　「豎也，宮中閹閽閉門者，從門，奄聲。」〔紫筆下閹字作閽〕

闛　「聲也，從門二。」〔紫筆聲作登〕

　　　　△　一行開字，二行閹字，四行聲字，朱本俱同。（朱）

闌　「臣鍇曰律所謂闌入也。勒食反。」

　　　　△　勒食反應變勒貪反。（墨）

闛　「左右舉大橐而至，開之闛然公子楊生也。」

　　　　○　韻會作揚生。（朱）

　　　　◎　楊生似應作陽生。（朱）

職　「記微也，從耳，哉聲。」〔紫筆哉作戠〕

　　　　○　韻會作戠。（朱）

聞　「和聲也，從耳，門聲。□云反。」〔紫筆於闕處作無〕

　　　　△　和作知。（朱）

聘　「益梁之川謂聾爲聘。」〔朱筆川作州，墨筆聘作聹〕

　　　　△　朱本亦作謂聾爲聘。（朱）

頤　「篆文臣從頁。臣鍇曰指事。籀文臣從首。」

　　　　△　籀文以下另一字。（朱）

　　　　◎　今本籀文別爲一字是也。（朱）

拇　「臣鍇按春秋左氏傳曰閔傷指而卒。」

　　　　◎　閔上應有圓字，朱本亦無。（朱）

掔　「人賢兒也，從手，削聲。周禮曰幅欲其掔介。」

　　　　△　賢作臂。（朱）

　　　　△　掔介下韻會有而纖也三字。（墨）

捧　「首至地，從手，攀聲。」

　　　　○　韻會作从手桒，無聲字。（朱）

拱　「拱兩手大指頭指相住也。」〔朱筆改住作拄〕

◯　韻會引此無指字。據韻會改拄。（朱）

持　「握也，从寺手。直而反。」〔紫筆从下添手字，寺手之手作聲〕

　　△　朱本亦作从寺手。（朱）

摯　「握持也，从手，執聲。脂利切。」

　　◯　韻會無聲字。（朱）

措　「臣鍇曰周易曰苟措諸地可矣。倉玄反。」

　　△　玄改互。（墨）

掄　「臣鍇按周禮□□□入山林□□勞昆反。」

　　△　依韻會補。（朱）〔朱筆補凡邦工三字於周禮下，掄材而不禁五字於山林下〕

掾　「緣也，从手象。」〔紫筆添聲於象下〕

　　△　朱本亦無聲字。（朱）

「奉也，受也，从手卪取。」〔紫筆取作ㄑㄨ〕

　　△　朱本亦作取。（朱）

接　「交也，从手□聲。節攝反。」〔紫筆補妾於聲字上〕

　　△　朱本亦脫妾字。（朱）

招　「手呼也，从手，召聲也。」

　　◯　王無此字。（朱）〔謂聲也之也字〕

擇　「簡選也，从手，睪聲。澄赫反。」

　　△　簡作簡。（朱）

　　◎　韻會作柬選也。（朱）

搤　「捉也，从手益。晏索反。」

　　◎　益字下似亦當有聲字。（朱）

搣　「批也，从手，威聲。彌悅反。」〔紫筆批作批〕

　　△　朱本亦作批也。（朱）

批　「捭也，从手，此聲。側佊反。」〔紫筆捭作捽〕

　　△　朱本亦作捭也。（朱）

摽　「擊也，从手，與聲。一曰挈鑰胅也。」

　　△　朱本作鑰壯。（朱）

　　◎　南史梁元帝紀，南門鑰牡飛，即此鑰牡也。漢書五行傳亦有門牡
　　　　字，作壯亦非。（朱）

挑　「撓也，从手，兆聲。一曰撓爭也。」

　　△　毛本無爭字。（朱）

拹　　「摺也，从手，劦聲。二曰擸也。」
　　　　○　韻會作拉也。（朱）〔謂擸也二字〕

摟　　「曳也，聚也，从手，婁聲。勒兜反。」
　　　　○　韻會作又聚也。（朱）

撐　　「臣鍇曰周易曰牛撐，今作挈。」
　　　　◎　牛撐上當有其字，朱本亦無。（朱）

揭　　「臣鍇曰□□曰書而揭之。」
　　　　○　周禮。（朱）

振　　「舉救也，从手，辰聲。一曰奮也。章信反。」
　　　　△　韻會舉救下有之字。（朱）

損　　「減也，从手，員聲。思付反。」
　　　　△　付應作忖。（墨）

挹　　「抒也，从手邑。」
　　　　○　韻會有酌也二字。（朱）

捔　　「臣鍇曰捔猶直也，橫亙之已。」〔朱筆改已作也，又作巴〕
　　　　◎　巴疑兒字之悞。（朱）

摭　　「相授也，从手，虐聲。機元反。」〔紫筆授作援〕
　　　　△　朱本亦作相授也。（朱）

擣　　「手推也，从手，壽聲。一曰築也。得早也。」〔紫筆推作椎〕
　　　　△　朱本亦作手推也。（朱）

攣　　「係也，从手，縊聲。臣員反。」
　　　　◎　呂臣皆非切，依今本作呂為是，以字形相似而訛也。（朱）

撇　　「別也，从手，敝聲。曰繫也。」〔紫筆繫作擊〕
　　　　△　朱本亦作繫。（朱）

扞　　「伎也，从手，干聲。侯玩反。」
　　　　○　韻會作忮也。（朱）

擠　　「排也，从手，齊聲。子計反。」
　　　　○　韻會作排也推也。（朱）

捄　　「盛也于裡中也，从手，求聲。一曰擾也。詩曰求之陾陾。臣鍇曰裡盛
　　　　土之器也。」〔紫筆裡作桓〕
　　　　△　也字應改土，从毛本古本。（墨）〔謂盛也之也字〕
　　　　△　朱本亦作裡。（朱）

揟　「取水沮也，从手，胥聲。武威有婿次縣。」〔紫筆婿作揟〕

△　朱本亦作婿次。按郡國志武威揟次作揟。（朱）

撚　「執也，从手，然聲。一曰蹂也。」〔紫筆蹂作蹂〕

△　朱本亦作蹂也。（朱）

捷　「春秋傳曰齊人來獻戈捷。」

△　戈捷，朱本作戒捷，應作戎捷。（朱）

擧　「對擧也，从手，與聲。一曰輿也。臣鍇曰輿輂也。已呂反。」〔紫筆與作輿〕

△　朱本亦作與聲，紫筆似誤。（朱）

◎　此擧字非舉字也，觀已呂反自見。又前舉字注云，从手，與聲，對舉也。此注云一曰輿也。則前當爲舉字，此當爲擧字，朱本篆文似悞，前舉字字在十二頁末一行。（朱）〔舉，對舉也，从手與聲，臣鍇曰會意，以盧反〕

手部末

△　繫傳未見，押，說文署也，从手，甲聲。徐曰今人言文字押署是也。（朱）

卷二十四

姓　「臣鍇曰據典氏妻附寶感大霓繞斗星而生黃帝，顓頊母感瑤光貫月而生顓頊也。」

◎　據史記及通鑑前編，典上當有少字。（朱）

◎　常霓，史記注通鑑作大電。（朱）

◎　貫月，通鑑前編作貫月。（朱）

妞　「□□也，从女，丑聲。」〔紫筆於闕處補人姓二字〕

△　朱本亦脫人姓二字。（朱）

娠　「女妊身動也，从女□□春秋傳曰后緡方娠。」〔紫筆於闕處補辰聲二字〕

△　朱本亦脫辰聲二字。（朱）

母　「牧也，从女象懷子形，一曰象乳。」

○　韻會象乳下有形字。（朱）

姁　「臣鍇曰史記呂娥姁，呂后也。動成反。」

△　成字譌，疑旅字或武字。（墨）

奴　「周禮曰，其奴男人于皋隸，女人于舂稾。內都反。」〔墨筆改女人之人作

　　　子入二字，朱筆改男人之人作入〕

　　　　△　朱本女人于春藁。（朱）

嫦　「甘氏星經曰，太白號上公妻曰女嫦，居南牛食屬。」〔紫筆牛作斗〕

　　　　△　朱本亦作南牛。（朱）

　　「山海經西王母同天之屬。」

　　　　△　同作司。（朱）

娥　「臣鍇曰呂氏春秋，女娥高辛之妃吞燕卵所生契也。」

　　　　○　韻會作吞燕卵而生契。（朱）

娥　「帝堯之女舜妻娥皇也，从女，我聲。」

　　　　◎　韻會娥皇下有字字。（朱）

始　「臣鍇按易曰有天地然後有萬物，然後有夫婦。」

　　　　◎　脫有萬物三字，朱本同。（朱）

委　「按徐鉉曰委典也，敢禾穀垂穗委曲之皃，當云从禾。」〔紫筆典作曲〕

　　　　△　敢改取。（墨）

媞　「諟也，从女，是聲。一曰研點也。」〔紫筆研點作姸點〕

　　　　△　朱本亦作研點。（朱）

娑　「舞也，从女，沙聲。詩曰市也婆娑。先多反。」

　　　　◎　應作婆娑，朱亦作婆娑。（朱）

媮　「臣鍇按春秋左傳，趙孟｜｜媮甚矣。」

　　　　◎　｜｜誤，朱本同。（朱）

媒　「量也，从女，朵聲。兓果反。」

　　　　◎　朵，朱本作朶，惕也。此作朵，俗字耳。（朱）

妯　「動也，从女，由聲。臣鍇曰詩曰憂心且妯。申溺反。」

　　　　△　說文解字妯字注引徐鍇曰當从胄字省，此本缺。（墨）

娹　「𡣲，有守也，从女，弦聲。形先反。」

　　　　◎　𡣲。（朱）

嬬　「弱也，一曰不妻也，从女，需聲。四于反。」〔紫筆不作下〕

　　　　△　朱本亦作不妻。（朱）

姏　「不肖也，从女，否聲。讀若竹皮箁。」〔紫筆箁作菩〕

　　　　△　朱本亦作箁。（朱）

乂　「芟艸也，从□□相交。」〔紫筆於闕處作ノ从乀三字〕

　　　　△　朱本作从𠃌相交。（朱）

◎　按朱本乀，二字誤合爲一也，據文義當作从丿乀相交。（朱）

弋　「橛也，象折木銳象著形□象物挂之也。臣鍇按爾雅橛謂之杙，弋杙也。

以即反。」〔紫筆補厂於闕處〕

◎　銳象，今本作衺銳。（朱）

○　著，韻會作者。（墨）

△　弋杙也作弋杙也。（朱）

◎　按爾雅作杙，則此三字皆當从弋不當从戈。（朱）

弋　「平頭戟也，从戈一橫之象形也。」〔紫筆戟作戟，戈作弋〕

△　朱文亦作戟。（朱）

戣　「兵也，从戈中。中古文甲字。臣鍇曰會意。如融反。」

戟　「周制侍臣執戟立于東垂，兵也，从戈，癸聲。揆推反。」

△　戟戣二字篆文顛倒。（朱）

賊　「販也，从戈，則聲。臣鍇曰販猶害也。」〔紫筆販作敗〕

△　朱本亦作販。（朱）

戋　「臣鍇曰山海經有戋氏國，不續不耕服也。」〔紫筆續作績〕

△　朱本亦作不續。（朱）

戩　「臣鍇曰今以此爲戩也。」〔紫筆戩作戒〕

△　朱本作戒。（朱）

羛　「今屬鄴，本丙黃北二十里鄉也。」

◎　丙黃疑作內黃，朱本亦作丙。（朱）

◎　郡國志羛陽聚內黃縣地也。（朱）

瑟　「臣鍇曰弘廣也，吳札觀樂曰聖人之弘也。」

◎　韻會無弘廣也三句。（朱）

「黃帝悲，巧分之爲二十五弦。」

◎　韻會作乃分之。（朱）

棗　「𣐈，古文直或从木如此。」

○　𣐈。（朱）

无　「道者，蒙帝之先。」〔紫筆蒙作象〕

◎　道德經本作象，此段全用老子之意，故當從之。（朱）

「故道每貴于无則易治。」〔紫筆上无作元〕

△　朱本亦作道每貴于无。（朱）

「如王述說中橫畫垂。」〔紫筆述作育〕

　　　　　△　朱本亦作王述。（朱）

匠　「木工也，从匚斤。斤所作器也。自障反。」〔紫筆於所下添以字〕
　　　　　△　朱本亦無以字。（朱）

曲部末
　　　　　△　少古文曲。（朱）

鑪　「□□□」
　　　　　○　篆文。（朱）
　　　　　△　篆文廬。（墨籤）

甗　「籀文甑，从衞。」
　　　　　△　朱本亦作衞。（朱）

瓵　「甌瓵謂之瓵，从瓦，台聲。臣鍇曰按史記寅之反。」
　　　　　◎　史記下有脫簡。（朱）

瓶　「罌謂之瓶，从瓦，卑聲。頻弓反。」
　　　　　△　弓改兮。（朱）

弘　「臣鍇曰丨肱字也。」〔紫筆肱作肱〕
　　　　　△　朱本肱字也。（朱）

彀　「張弩也，从弓，殸聲。」〔朱空於殸旁作設〕
　　　　　◎　設字誤，當依今本作殸。（朱）

弼　「臣鍇曰西皮密反。臣次立按說文引徐鍇云西舌也。」
　　　　　△　西作西。（朱）
　　　　　◎　西皮密反似應作卥，朱亦作西。（朱）

卷二十五

納　「絲瀝納納也，从糸，內聲。奴荅切。」〔紫筆瀝作溼〕
　　　　　△　韻會作絲溼納納也，朱本作絲瀝。（朱）

紡　「細絲也，从糸，方聲。妃兩切。」〔紫筆細作網〕
　　　　　△　朱本亦作細絲。（朱籤）

繼　「續也，从糸㡭。一曰反㡭爲繼，古詣切。」
　　　　　○　韻會㡭下有聲字。（朱）
　　　　　△　朱本亦無聲字。（朱）

紹　「繼也，从糸，召聲。一曰紹緊絲也。市沼切。」〔紫筆絲作糾〕
　　　　　△　朱本亦作絲也。（朱）

終 「綠絲也，从絲，冬聲。職戎切。」〔紫筆綠作綟〕

　　△　朱本亦作綠絲。（朱）

　　◎　戎應作戎。（朱）

縵 「漢律曰賜衣者縵表白裏。」〔紫筆裏作裏〕

　　△　朱本亦作白裏。（朱）

絑 「赤繒也，从茜染故謂之絑。」

　　△　从改以。（朱）

繰 「帛如繪色，或曰深繒。」〔紫筆如繪色之繪作紺〕

　　△　朱本亦作如繪色。（朱）

緅 「帛雖色也，从糸，剿聲。詩曰毳衣如緅。臣鉉等曰今俗別作毯，非是，士敢切。」

　　△　徐曰此帛色名，染之如生菼色，今人所染麥綠也，盖此菼名爲雖，非獨其色也。（朱）

綟 「帛戾艸染色，从糸，戾聲。郎計切。」

　　◎　韻會作帛艾艸染色。（朱）

紘 「冠巷也，从糸，厷聲。戶萌切。」

　　△　巷改卷。（墨）

絙 「緩也，从糸，亙聲。胡官切。」〔紫筆緩作緩〕

　　◎　廣韻集韻俱作緩。（朱）

　　△　朱本亦作緩也。（朱）

徽 「衺幅也，一曰三糾繩也，从糸，微省聲。許歸切。」

　　△　朱本計歸切悞。（朱）

絮 「敝緜也，从糸，如聲。息據切。」

　　△　徐曰精者曰緜，繭內衣護蛹者，與其外膜緒雜爲之曰絮，一曰冒絮，頭上巾也。韻會絮字。（朱）

絺 「細葛也，从糸，希聲。丑脂切。」〔朱筆丑作且〕

　　◎　朱本作且悞。（朱）

虫 「一名蝮，博三寸，首大如擘指，象其臥形，物之微細，或行或毛或羸或介或鱗，以虫爲象，凡虫之屬皆从虫。許偉切。」

　　○　韻會虫或作虺，說文虺以注鳴。○按此語見下文虺字注內。（朱）

蝮 「虫也，从虫，夏聲。芳目切。」〔紫筆夏作复〕

　　△　凡蟲也俱應作蟲，書內多作虫。（朱）

蠆　「蠆，毒虫也，象形，丑芥切。」

○　蠆。（朱）

蝥　「蟲即蠿蟊，蜘蛛之別名也。」

△　蟲改蟊。（墨）

蝗　「螽也，从虫，皇聲。乎先切。」

△　先改光。（朱）

螸　「螽醜螸垂腴也，从虫，欲聲。」

△　朱本作螽醜。（朱）

蝆　「似蜥易，長一丈，水替，呑人即浮，出日南。」

△　替改潛。（朱）

蠡　「蟲齧木中也，从䖵，彖聲。盧啓切。」

△　蠡，从彖，不从彖。（朱）

蠹　「蚯蠹也，从虫，褰聲。縛年切。」〔紫筆蚯蠹作蚍蠹，褰作蘽〕

△　虫作䖵。（朱）

△　年改牟。（墨）

蠱　「春秋傳曰，皿蟲爲蠱，晦淫之所生也。」

◎　應作皿蟲爲蠱。（朱）

△　晦淫，毛本作淫溺，韻會作晦淫。（墨）

風部末

○　颲，烈風也，从風，劉聲。讀若劉。良薛切。（朱籤）

䶌　「龜甲邊也，从龜，井聲。天子臣䶌，尺有二寸。」〔朱筆䶌作䵷〕

△　井作冄。（朱）

◎　作䵷从日亦誤，當从冄作䶌。（朱）

黽　「臣鉉等曰色其腹也。」

△　色改象。（墨）

鼃　「其鳴詹諸，其皮鼀鼀，其行圥圥。」

◎　疑今本作其皮鼃鼃爲是。（朱）

鼄　「鼅鼄也，从黽，朱聲，陟輸切。」〔朱筆鼄作鼀〕

◎　从禾作鼀亦誤，當从朱作鼄。（朱）

毈　「卵不孚也，从卵，段聲。徒執切。」

△　執改玩。（墨）

卷二十六

亟 「臣鍇曰承天之時，因地之利，口謀之，手執之，時乎時不可失疾也。」

　　○　韻會無時乎二字。（朱）

恆 「臣鍇曰□□□也，心當有常。」〔朱筆於闕處作二十一下四字〕

　　◎　按此當作二上下也，十一字乃上字，傳寫者誤分爲兩字。（朱）

亙 「求亘也，從二從回。」

　　△　亘改亙。（墨）

凡 「最括而言也，從二，二偶其也。」

　　○　韻會無而言二字。（朱）

　　○　韻會無其字。（朱）

土 「二象地之下，地之中。」

　　△　之下，韻會作之上。（朱）

壌 「四方上下可居者，從土，奧聲。」〔紫筆於上下間添一土字〕

　　△　朱本亦作四方上下。（朱）

堣 「堣夷在冀州暘谷，立春之日值之而出。」

　　○　韻會作陽谷。（朱）

坶 「朝歌南七十里地也，從二，母聲。」

　　○　韻會作從土。（朱）

坐 「止也，從留省從土，所止也。臣鍇曰會意。徂可反。」

　　△　韻會許氏無所止也三字，徐曰土所止也，與留同意，古文作坐，

　　　　今從古，行所止處也。（朱）

坻 「臣鍇按春秋有傳曰，物乃坻伏。眞彼反。」

　　○　韻會引此作抵伏，下云或作坻，亦作汶。（朱）

坒 「臣鍇曰鄰比，若今人言毗日也。」

　　△　毗日疑是毗連。（墨）

塵 「臣鍇按楚楚辭曰，涉氛霧兮如塵。」

　　◎　楚字疑衍，朱本亦作楚楚。（朱）

埏 「臣鍇曰按爾雅漻謂之埏，注云澤漻也。」

　　◎　爾雅注作滓漻也，今誤作澤。（朱）

墳 「墓也，從土，賁聲。扶去反。」

　　△　去改云。（墨）

圭 「躬圭亦爲人形，穀璧皆爲穀蒲形。」

◎　轂璧下脫蒲璧二字，朱本同。（朱）

畿　「則言畿，从田，幾省聲。臣希反。」

◎　朱本亦作臣希反。此巨字，朱筆改者，原改也。按當作巨。（朱）

畷　「□□間道也，廣六尺，从田，叕聲。」

○　兩陌。（朱）

畛　「□□□□聲。支允反。」

○　井田間陌也，从田㐱。（紫）

當　「□□値也，从田，尙聲，得郎反。」

○　田相。（紫）

劭　「勉也，从力，召聲。讀若舜樂詔。食□□」

○　照反。（紫）〔朱筆改照作要〕

勸　「勉也，从力，雚聲。」

○　去願反。（紫）〔朱筆去願作區怨〕

剋　「尤劇也，从力聲聲。」〔朱筆改上聲字作克〕

◎　聲當作克。（朱）

勥　「古文勥，从疆。」

◎　从疆當作彊。（朱）

卷二十七

錮　「後漢法有黨錮，塞其仕進之路也。」

△　韻會黨錮下有謂字。（朱）

鍛　「臣鍇曰推之而已不銷，故曰小冶。」

○　韻會作椎。（朱）

鐆　「陽鐆也，从金，隊聲。」〔紫筆鐆作鏃〕

△　韻會作从金豖聲。（朱）

鏏　「□□□彗聲。讀若慧。于歲反。」

○　鼎也，从金。（紫）

鎣　「器也，从金，熒省聲。□□□」

○　讀若銑，烏定反。（紫）〔朱筆改烏定作玄經〕

鏺　「可㠯劉艸，从金，發聲。」

△　劉，韻會作刘，韻會小補作刈，毛本亦作刈。恐此劉字是傳寫者悞以刈爲刘，而因以刘爲劉也。（朱）

鉊　「鎌或謂之鉊，張胤說。」
　　　△　張胤，韻會作張徹。（朱）

鐼　「矛戟柲下銅鐏，从金，章聲。詩曰厹矛沃錞。臣鍇曰柲柄也。得昏反。」
　〔朱筆改柲作祕，紫筆改章作辛〕
　　　△　韻會柲下作柄下。（朱）
　　　△　觀楚金傳，韻會譌也。（墨）

釣　「□□也，从金，勺聲。」
　　　○　鈎魚。（朱）

鋂　「□□也，一環貫二者，从金，每聲。」
　　　○　大鎖。（紫）

錯　「業也，買人占□□□□之所有也。」
　　　○　緒，从金，昏聲。（紫）
　　　○　臣鍇曰謂使自隱度其家。（朱）

鉅　「火剛也，从金，巨聲。」〔紫筆改火作大〕
　　　◎　韻會亦作大剛。（朱）

与　「臣鍇曰不患少而患不均，故从一勺。」〔朱筆改少作寡〕
　　　△　从韻會改寡。（朱）

几　「周禮五几，玉几彤几形几鬃几素几。」〔紫筆改形作彤〕
　　　△　鬃作鬃。（朱）
　　「臣鍇曰人所凭坐几也。」
　　　○　韻會引此無几字。（朱）

尻　「孝經曰仲尼尻，閑尻如此。」〔紫筆於閑尻上加尻謂二字〕
　　　△　韻會作閑居。（朱）

且　「薦也，从几足有二。」
　　　◎　从几似應从几。（朱）

斡　「蠡柄也，从斗，斡聲。」〔紫筆改蠡作蠡〕
　　　○　韻會作蠡。（朱）

斠　「平斗斠量也，从斗，菁聲。」
　　　○　韻會無量字。（朱）

軖　「臣鍇曰臨衡閑閑，衡假借。」〔紫筆改衡作衢〕
　　　○　韻會引此句云，今假借作衢。（朱）

較　「臣鍇按古今注車駮車耳，在車輂上，重起如牛魚。」

　　　◎　據古今注改正。（朱）〔紫筆改輂作藩，魚作角〕

　　　◎　韻會作車輂。（朱）

曺　「車軸耑也，从車象耑之形。」

　　　○　韻會無耑字。（朱）

轗　「籀文軸。」

　　　△　籀文軸乃籀文車字也，王本與說文同。（朱籤）

轑　「蓋弓也，一曰輻也，从車，寮聲。」

　　　○　韻會作車蓋弓也。（朱）

軭　「車戾也，从車，匡聲。倦臣反。」

　　　◎　倦臣反疑誤，當作倦匡。（朱）

輋　「臣鍇按春秋左傳曰輋車鮑點，輋□□□」

　　　○　車官名，士佳反。（朱）

卷二十八

陲　「臣鍇曰京高立也。特賄反。」

　　　◎　三字亦誤，當作丘。（朱）

陜　「隘也，从自夾。下夾反。」

　　　○　韻會作夾聲。（朱）

陘　「臣鍇按爾雅山絕陘，注連□□□絕也。」

　　　○　山中斷。（紫）

附　「春秋傳□□婁無松柏，臣鍇曰今左傳作培，假借。戶經切。」

　　　○　曰附。（紫）

　　　△　戶經切譌。（墨）

陳　「水□崖也，从自，奧聲。嘔報反。」

　　　○　限。（紫）限。（朱）

　　　◎　限字誤。（朱）

隊　「道邊庳垣也，从□□□□」

　　　○　自，象聲。徒玩反。（紫）〔朱筆於玩作亂〕

院　「堅也，从自，完聲。俱便反。」

　　　○　韻會作垣也，有徐曰云云已見宀部。（朱）

齰　「臣次立按□□□□」

　　　○　說文曰从䧹，決省聲。（朱）

叕　「臣鍇曰交終互綴之象。誅劣反。」

　　△　韻會作象交絡互綴之形。（朱）

　　◎　終疑作絡。（朱）

五　「臣鍇曰交午更用事也，二天地也。」

　　△　交午更用事也，韻會作乂象交午也。（朱）

九　「此乾位陽所歸。」

　　△　歸，韻會作動。（朱）

禽　「走獸總名也，頭象形。」

　　△　韻會作凶象頭形。（朱）

㺊　「笑即上唇弇其目食人，北方謂之土螻。爾雅曰㺊匕如人被髮，象形。」

　　△　韻會作揜其目。（朱）

　　○　韻會作土嶁。（朱）

　　△　被髮下，韻會有迅走二字。（朱）

「讀若費，一曰㺊匕，一名梟羊。臣鍇曰反踵腳跟在前也。」

　　△　讀若費三字，今說文無，而爾雅反引此謂說文云。（墨）

　　△　梟羊下，韻會下有俗謂山都，今交州山中有之十一字。（朱）

　　△　韻會引此注至土嶁而止，下引爾雅并郭注，別自成文，未可據以補繫傳也。（朱籤）

甲　「漢律歷書曰申甲於甲。呷反。」〔朱筆申作出〕

　　◎　呷反上有缺，朱本同。（朱）

戊　「中宮也，象六甲五龍相拘絞也。」〔朱筆五作三〕

　　○　韻會亦作五龍。（朱）

「亦在中五象也，律歷志曰豐楙于戊。莫遺反。」〔朱筆改遺作遘〕

　　○　韻會作在中土象。（朱）

　　△　遺改透。（墨）

辛　「故辛痛也，八服漸焦殺，所介反，故象之。」

　　△　故辛痛也以下，韻會作辛亦漸揫歛，故象人股漸焦殺也。（紫）

　　△　朱本所介反三字旁注。（朱）

皋　「言皋人蹙自辛若之憂。」〔紫筆自作鼻，若作苦〕

　　◎　按自即鼻字，故得並通。（朱）

子　「臣鍇曰十一月夜半陽氣所起，人承陽本其初，故以為稱。律歷志曰孳萌于子也。〈通論〉詳矣。」

　　　○　韻會注此下有於文併是爲秫，併者在襦褋也，象形，十四字。（朱）

　　　△　韻會引此十四字已見〈通論〉。（墨）

孕　「裹子也，从子凡。臣鍇曰凡音殊，草木之寶重，亦取象于凡朵字也
　　是。」〔紫筆凡作几，寶重作實垂〕

　　　△　依韻會改。（朱）

孿　「臣鍇曰孿猶運也。數春反。」〔朱筆改數作婁，春作眷〕

　　　△　春改眷。（墨）

季　「少偁，从子稚省，稚亦聲。見翠反。」〔朱筆改偁作稱〕

　　　△　韻會無稚亦聲三字。（朱）

丑　「臣鍇曰卜所執不出于手也。」

　　　○　韻會从彐从丿象手有所執也。（朱）

辰　「臣鍇曰雷出舊豫之時也。」

　　　◎　舊豫疑作奮豫。（朱）

午　「五月陽極而陰朱，仵者正衡之也，矢亦象衡逆也。律曆志曰咢布于午。
　　　偶吉反。」

　　　△　从韻會改。（朱）〔朱筆改朱作生，衡作衝〕

　　　△　矢亦之矢，韻會作午。（朱）

　　　△　偶吉應作偶古。（墨）

未　「味也，六月滋味也。」

　　　△　韻會作六月之辰也。（朱）

配　「臣鍇曰匹妃也，古只作妃。」〔紫筆將古只作妃之妃字圈去女字邊〕

　　　△　妃，朱本亦作妃。（朱）

醮　「冠娶禮祭也，从酉，焦聲。子妙反。」〔朱筆於娶旁作女〕

　　　◎　女字誤。（朱）

醅　「醉飽也，从酉，音聲。讀芳襃。」〔紫筆醉作酢〕

　　　◎　襃當从人不當从火。（朱）

醫　「周禮有醫酒士者，巫彭初作醫。」

　　　◎　士者疑作古者。（朱）

酸　「醉也，从酉，夋聲。關〃東謂酢曰酸。」〔紫筆醉作酢〕

　　　◎　關〃東疑作關以東。（朱）

尊　「臣鍇曰會意。祖□□□」

　　　○　存反。（朱）

戌　「五行，土生于戌，盛于戌。」

　　　　△　韻會作生于戊。（朱）

亥　「古者質堅，二二畫于左，爲籌家之一萬。」〔紫筆堅作豎，朱筆二二作上二〕

　　「上橫下畫，爲忬家之六百。」〔紫筆畫作豎，忬作等〕

　　「故身士文□曰。」〔紫筆身改作晉〕

　　「今按季斯所書禆。」〔紫筆季改作李，禆筆作碑〕

　　「皮趙以其眾畫適爾類之。」〔紫筆皮改作史〕

　　「律曆志曰談閡於亥。」〔朱筆談改作該〕

　　　　△　改處悉从韻會。（朱）

卷二十九

　　「黃帝之史蒼頡，見鳥獸遞迒之迹，知分理之可相別異也。」

　　　　◎　漢書作蒼。（朱）

　　　　△　朱本亦作蒼。（朱）

　　「蒼頡之初作書，蓋依類象形，故謂之文，其後形聲相益，即謂之字。
　　　字者孳乳而浸多也。」

　　　　△　文者象物之本。（朱）

　　「臣鍇曰如謂如其事也。」〔朱筆於事旁作字〕

　　　　◎　事字亦通。（朱）

　　「一曰指事，指事者，視而可識，察而可見，上下是也。」

　　　　◎　漢藝文志作察而見意，以韻叶之，良是。（朱）

　　「車涂異軌，律灋異令，衣冠異制。」

　　　　○　今說文本作律令異法。（朱）

　　「又云齊相杜操所作。」

　　　　◎　操，長箋作探。（朱）

　　「但史記言上官奪屈原藁。」

　　　　△　今說文屈原藁下有艸字，據史記當作艸藁。（紫）

　　「今云漢興有艸書，知所言藁，繫傳藁字並作藁艸，是忬詞，非是艸書
　　　也。」

　　　　△　繫傳以下七字應在書也之下。（朱）亦非在下也，蓋此七字是此處
　　　　　　小字夾注耳。（朱）

　　　　◎　繫傳至藁艸八字，朱本勾去。（朱）

「學僮十七爵上，始試諷籀書九千，乃得爲吏。」

　　△　今說文本九千字，下有字字。（朱）

「令說文字未央庭中，爵禮爲小學元士。」

　　△　庭，今本說文作廷。（朱）

「又按漢書問里師合三蒼斷六十字爲一章。」

　　◎　問，漢書作閭。（朱）

「凡將則頗有出入。」

　　◎　出入，藝文志作出矣。（朱）

「又易蒼頡中繩複之字。」

　　◎　繩複，藝文志作重複。（朱）

「雖叵復見遠，沬其詳，可得略說也。」

　　◎　沬，今說文作流。（朱）

「故詭更正文鄉壁，虛造不可知之書。」

　　◎　壁字，長箋無。（朱）

「諸生竟逐說字解經。」

　　△　竟，成說文本作競。（朱）

「臣鍇曰悁音旨，意旨也。」

　　◎　意旨，長箋作甘旨。（朱）

「其於所不知，蓋闕如也。」

　　△　今刻本說文作其於。（朱）

「說文解字通釋第十𠂤曶畗𣆪」

　　△　𣆪在畗前，說文目與十五上卷同，玉篇亦同，此繫傳之誤。（朱）

「說文解字通釋第十二墫䰜彁木」

　　△　後〈部敘〉脫䰜。（朱）

「說文解字通釋第十二 𡃀 囧 尸 𡰝」〔朱筆改 𡃀 作 囧巴〕

　　△　後〈部敘〉脫囧。（朱）

「𦥑 凶 朮 麻」

　　△　麻上脫林。（朱）

「說文解字通釋第二十九」

　　△　〈通釋〉作敘目。（朱）

卷三十

「後敘曰此十四篇，五百四十部也。」

　　△　今說文本無也字。（紫）

「孟陬之月，朔日甲子。」

　　△　今說文作本作甲申。（紫）

「知此者稀，儻昭所尤。」

　　◎　尤，長箋作說。注尤非（朱）

「庶有達者理而董之。^{臣鍇曰董正也}召陵萬歲里公乘。」

　　△　召陵上空格。召陵吕下乃許沖之表，不與後敘相連。（朱）

「凡十五卷，十二萬，今說文作十三萬三千四百四十一字。」

　　△　今說文作十三萬，此七字非正文，乃此處之夾注耳。（朱）

　　◎　今說文作十三萬，此七字朱本「　　」。（朱）

「建武時給事中議郎衛宏所校，皆口傳。」

　　◎　校，長箋作授。（朱）

「臣鍇按後漢書杜陵嘗得古文漆書尚書。」

　　◎　陵，長箋作林。（朱）

「臣誠惶誠恐頓首。」

　　△　今說文臣下有沖字。（朱）

卷三十一

⊥　「在上者，莫若天。」

二　「古文上字，垂三光以示人，故次之以。」

　　△　莫若天垂三光以示人相連爲一句，古文上字別注⊥字也。（紫）

│　「一也□□而起者尐，自□□□故次之以。」

　　△　也下疑有闕文。（紫）

　　△　一上有│字，自下有│字。（朱）

半　「牲之大而分者莫若牛，故次之以。」

　　△　大而下疑有可字。（紫）

凵　「^{口犯反}開口而言必喧，故次之以。」

吅　「喧哭聲也，故次之以。」

　　△　喧字，朱本俱改吅。（朱）

延　「^{丑反}偃延而後爲行，故次之以。」〔紫筆改偃作遷〕

　　　　△　　案僊作遷亦未是，丑字當爲有字之悮。有僊反。延字音也，悮書
　　　　　　作大字。（紫）

朤　「音多言之窮必卷舌，故次之以。」

　　　　◎　　下一戜字似衍。（朱）

谷　「渠谷口上上蘼理也，語必餘聲，故次之以。」

　　　　◎　　下一上字衍，朱本已刪。（朱）

囪　「止而訥者，言之旬也，故次之以。」

　　　　◎　　朱本旬亦改句。（朱）

丩　「己反周言相傳爲古，故次之以。」

　　　　△　　已周反，丩字音。（紫）

十　「十之變爲。」

　　　　△　　此處有脫句。（朱）

言　「二言必竟，故次之以。」

　　　　△　　竟作競。（朱）

叢　「叢之眾猥，必有□□故次之以。」〔朱筆於必有下加 㸚〕

㕚　「或收之，或□□之，故次之以。」〔朱筆於或下多 㐅〕

　　　　△　　此行有闕文。（紫）

　　　　△　　必有下不空，或字下亦不空。（朱）

鬥　「丁侯反能解爭者以一一而有制，故次之以。」〔紫筆侯作候〕

　　　　◎　　一當作又，存叅。（朱）

隶　「隶及也，規畫所及以爲堅久也，故次之以。口問犯」〔朱筆改口問犯作苦閑反〕

　　　　◎　　犯當作反，在臤字之下。（朱）

殺　「殺之字從殳，殳從□□王者三驅示殺託於驅禽，故次之以。」

　　　　△　　殳從下當有几字，與下王者相連爲一段，不宜分開。（紫）

叕　「音殘叙而尐，故次之以。」

　　　　△　　叙作叕。（朱）

丰　「古械反丰草之敬亂也，耒所以耕，耕去草，故次之以。」

　　　　△　　敬作散。（朱）

皿　「皿以橐於□□□故次之以。」

凵　「音祛□□□去也，故次之以。」

　　　　△　　疑有闕之。（朱）橐於下有凵不空，音祛下同。（朱）

丶　「竹甫反□□箸也□□之明者莫若丹，故次之以。」

△　竹甫反有一小丨字，不空，箸也下同。（朱）

朱 「[反方未]朵生也。」〔朱筆於也下加故次之以四字〕

　　　△　生也下缺數字。（紫）

巫 「垂者，艸木之華也，故次之以。」

華 「木頭曲而禾，故次之以。」

　　　△　彎上脫弩。（朱）

丑 「艸木之成實者華□□□也，故次之以。」

　　　△　華字下不宜空。（紫）有弓字，（朱）

帛 「白帛之蔽，故次之以。」

　　　△　蔽作敝，疑作㡀。（朱）

　　　△　疑有闕文。（紫）次之以旁添一白字。（朱）

卷三十一末

○　兩下脫网，帛下脫白。（朱）

卷三十二

人 「人天成地平，人生其間，盈天地之間惟人，人久則匕，故次之以。」

　　　◎　首一人字疑衍。（朱）

眾 「[反牛金]依眾也，眾依於丘，故次之以。」

　　　△　依作伆。（朱）

方 「舟在人之下，几亦在下，次之以。」

　　　◎　几亦在下句有肥誤。（朱）

宄頁百面

　　　△　此處脫去丐首二部。（朱）

悬首須彡

　　　△　首誤在下。（朱）

文髟后

　　　△　脫亥。（朱）

尣 「[音尫]尣者气不至於足也，气在腹不通若壺，故次之以。」〔朱筆改尣作尣〕

　　　◎　尣亦誤，當作尣。（朱）

夲 「[反女涉]夲盜爲盜夸，故次之以。」

　　　◎　疑作夲爲盜夸，衍一盜字。（朱）

氐 「岐流分昔爲氐，故次之以。」

△　昔作背。（朱）

氏　「陡必有所止，故次之以，氏，戈者戟之平頭所以抵，故次之以。」〔墨
　　筆書⿰氏ノ於氏旁〕

　　△　⿰氏ノ字於此卷之式亦當改大書。（朱）

卷三十二末

　　△　脫去六七乙丙丁戊辛辡壬了弄圥丑寅卯辰巳午未申酉戌凡廿二
　　　　部。（朱）

　　△　數目干支皆不釋，此非闕文，以爲人所易解兼有〈類聚〉篇詳之。
　　　　（紫）此亦支說。（朱）

卷三十三

君　「古文□□□口爲君，象坐形也。」〔朱筆於文下添一⿰尹口字〕

　「孔子曰恭己正南面而已，故□□□象南面垂衣之形也。□□□下其口
　者慮民也。后之言後也，繼體君也。」〔朱筆於古文下書⿰尹口，下兩空處各
　書⿰尹口字〕

　　△　古文⿰尹口口爲君，朱本⿰尹口誤作大字，故字下小⿰尹口誤作大⿰尹口字，篆
　　　　字當在下其口者慮民也之下，非屮屮也，⿰尹口也。（朱）

　　△　故字當與下象南面句相連。（紫）

日　「日實也，陽德也，君道也，天無二日，故於文□□□一爲日□□□者，
　　轉而不窮也，員以利轉也，轉而不一，不可以訓，故從一也。」〔朱筆
　　於一上，日下各書一〇〕

　　△　者上亦有闕文，或與一爲日句相連成文。〇又案日實也以下至從
　　　　一也，皆訓日字之義，惟於文下闕一圓圈，又慪分爲三節。（紫）

明朙　上明字从日月，下明字从囧，朱本上明字慪作朙。（朱籤）

尸　「二亦聲也，古文尸二爲仁□□□屋也，覆也，兼覆二也。」

　　△　爲仁下缺尸字，與屋也相連。（紫）

智　「古文于心爲仁□□□唯仁者能服眾心也。智者知也，知者必有言，故
　　於文白知爲智，白者詞言之气也，知不窮，气亦不窮。」〔紫筆于心作
　　千心，又墨筆於智者上書篆文⿱知日〕

　　△　唯仁句與上相連，智者另起。（紫）

道　「故禮義尚明，而仁智信尚晦也。道者蹈也，人所蹈也，一達謂之道，
　　二達曰岐旁，三代之所以直道而行也。」

　　　△　道者以下釋道字之義，與上文不宜相連，觀末故於文辵首爲道句，
　　　　　知非揔論五常之理也。（紫）

眞　「故主於心，行在外，主於行，行彳也□□□通名曰道，道壽也，覆壽
　　之也，行之言莖也，若枝莖也。眞者僊也，化也，人生而靜，物之性，
　　性而有欲，性之害也。」〔墨筆於通名上增篆文𢔁〕

　　　△　自眞者以下釋眞字之義。（紫）

□　「聲之外曰響，響猶悅也，悅悅然浮也，訌訌然大也，寔而精者曰聲，
　　朴而浮者曰響，響猶香也，虛之謂也□□，響之附聲如影之箸形，故
　　於文音鄉爲響，鄉猶向也仿也，鄉亦響之聲也」〔朱筆寔作實〕
　　朱本脫響篆。（朱籖）

卷三十四

命　「故於文口今爲命，令者使今也，口者出令也。」〔紫筆改今作令〕
　　　△　韻會俱作令。（朱）

弟　「𢎨」
　　𢎨，系傳爲此篆。（朱籖）

刑　「故民字象其衣服充裕，形體豐寔之形也。於文君字正而民字偏也。易
　　之訟曰君子以作事謀始。訟者爭也，亂也。」〔朱筆改寔作實，且於民字
　　偏也下作乚號〕
　　　△　此上總論民字，不與下文相連，猶前總論五常之例。（朱）

□　「對姑曰婦，婦服也，服勤事也，故於文女帚爲婦，執箕帚也。」
　　　○　𡜍。（朱）

弟　「故於文弟從韋。𢎨又弟者易也，順兄之教則易也。夫者扶也，既壯曰
　　夫。」
　　　○　弟字篆仍在此。（朱）
　　　△　從韋與又弟者相連，夫者另起。（紫）○細玩徐氏之例，似以一篇
　　　　　爲一章，故篆文之下有申明上意者，又總論前義者。但鉤勒明白，
　　　　　則畫界分疆亦可不必。（朱）○方綱按此不必改，愚有說在第卅五
　　　　　卷第二頁下說字之後。（朱）

兒　「於文儿臼爲兒，𦥯與古文齒相類，古文齒作𪗇，左冶二屬，𪗇各二也
　　□□𦥔凶未合之象也，貴曰子。」〔朱筆改作古文齒作𪗧，左右三屬𪗧各
　　二也〕

○　此亦當作小字。（朱）此一字不必改。（朱）〔謂兒字〕

△　朱本與古文六字大字，古文齒十三字小字。（朱）

△　此不必拘，元是一氣直下之小字耳。（墨）

△　冶，朱本作右，今改。（朱）

　　朱本臼字悞作大字，此兒字注內之語，不宜作大字也。（朱籤）

○　此一字須改作小字，一連直下。（朱）〔謂臼字〕

孩　「故曰羽林孤兒健兒乞兒也。咳者，小兒之笑也。咳咳然，笑聲也。三
　　月而咳，故於文口亥爲咳，亥咳聲，或從子亦同也。孩」

△　咳字與上文不連。（紫）

孫　「孫者遜也，彌遜順也。逮事於父，見其子道遜順當續而行之。故於文
　　子系爲孫，系繼也。詩曰無念爾祖，聿修厥德。嫡者滴也，若欂𩅖之
　　滴耑諦也，取貴於庶也。至於女，故從女。傳曰荀偃立後曰鄭甥可子，
　　以世貴也。孫」〔朱筆改至作主，世作母〕

△　嫡者下另爲一段。（紫）

△　朱本脫嫡字篆文而誤以孫字置于嫡字訓解之下，不知孫字當在聿
　　修厥德　之下也。（朱）

孝　「孝子之心不忍言其七，故省之也□□經曰父母之年不可不知，一則以
　　喜，一則以懼，父在恒言不稱老也。善兄弟爲友，又同志爲友。」

△　省之也與經曰相連，善兄弟另起。（紫）

○　孝字篆文仍在此處，不必改在下。（朱）〔謂闕空處〕

卷三十五

樂　「樂彌廣則備鼓鼙，故於文木樂爲樂□□象鼓形，似台字，蓋象鼓形，
　　非白黑□□左右之應輚也。」

△　爲樂下缺一白字，非白黑下缺一絲字。自小言之至無所不被也，
　　皆釋樂之文，傳寫者悞分爲三。（紫）

說　「悅者彌小也。悅猶說也，拭也，解脫也。」

◎　脫字當作釋。（朱）

舞　「從心
　　非悅而不已，見於言貌，故喜從口。詩曰嗟嘆之不足故詠歌之，詠
　　歌之不足，不知手之舞足之蹈之，故舞從足。不知者，不自覺知也，
　　手足之煩不可久，故形於金石。君子無故不徹縣也，故曰悅主於心。
　　悅而不已見於貌，見於貌爲喜。喜而不已發於聲，故曰歌聲之不足以

盡，故成於詠。詠者長言之也，配之於詩也。詠之不足，則舞之蹈之，故於文舛無爲舞。」

　　△　故喜從口句釋上說字也，故舞從足句釋下舞字也。觀此一條則知篆文之下復有釋上字者，不必定改之矣。（朱）

愚　「愚者戇也，戇猶椿也，無所施爲也。」

　　◎　椿疑作惷。（朱）

勇　「孔子曰，義也。言能以義勇也。夫子力翹門開，不以力聞。」

　　◎　開疑作關。（朱）

詞　「𧦝」

　　◎　祠當作詞。（朱）

辭　「辭者，訟也，所以理也。䚦者亂也，亂理也。於文冂坰也，外內之象也。予𠬌相引爲亂也，𤔔以理之也□□傳曰兵作於外爲寇，於內爲亂。」

〔朱筆於空處篆一亂字〕

　　△　不宜空。（紫）

　　△　此段皆論辭字，觀首句辭者訟也可見。朱本惧篆一亂字。（朱）

　　○　此字宜刪。（朱）〔謂篆文亂字〕

「玉之在佩，必合於宮商。君子之言，必成於文。天何言哉，星辰粲焉，雲霞蔚焉。言之無文，行之不遠。楚人之俗剽而疾，險而激，其艸木也秀而麗，其君子也炳而潔。故因其俗以諷之，使至於道也。君子之文，因麗以導其質，故味而逾寔，故雖麗而無害也。小人之文，反質以行其麗，故味而逾虛，故雖質而無救也。此深淺之分，厚薄之別，焉可同也。」〔朱筆改寔作實〕

　　△　此論甚通。（朱）

卷三十六

要　「說文云象人要，自臼交省聲。」〔朱筆改象人要作從臼〕

　　◎　象人要三字似誤塡，朱本爲是。（朱）

米　「說文云穬粟寔也，象禾實之形。」〔墨筆改穬作米，朱筆改寔作實〕

　　△　朱本亦作穬。（朱）

亥　「是有杶幹之才，而不得棟宇之法。」〔朱筆於法旁作任〕

　　◎　任作法似誤。（朱）

「陛下神徍勝气，獨冠皇流。」

◎　袿，一本作袿。（朱）

卷三十七

丂　「反丂爲□□音訶則气疐而無閡。」〔朱筆於空處作乛，改訶作記，疐作疐〕

　　△　音訶二字當在可字之下，此句與上文相連。（紫）非也，音訶，乛字之音也。（朱）

可　「乛」

　　△　朱本可篆誤乛。（朱籤）

知　「若夫□□緩詞而象於箕，云發語而本於气。夫扶爲民。」〔朱於於緩上增丼，紫筆作其〕

　　△　若夫以下推論其餘其云夫焉介爲何斯弖已是也。朱本其字誤作大篆。（朱）

　　◎　扶字旁注。（朱）

仌　「合抱之木生於豪末，故木生於□□屮屮木之初也，土爲陰數，陰數二。」

　　△　朱本多篆一屮字。非多篆也，乃宜接寫。（朱籤）

屮　「米者象左右屎粒也，不從於□□艸所以貴也，此六者有形之主，而六者孳益不可勝載也。」

　　△　米者左右粟粒不从于艸，所以貴也。朱本謂以艸爲大篆，文理遂不可通。（朱籤）

寅　「爲十三月陽謀成而出。」

　　◎　十三月，未聞。（朱）

辰　「二，古上字，上畫短，下畫長，□□爲聲，此形聲字。」〔朱筆於長下作厂〕

　　△　爲聲七字未詳，疑錯簡也。（紫）

　　△　厂字，朱本誤作篆字。（朱籤）

鹿　「與牛羊特驚異，視其解角以知其時，故象之有兔爰爰獸之趣狡也，以豪爲用。」

　　△　故象之句，有兔爰句，連篆字在內。（朱）

卷四十

「己酉十二月十五日子容題」

　　△　己酉是宋神宗盈寧二年。（墨）

參考書目

一、說文之屬

1. （東漢）許慎撰、（清）段玉裁注，《說文解字注》（黎明文化事業公司）。
2. （宋）李燾，《說文解字五音韻譜》（臺灣商務印書館《四庫全書》）。
3. （明）趙宧光，《說文長箋》（中央圖書館藏）（明崇禎六年原刊本）。
4. （清）汪憲，《說文繫傳考異》（臺灣商務印書館《四庫全書》）。
5. （清）王筠，《說文繫傳校錄》（廣文書局《說文叢刊》）。
6. 丁福保，《說文解字詁林》（鼎文書局）。

二、板本之屬

1. （清）葉德輝，《書林清話》（文史哲出版社）。
2. 屈萬里、昌彼得，《圖書板本學要略》（中國文化大學出版部）。
3. 昌彼得、潘美月，《中國目錄學》（文史哲出版社）。
4. 潘美月，《華夏之美——圖書》（幼獅文化事業公司）。
5. 《中國古籍研究叢刊》（明倫出版社）。
6. 王秋桂、王國良編，《中國圖書文獻學論集》（明文書局）。
7. 李清志，《古書版本鑑定研究》（文史哲出版社）。

三、目錄之屬

1. （宋）王堯臣等撰、（清）錢東垣等輯釋，《崇文總目輯釋》（廣文書局《書目續編》）。
2. （宋）尤袤，《遂初堂書目》（廣文書局《書目續編》）。
3. （宋）陳振孫，《直齋書錄解題》（廣文《書目續編》）。
4. （宋）陳騤等編、趙士煒輯，《中興館閣書目》（成文出版社《書目類編》二）。
5. （明）焦竑，《國史經籍志》（廣文書局《書目五編》）。

6. （清）紀昀等，《四庫全書總目提要》（臺灣商務印書館）。

7. （清）紀昀等，《四庫全書簡明目錄》（臺灣商務印書館）。

8. （清）錢曾，《述古堂藏書目》（廣文書局《書目三編》）。

9. （清）錢曾撰、章鈺校證，《讀書敏求記校證》（廣文書局《書目叢編》）。

10. （清）瞿鳳起編，《虞山錢遵王藏書目錄彙編》（成文出版社《書目類編》三十二）。

11. （清）黃丕烈，《百宋一塵賦注》（廣文書局《書目續編》）。

12. （清）汪士鐘，《藝芸書舍宋元本書目》（成文出版社《書目類編》三十）。

13. （清）瞿鏞，《鐵琴銅劍樓藏書目錄》（廣文書局《書目叢編》）。

14. （清）陳徵芝，《帶經堂書目》（傅斯年圖書館藏）（風雨樓叢書本）。

15. （清）楊紹和，《海源閣藏書目》（廣文書局《書目叢編》）。

16. （清）楊紹和，《楹書隅錄》（廣文書局《書目叢編》）。

17. （清）丁丙，《善本書室藏書志》（廣文書局《書目叢編》）。

18. （清）丁仁，《八千卷樓書目》（廣文書局《書目叢編》）。

19. （清）張鈞衡，《適園藏書志》（廣文書局《書目叢編》）。

20. （清）丁日昌，豐順丁氏《持靜齋書目》（成文出版社《書目類編》三十一）。

21. （清）錢泰吉，《曝書雜記》（廣文《書目叢編》）。

22. （清）莫友芝，《邵亭知見傳本書目》（廣文書局《書目五編》）。

23. （清）江標，《宋元本書目行格表》（成文出版社《書目類編》八十五）。

24. （清）龍起瑞，《經籍舉要》（成文出版社《書目類編》九十二）。

25. （清）王呈祥，《尊經閣藏書目錄》（成文出版社《書目類編》九）。

26. （清）朱記榮，《行素草堂目現書錄》（成文出版社《書目類編》五十七）。

27. （清）孫星衍，《孫氏祠堂書目內外編》（廣文書局《書目三編》）。

28. （清）張之洞撰、范希曾補正，《書目答問補正》（傅斯年圖書館藏）（國學圖書館印行本）。

29. （清）陳揆，《稽瑞樓書目》（廣文書局《書目五編》）。

30. （清）徐樹蘭，《古越藏書樓書目》（傅斯年圖書館藏）（崇實書局石印本）。

31. （清）陸心源，《皕宋樓藏書志》（廣文書局《書目續編》）。

32. （清）謝啓昆，《小學考》（廣文書局《書目三編》）。

33. 楊立誠，《四庫目略》（成文出版社《書目類編》十一）。

34. 《進呈書目》（成文出版社《書目類編》十二）。

35. 吳慰祖校訂，《四庫各省採進書目》（成文出版社《書目類編》十三）。

36. 喬衍琯，《善本書室藏書志簡目》（廣文書局《書目續編》）。

37. 張乃熊，《菦圃善本書目》（廣文《書目三編》）。

38. 瞿啓甲，《鐵琴銅劍樓宋金元本書影》（廣文書局《書目四編》）。

39. 梁啓超，《梁氏飲冰室藏書目錄》（傅斯年圖書館藏）（國立北平圖書館印）。

40. 趙萬里，《西諦書目》（成文出版社《書目類編》四十三）。

41. 江瀚，《故宮普通書目》（成文出版社《書目類編》十七）。

42. 何澄一，《觀海堂書目》（成文出版社《書目類編》三十八）。

43. 王重民，《博野蔣氏寄存書目》（成文出版社《書目類編》三十九）。

44. 《香港學海書樓藏書總目錄》（成文出版社《書目類編》四十二）。

45. 《北平文奎堂書目》（成文出版社《書目類編》四十六）。

46. 周毓邠，《彙刻書目初編》（成文出版社《書目類編》六十一）。

47. 張元濟，《涉園序跋集錄》（成文出版社《書目類編》七十八）。

48. 甘鵬雲，《崇雅堂書錄》（廣文書局《書目五編》）。

49. 沈德壽，《抱經樓藏書志》（傅斯年圖書館藏）。

50. 趙詒琛，《趙氏藏書目》（傅斯年圖書館藏）。

51. 徐允中，《東海藏書樓書目》（傅斯年圖書館藏）。

52. 章鈺，《章氏四當齋藏書目》（傅斯年圖書館藏）。

53. 蔣孟蘋，《傳書堂藏善本書志》（藝文印書館）。

54. 趙吉士，《盧抱經先生手校本拾遺》（臺灣書店）。

55. 葉德輝，《觀古堂書目叢刻》（廣文書局《書目五編》）。

56. 傅增湘，《藏園群書經眼錄》（中央圖書館藏）（1983 年新華書店）。

57. 雷夢水，《古書經眼錄》（中央圖書館藏）（1984 年齊魯書社）。

58. 《漢口掃葉山房書目》（成文出版社《書目類編》四十七）。

59. 《清學部圖書館善本書目》（故宮圖書館藏）（《古學彙刊》）。

60. 《江南圖書館善本書目》（廣文書局《書目四編》）。

61. 《江蘇省立國學圖書館圖書總目》（廣文書局《書目四編》）。

62. 《江蘇省立國學圖書館現存書目》（廣文書局《書目四編》）。

63. 《北京圖書館善本書目》（成文出版社《書目類編》十九）。

64. 《上海圖書館善本書目》（成文出版社《書目類編》二十三）。

65. 《四川省圖書館館藏古籍目錄》（成文出版社《書目類編》二十三）。

66. 《浙江公立圖書館通常類目錄》（傅斯年圖書館藏）。

67. 趙藩，《雲南圖書館書目二編》（傅斯年圖書館藏）。

68. 《北京師範大學圖書館中文古籍書目》（中央圖書館藏）（1984 年）。

69. 《北京人文科學研究所藏書目錄》（北京人文科學研究所）（民國 27 年）。

70. 《臺灣公藏善本書目人名索引》（中央圖書館）。

71.《臺灣公藏普通本線裝書書目人名索引》（中央圖書館）。

72.《國立中央圖書館善本書目》（中央圖書館）。

73.《國立故宮博物院善本舊籍總目》（故宮博物院）。

74.《中央研究院歷史語言研究所善本書目》（中央研究院）。

75.《國立臺灣大學普通本線裝書書目》（臺灣大學）。

76.《國立師範大學普通本線裝書書目》（師範大學）。

77.《靜嘉堂祕籍志》（傅斯年圖書館藏）（靜嘉堂藏梓）。

78.《靜嘉堂文庫漢籍分類目錄》（古亭書屋）。

79. 日‧長澤規矩也，《靜盦漢籍解題長編》（汲古書院）。

80.《內閣文庫漢籍分類目錄》（進學書局）。

81.《和漢圖書分類目錄》（宮內廳書陵部昭和二十七年）。

82.《東京大學東洋文化研究所漢籍分類目錄》（東京大學）。

83.《京都大學人文科學研究所漢籍目錄》（京都大學）。

84.《中國國際圖書館中文舊籍目錄》

四、其　他

經　部

1.（元）黃公韶，《古今《韻會》舉要》（臺灣商務印書館《四庫全書》）。

2.（元）周伯琦，《六書正譌》（臺灣商務印書館《四庫全書》）。

史　部

1.（宋）陸游，《南唐書》（臺灣商務印書館《四庫全書》）。

2.（宋）馬令，《南唐書》（臺灣商務印書館《四庫全書》）。

3.（宋）吳任臣，《十國春秋》（鼎文書局）。

4.（宋）鄭樵，《通志》（中文出版社）。

5.（元）脫克脫，《宋史》（鼎文書局）。

6.（元）戚光，《南唐書音釋》（臺灣商務印書館《四庫全書》）。

7.（元）馬端臨，《文獻通考》（中文出版社）。

8. 周駿富，《清史列傳》（明文書局《清代傳記叢刊》）。

9. 昌師彼得等，《宋人傳記資料索引》（鼎文書局）。

10. 楊立誠等，《中國藏書家考略》（新文豐出版公司）。

子　部

1.（宋）宋祁，《宋景文筆記》（新興書局）。

2.（宋）葉夢得，《石林燕語》（新文豐出版公司《叢書集成新編》）。

3.（宋）章如愚，《群書考索》（新興書局）。

4.（宋）魏了翁，《經外雜鈔》（臺灣商務印書館《四庫全書》）。

5.（宋）王應麟，《困學紀聞》（臺灣商務印書館《四部叢刊續編》）。

6.（宋）王應麟，《玉海》（大化書局）。

7.（宋）江少虞，《宋朝事實類苑》（源流文化事業公司）。

8.（元）吾丘衍，《學古編》（新文豐出版公司《叢書集成新編》）。

9.（元）鄭构撰、（元）劉有定注，《衍極》（新文豐出版公司《叢書集成新編》）。

10.（明）陶宗儀，《書史會要》（臺灣商務印書館《四庫珍本》）。

11.（明）陸深，《儼山外集》（臺灣商務印書館《四庫全書》）。

12.（明）凌迪知，《萬姓統譜》（新興書局）。

13.（清）王鳴盛，《蛾術編》（信誼書局）。

集　部

1.（宋）徐鉉，《騎省集》（臺灣中華書局《四部備要》）。

2.（宋）樓鑰，《攻媿集》（臺灣商務印書館《四部叢刊》）。

3.（元）虞集，《道園學古錄》（臺灣中華書局）。

4.（清）翁方綱，《復初齋文集》（文海出版社）。

5.（清）盧文弨，《抱經堂文集》（新文豐出版公司《叢書集成新編》）。

6.（清）朱筠，《笥河文集》（新文豐出版公司《叢書集成新編》）。

期刊論文

1.高仲華，〈說文解字傳本考〉（《東海學報》十六卷、十八卷）。

2.許錟輝，〈文字學導讀〉（《國學導讀叢編》）。

3.王獻唐，〈說文繫傳三家校語抉錄〉（《山東省立圖書館季刊》）。

4.周祖謨，〈徐鍇的說文學〉（《問學集》）。

書 影

說文解字通釋卷第一

繫傳一　臣鍇曰部數字數皆／仍舊題今分兩卷

文林郎守祕書省校書郎臣徐鍇傳釋

朝散大夫行祕書省校書郎臣朱翱反切

十四部　文二百七十四　重七十七

一　惟初太極道立於一造分天地化成萬物凡一之屬

皆從一臣鍇曰一者天地之未分太極生兩儀一旁

薄結之義是謂無狀之狀無物之象必橫者象天地人

之气是皆橫屬四極老子曰道生一今云道立於一者得

二、清翁方綱校鈔本《說文繫傳》卷一首葉（國立中央圖書館藏）

無物之象當作無
家之象見老子

說文解字通釋卷第一

繫傳一

文林郎守祕書省校書郎臣徐鍇傳釋

朝散大夫行祕書省校書郎臣朱翱反切

一

十四部 文六百七十四 重七十七

惟初太始道立於一、造分天地、化成萬物、凡一之屬皆从一

皆從一、臣鍇曰、一者天地之未分、太極生兩儀、一

薄始結之義是謂無狀之狀無物之象必橫者象天地人

之氣是皆（陳）屬四極老子所道生一

三、清烏絲欄鈔本《說文繫傳》卷一首葉（國立中央圖書館藏）

說文解字通釋卷第一

繫傳一　臣鍇曰部數字數皆仍舊題今分兩卷

文林郎守祕書省校書郎臣徐鍇傳釋

朝散大夫行祕書省校書郎臣朱翺反切

十四部　文二百七十四　重七十七

一　惟初太極道立於一造分天地化成萬物凡一之屬皆從一臣鍇曰一者天地之未分太極生兩儀一旁薄始結之義是謂無狀之狀無物之象必橫者象天地人之气是皆橫屬四極老子曰道生一今云道立於一者得

無物之象當作無象之象見老子

四、清《文淵閣四庫全書》本《說文繫傳》卷一首葉（國立故宮博物院圖書館藏）

欽定四庫全書

說文繫傳卷一

通釋

南唐　徐鍇　撰

朱翱反切

一　惟初太極道立於一造分天地化成萬物凡一
之屬皆從一臣鍇曰一者天地之未分太極生

兩儀一旁薄始結之義是謂無狀之狀無物之象必橫
者象天地人之气是皆橫屬四極老子曰道生一今云
道立於一者得一而後道形無欲以觀其妙故王弼曰
道始於無無又不可以訓是故造文者起於一也茍天
地未分則無以寄言必分之也則天地在一之後故以
一為冠首本乎天者親上故曰凡一之屬皆從一當許
慎時未有反切故言讀若此反切皆後人之所
加慧為淳朴又多脫誤今特新易之伊賞反

弌　古文一　臣鍇曰弋者物之株橛義主於數非專
一之一若言一弋二弋三弋如今人言一
箇二枚故曰弋者物也箇從竹
杖从木弋杙也杙亦木之會意

元　臣鍇曰元者

五、烏絲欄鈔本《說文繫傳》卷一首葉（中央研究院傅斯年圖書館藏）

說文解字通釋卷第一

繫傳一　臣仍

文林郎守祕書省校書郎

朝散大夫行祕書省校書郎　朱翱

十四部　文二百七十四　重七十七

一　惟初太極道立於一造分天地化成萬物凡一之屬

皆從一　臣鍇曰一者天地之未分太極生兩儀一旁

薄始結之義是謂無狀之狀無物之象必橫者象天地人

之气是皆橫屬四極老子曰道生一今云道立於一者得

六、清道光十九年壽陽祁氏江陰刊本《說文繫傳》卷一首葉（國立故宮博物院藏）

揚本書校勘
記損秀秕眉
其不后要秕不
帚也

太極大徐作太始

說文解字通釋卷第一

繫系傳

　臣鍇曰部數字數皆
　仍舊題今分兩卷

文林郎守祕書省校書郎臣徐鍇傳釋

朝散大夫行祕書省校書郎臣朱翶反切

十四部　文三百七十四　重七十七

一　惟初太極道立於一造分天地化成萬物凡一之屬
　皆從一臣鍇曰一者天地之未分太極生兩儀一旁
薄始結之義是謂無狀之狀無物之象必橫者象天地人
之气是皆橫屬四極老子曰道生一今云道立於一者得